BASTEI
LÜBBE

Vievienne LaFay

Die Malerin

Erotischer Roman

Ins Deutsche übertragen
von Sabine Inzlingen

BASTEI
LÜBBE

BASTEI LÜBBE TASCHENBUCH
Band 14 307

1. Auflage: Februar 2000
2. Auflage: August 2002

Vollständige Taschenbuchausgabe

Bastei Lübbe Taschenbücher ist ein Imprint
der Verlagsgruppe Lübbe

Deutsche Erstveröffentlichung
Titel der amerikanischen Originalausgabe:
Artistic Licence

Dieses Werk wurde vermittelt durch die
Literarische Agentur Thomas Schlück GmbH, 30827 Garbsen
Titelbild: Premium
Umschlaggestaltung: QuadroGrafik, Bensberg
Satz: Fotosatz Steckstor
Druck und Verarbeitung:
AIT Trondheim AS, Norwegen
Printed in Norway
ISBN 3-404-14307-8

Erstes Kapitel

Carla Buononi war die ganze Nacht durch die Gegend gelaufen. Hungrig, durstig und müde ließ sie sich auf einen Felsen sinken, um die schmerzenden Füße auszuruhen. Die Stiefel waren ihre eigenen, aber der Rest ihrer Kleidung war ihr fremd. Männerkleidung. Von ihrem Cousin Stefano, dem sie die Kleider gestohlen hatte, während er schlief. Sie fand, daß sie ihr zustanden und versprach sich Schutz von ihnen, jetzt, da sie ihr Zuhause verlassen hatte und in der großen Stadt Florenz überleben wollte.

Am Horizont war die Sonne schon aufgegangen, aber wo Carla lag, war es noch dunkel. Sie konnte die Stadt sehen, die in goldenem Glanz gebadet wurde. Sie schien so nah zu sein, als wäre sie nur einen Steinwurf entfernt. Carla nahm Kreide und Kohlestift aus der Tasche in ihrem Gürtel und begann auf den Felsen zu malen, auf dem sie saß.

Zwei der Gebäude in der Stadt hoben sich von allen anderen ab. Zu ihrer Linken erkannte sie die rostbraune Kuppel der Kathedrale, zu ihrer Rechten der steile Turm der Signoria, der die Macht des Stadtstaates verkündete. Carla spürte einen Schauer der Erregung über ihren Rücken rieseln. Die Gegenüberstellung des weiblich Runden und der phallischen Potenz hatte eine unübersehbare sexuelle Komponente.

Als ihr bewußt wurde, daß ihr diese Gedanken nie gekommen wären, wenn sie noch ihre Jungfernschaft gehabt hätte, errötete Carla, denn ihr fiel ein, was Pater Andrea ihr bei der Beichte gesagt hatte: Nicht nur ihr Ruf sei besudelt, sondern auch ihre Seele.

Es stimmte, sie sah die Welt heute anders. Niemals wieder konnte sie das Leben mit unschuldigen Augen betrachten. Deshalb hatte sie auch beschlossen, ihren Frauenkörper unter Stefanos dunklem Rock und der groben Hose zu verstecken. Ihr Schoß juckte, und als sie sich kratzte, spürte sie die Falten ihres Geschlechts unter den zierlichen Knöcheln. Das Jucken, dachte sie, kam nicht allein vom derben Stoff der Hose.

Obwohl sie es kaum erwarten konnte, die Stadt der Lilien endlich zu erreichen, fühlte sie sich völlig erschöpft. Sie formte ein Kissen aus dem kleinen Beutel, in dem all ihre Habseligkeiten versteckt waren, und legte sich hin. Sie wollte sich nur ein bißchen ausruhen, aber schon bald fiel sie in einen tiefen Schlaf voller Träume und Erinnerungen.

Seit Carla denken konnte, hatte Stefano, der gut aussehende Sohn des Bruders ihres Vaters, sie zu gewagten Streichen und Dummheiten animiert. Als Kinder waren sie auf Bäume geklettert, hatten Vogelnester geräubert und Tannenzapfen in die Betten anderer Leute gesteckt. Mit ihm war das Leben aufregend, aber als Carla heranwuchs, warnte ihre Mutter sie. Sie dürfte sich nicht allein mit ihm irgendwo aufhalten.

»Es ist nicht sittsam für ein Mädchen, sich so aufzuführen«, war die einzige Begründung der Mutter gewesen.

Als ihr Vater sie gewarnt hatte, Stefano würde sie nur ›in Schwierigkeiten‹ bringen, hatte Carla nur mit den Schultern gezuckt. Was war daran schon neu? Seit Jahren trieben sie nun schon ihre Schelmenstücke. Aber wenn die Eltern es verlangten, mußte sie sich danach richten. Das heißt, sie mußte darauf achten, daß sie nicht erwischt wurden.

Es war verhältnismäßig einfach, ihn heimlich zu treffen. Sie würde warten, bis sie ihn auf einem der Hügel sah, dann sagte sie der Mutter, sie wolle Beeren pflücken oder Kräuter sammeln. Sie und Stefano hielten sich dann ein paar Stunden abseits der Blicke von Erwachsenen auf, sie jagten Hasen, kletterten auf Bäume und wateten durch Bäche, wie sie es schon immer getan hatten.

Aber an einem Sommernachmittag, Carla war sechzehn und Stefano siebzehn, nahmen ihre Streiche eine Wende. Carla fand eine goldene Quaste am Straßenrand, wahrscheinlich aus der Satteltasche eines Edelmannes gefallen.

»He, die habe ich zuerst gesehen!« rief Stefano und versuchte, ihr die Quaste wegzunehmen.

»Aber ich habe sie aufgehoben. Wer sie findet, darf sie auch behalten ...«

Sie lief mit ihrem Fund hügelaufwärts, dem Olivenhain entgegen. Stefano folgte ihr. Seine kräftigen Schenkel schafften den Aufstieg viel schneller. Als sie die knorrigen Olivenbäume erreicht hatten, griff er Carla und riß sie zu Boden.

»Gib auf!« forderte er. Seine schwarzen Augen funkelten vergnügt, als er ihr die Quaste entwand.

Verärgert über den Verlust ihres Schatzes biß Carla ihrem Cousin in die Hand. Er revanchierte sich, indem er ihr eine Ohrfeige gab, und sie trat aus und verpaßte seine Weichteile nur um Haaresbreite.

»Luder!« fauchte er und riß sie grob in seine Arme. »Hat man dir nicht beigebracht, einen Mann nicht zwischen die Beine zu treten?«

»Warum nicht?«

»Weil du ihn für immer ruinieren könntest!«

»Nun, du hast meinen Schatz gestohlen, dann habe ich das Recht, dich zu ruinieren.«

Sie befreite sich aus seinem Griff, aber er fing sie wieder ein, und diesmal drückte er ihre Brüste mit beiden Händen. Carla empfand ein Kribbeln zwischen den Schenkeln, und in ihrem Bauch spürte sie ein seltsames Flattern.

Das hatte sie in letzter Zeit schon ein paarmal bemerkt, wenn sie in Stefanos Nähe war, aber bisher hatte sie nie darüber nachgedacht. Sie sah das sinnliche Grinsen ihres Vetters und die wissenden Blicke, und plötzlich begriff sie, wovor die Eltern sie gewarnt hatten.

Stefano sah sie schmachtend an, und seine Hand griff wieder an ihre linke Brust, deren Warze sich deutlich gegen den Leinenstoff des Unterhemds preßte. Er drückte gegen den Nippel und verstärkte damit die Hitze, die durch ihre Adern floß. Plötzlich wußte Carla sich nicht mehr zu wehren, sie war gebannt wie das Kaninchen, das den Fuchs vor sich sieht. Warum sehnte sie sich so nach Stefanos Berührungen? Sein Daumen rieb über die Brustwarze, und Carla war, als würden ihre Beine schwanken.

»Schau an, schau an, Carla. Du bist ein großes Mädchen geworden, was?« sagte er mit tiefer Stimme. »Und ein böses Mädchen noch dazu. Ich glaube, ich muß dir den Hintern versohlen. Oh, ja!«

Plötzlich bekam sie es mit der Angst zu tun, weniger Angst vor ihm, sondern aus dem Bewußtsein heraus, daß sie an einer Wegscheide stand. Vor einer Wende.

»Nein, Stefano, bitte«, murmelte sie, aber es klang nicht sehr überzeugend.

Er ignorierte sie und zog sie neben sich auf den Boden und über seinen Schoß. Carla wehrte sich, als er ihren Rock hob, aber je mehr sie sich wand, desto mehr konnte sie seinen Penis spüren, der hart gegen ihren Bauch drückte. Sie hatte das männliche Ding schon ein paarmal gesehen, beim Waschen oder beim Pinkeln. Aber sie war mit dem fremden Organ noch nie in direkten Kontakt gekommen, und jetzt mußte sie feststellen, daß der Kontakt eine erregende Wirkung auf sie hatte. Irgendwo zwischen ihren Schenkeln spürte sie ein wildes Pulsieren und Pochen.

Stefano zog ihr den Rock hoch, bis ihre bloßen Backen der warmen Sonne ausgesetzt waren. Sie empfand die Erregung jetzt viel heftiger, und sie erfaßte ihren ganzen Körper. Sie konnte das Gesicht des Cousins nicht sehen, aber er wußte, daß er ebenso großen Gefallen an der Sache fand wie sie. Sie nahm seinen Geruch wahr, ein herber, männlicher Geruch, der sie an Schweiß und Erde erinnerte, und dann war da noch etwas Undefinierbares.

»Böses, böses Mädchen«, wisperte er, während er mit der Handfläche über ihren Po rieb. »Du kleine Schlange, wegen dir habe ich einen mächtigen Steifen. Und dafür will ich dich ordentlich strafen.«

Er begann, abwechselnd leicht auf ihre Backen zu schlagen. Carla lag reglos da und genoß das Gefühl der Hilflosigkeit und der sinnlichen Wärme, die nicht nur von der Sonne kam oder von seinen Schlägen, die eher Liebkosungen waren – die Wärme stammte mehr aus ihrem Innern. Sie wußte, daß sie mehr von ihm erwartete. Ihr Körper war es, der mehr verlangte. Aber was war dieses Mehr? Ihre Unwissenheit war groß.

Seine Schläge wurden härter, und bald begannen ihre Backen zu brennen, aber Carla verharrte in ihrer Reglosigkeit. Sie genoß das Gefühl, ihm ausgeliefert zu sein. Stefano sollte mit ihr tun, was er wollte. Gleichzeitig spürte sie, welche Wirkung sie auf ihn hatte – sein Penis blieb groß und steif.

Die Bestrafung war beendet, aber ihr Cousin dachte nicht daran, sie von seinem Schoß zu lassen. Seine Hände streichelten ihren weichen Hintern, und sie hörte sich seufzen. Dann spürte sie seine Lippen im Nacken. Sie kitzelten.

»Hat dir die Bestrafung gefallen, böses Mädchen? Oder gefällt dir besser, was ich jetzt tue?«

Sie wandte sich ihm zu und lächelte. »Mir gefällt beides«, sagte sie offen.

Er gab vor, entsetzt zu sein. »Schamlose Kreatur! Wie kann man dir Gut und Böse beibringen, wenn dir Schmerz und Lust gleich viel Freude bringen?«

Carla kicherte. »Ich habe keinen Schmerz gespürt. Jedenfalls nicht richtig.«

Er starrte sie an. »Willst du Schmerzen spüren? Man sagt, daß eine Frau beim erstenmal blutet. Willst du das, Cousine?«

»Ich ... weiß nicht.«

Carla war verwirrt. Sie ahnte, daß ihr Verhalten und sein Verhalten nicht den Beifall ihrer Eltern gefunden hätten, aber sie wußte nicht, wie sie Stefano daran hindern konnte, sein Ziel zu verfolgen. Den Stefano, den sie kannte, gab es nicht mehr, jetzt war er der verführerische Mann, der eine gewisse Macht über sie hatte – eine Macht, die sie sich nicht erklären konnte.

Er ließ zu, daß sie sich von seinem Schoß erhob, und als sie nebeneinander saßen, legte er einen Arm um ihre Schultern. Sie saßen unter den uralten Olivenbäumen, und er küßte sie auf die Wange.

»Keine Bange, Carla. Ich gehe nicht weiter, als du willst.«

Dieser Satz verwirrte sie noch mehr. Weiter gehen? Weiter als wohin? Jetzt küßte er ihren Mund, und seine feuchten, warmen Lippen schmeckten nach süßem Wein. Carla ließ zu, daß er seine Zunge in ihren Mund stieß, und sie spürte, wie sie ganz frei im Kopf wurde.

Zuerst überließ sie sich passiv seiner Invasion, aber nach einer Weile gab sie so viel, wie sie nahm, und ihre Zunge duellierte sich mit seiner. Der Kuß wollte gar nicht mehr aufhören und wurde immer leidenschaftlicher.

Schließlich zog er sich zurück, und sie konnte Luft schnappen.

»Gut«, sagte er grinsend, »für den ersten Versuch war das schon ganz gut.« Er sah sie lauernd an. »Es war doch dein erster Versuch? Sag mir bloß, du hast schon einen anderen Jungen geküßt? Dann lege ich dich wieder übers Knie.«

»Nein«, antwortete sie kichernd, »ich habe noch niemanden so geküßt.«

»Und du hast auch noch keinem deine hübschen Tittchen gezeigt?«

Sie schüttelte den Kopf, und instinktiv hob sie die Hände, um ihre Brüste zu verstecken.

Er nahm ihre Hände hinunter. »Nein, verstecke sie nicht. Deine Brüste sehen gut aus. Ich glaube es wenigstens, denn viel kann ich unter deinen Kleidern ja nicht sehen. Läßt du mich mal richtig sehen, wie schön sie sind?«

Carla schüttelte den Kopf. Ihr kamen die Warnungen der Eltern in den Sinn. »Stefano, ich glaube, wir sollten es nicht tun. Es ist nicht richtig.«

»Ach, dann laß mich wenigstens mal fühlen. Damit richte ich doch keinen Schaden an, oder?«

Er hatte sie schon in den Händen, noch bevor sie es wußte. Er drückte und knetete sie, und die Nippel standen wie kleine, harte, unreife Oliven. Carla war nicht auf das wunderschöne Prickeln vorbereitet, das sich von den Brüsten zu der geheimen Stelle zwischen den Schenkeln ausbreitete. Das Flattern im Bauch war fast so wie das flaue Gefühl, wenn sie Hunger hatte, aber viel aufregender.

Sie stöhnte leise, und bald preßten sich seine Lippen wieder auf ihren Mund, und seine Zunge forschte in ihrer feuchten Höhle, während seine Finger eifrig über ihre Brustwarzen rieben und die Flammen der Sehnsucht nach ihm anfachten.

Stefano pflückte die Brüste aus ihrem Hemd wie Obst von einem Baum, und dann fing er an, mit der Zunge über die Nippel zu streichen. Carla lag auf dem Rücken im Gras und tauchte ein in die Welt der Sinnlichkeit.

Die Empfindungen waren süßer, als sie sich das je hatte vorstellen können. Ihr ganzer Körper lechzte nach mehr von dieser wundervollen Leichtigkeit und Wärme, die ihre Haut klingen ließ.

»Carlotta!«

Stefano rief ihren Kindernamen mit einer Stimme, die vor Begierde dick belegt war. Seine Schenkel preßten gegen ihre, sein Schoß rieb gegen ihren. Sie spürte die harte Beule in seiner Hose, die ihren Appetit auf ihn noch mehr anregte.

Gleichzeitig empfand sie Angst. Ihr Cousin führte sich auf wie ein wilder Hengst, den nichts auf seinem Weg aufhalten konnte. Sie fürchtete, er könnte gewalttätig werden, wenn sie ihn daran hindern würde, weiter zu machen. Sie hatte ihn einmal bei einem Kampf mit einem anderen Jungen gesehen, und das Entsetzen über seine ungezügelte Wildheit hatte sich tief in ihr Gedächtnis gegraben.

»Stef ...«, begann sie scheu. Seine Lippen drückten sich sofort auf ihre und erstickten ihren Protest.

Seine Hände schoben ihren Rock hoch, dann drückte er ihre Schenkel auseinander. Carla spürte, wie sich die Falten ihres Geschlechts öffneten, sie fühlten sich feucht und geschwollen an, und als er sie dort anfaßte, durchzuckte sie ein lustvoller Blitz, der einen Trieb in ihr wachrief, von dessen Existenz sie bisher nichts gewußt hatte.

»Oh, Himmel«, hörte sie Stefano murmeln, sein Atem heiß auf ihren Lippen, während ein Finger derb in sie hineinstieß, um die letzte Hürde zwischen ihm und seinem Ziel zu nehmen. Sie spürte einen kurzen, scharfen Schmerz und dann ein Gefühl von Nässe.

»Blutest du?« fragte er und schaute an ihr hinab.

Sie keuchte entsetzt auf. Was hatte er getan? Aber ein Lächeln leuchtete auf seinem anziehenden Gesicht, als er seinen glänzenden Finger hob. »Nein, kein Blut. Das sind deine Liebessäfte, du kleine Schlampe! Du kannst es kaum erwarten, was?«

Sie spürte, daß er an seinem Gürtel fummelte, und dann zog er seine Hose hinunter und entblößte sein langes, dickes Glied. Neugierig nahm sie das kuriose Ding in die Hand und wunderte sich über die seidige Haut, wo es sich doch so hart anfühlte. Sie starrte fasziniert auf die rote Kappe, und in dem winzigen Schlitz sah sie einen durchsichtigen Tropfen. Die lose Haut bewegte sich unter ihren Fingern, und versuchsweise fuhr sie mit der Hand am Schaft entlang, sie zog die Haut mit und hörte sein langgezogenes Stöhnen.

»Nicht! Sonst schieße ich los!«

»Was? Was sagst du?« Sie starrte ihn verständnislos an, hitzig vor Neugier.

Er grinste. Seine Augen schauten sie dunkel und wissend an. »Ich meine, es wäre doch eine Verschwendung, wenn es mir schon käme, bevor wir beide unseren Spaß gehabt hätten. Komm schon, Carla, sei nicht so schüchtern. Lege dich zurück und öffne deine Beine für mich. Ja, so ist es brav, Mädchen.«

»Was ... was tust du da?«

Ihre Stimme klang schwach, und Carla wußte plötzlich, daß sie eine Schwelle übertrat, von der es kein Zurück mehr geben würde. Hatten ihre Eltern das mit ihren beständigen Warnungen gemeint? Waren das die ›Schwierigkeiten‹, in die Stefano sie nach Ansicht ihres Vaters bringen würde?

Stefano schien ihre Gedanken lesen zu können. »Keine Bange, ich bringe dich nicht in Schwierigkeiten. Ich ziehe ihn vorzeitig raus.«

»Raus?«

Aber sein Gesicht war jetzt hart und entschlossen, als er sich zwischen ihre Beine kniete. Seine Erektion zeigte auf die geheime Stelle am Schenkeldreieck. Carla lag passiv da und ließ es geschehen, daß er die Penisspitze zwischen ihre Labien drückte. Sie fühlte sich weich und fest zugleich an, und Carla hatte das Gefühl, im nächsten Augenblick zu schmelzen. Sie hielt sich an seinen Schultern fest und zog ihn auf sich.

»Ah!« stöhnte er, als der Penis durch das Jungfernhäutchen stieß und in die nasse Wärme dahinter. Carla umklammerte ihn, vergrub vor Schmerz ihre Finger tief in seine Haut, aber schon im nächsten Augenblick entspannte sie sich, und eine nicht erlebte Süße betörte ihre Sinne. Innen so sehr ausgefüllt zu werden fühlte sich wunderbar an.

Stefanos Hand lag auf ihrer Brust, und ihr Nippel brannte vor Lust, aber der Kontakt ihrer Haut war nichts im Vergleich zu dem Kontakt, der in ihr stattfand. Carla keuchte verwundert, als er in sie hineinzustoßen begann, immer und immer wieder. Es war das reine Glücksgefühl, und bald schon bewegte sie das Becken instinktiv, um ihre Lust noch zu vergrößern. Nach einigen tolpatschigen Fehlversuchen fand sie heraus, daß sie ihr Becken im Rhythmus seiner Stöße bewegen konnte, und voller Stolz hielt sie dagegen und animierte ihn zu schnelleren, härteren Stößen.

Carla spürte, wie sie nasser wurde, und bei seinem Rückzug gab es schon mal quietschende, quatschende Geräusche, auf die sie mit einem Kichern reagierte. Stefano sah sie stirnrunzelnd an, und im nächsten Augenblick zog er sich aus ihr zurück.

»Nun schau dir das an«, schalt er sie, »durch dein albernes Kichern ist er ganz schlaff geworden.«

Sie starrte auf der verschrumpelte Ding, das sie eben noch in seiner ganzen Härte gespürt hatte. Was ein seltsames Phänomen so eine Männlichkeit doch war, dachte sie verwundert. Sie streckte ihre Hand danach aus und fuhr mit den Fingern streichelnd darüber. Es brauchte nicht lange, und schon regte und streckte sich das Glied wieder.

»Das ist schon besser«, sagte er lächelnd. »Zieh noch ein bißchen dran.«

Sie streichelte weiter, und dann spürte sie, wie das Zucken des harten Schafts stärker wurde. Ein warmer Strahl sprühte über ihre Hand.

Sie schrie erschrocken auf und zog rasch ihren Arm zurück.

Stefano lachte. »Das soll dir eine Lehre sein! Aber jedenfalls hast du das Zeug nicht in dir drin.«

Carla wischte sich im Gras die Hand ab, aber sie fühlte sich schwer enttäuscht. Es hätte etwas geschehen sollen, und das war nicht geschehen, und es ärgerte sie, daß sie nicht einmal wußte, was das war. Sie wußte nur, als Stefano in ihrem Körper gewesen war, hatte das in ihr nie erlebte Gefühle ausgelöst, ganz exquisite Gefühle, die sie gern noch länger ausgekostet hätte. Er zog sie an sich, und sie lag in seiner Armbeuge und schaute hinauf zum klaren blauen Himmel. Spielerisch ließ Stefano die goldene Quaste über ihren Schoß wischen. Die Quaste kitzelte ihre empfindlichen Labien, und sie spürte wieder das Verlangen in ihr aufsteigen.

»Hier, nimm sie als Austausch für dein Häutchen«, flüsterte Stefano. »Und vergiß nicht, daß du jetzt mir gehörst, mir allein. Ich kann dich haben, wann immer ich will.«

Sie sah ihn mit verängstigten Augen an. »Was willst du damit sagen?«

»Ein Mädchen gehört immer dem Mann, der sie zum erstenmal genommen hat, weißt du das denn nicht?«

»Gehört?«

»Ja, mit Körper und Seele.«

»Du meinst – wie Mann und Frau?«

Er lachte hämisch. »Oh, ich glaube nicht, daß sie uns heiraten lassen. Mein Eltern haben ein anderes Mädchen für mich im Auge, und ich habe deinen Papa sagen gehört, daß er sein Auge auf den jüngsten Bardoni-Jungen geworfen hat, mit dem er dich verheiraten will. Wie heißt er auch noch? Frederico. Aber du darfst keinem sagen, daß ich dich eingeritten habe. Kein Mann ist scharf darauf, betretenes Land zu beackern. Das muß unser kleines Geheimnis bleiben, eh, Cousine?«

Carla wand sich unbehaglich. Jetzt, da die Erregung abgeklungen war, haßte sie das klebrige Gefühl zwischen den Schenkeln. Was Stefano ihr sagte, verwirrte sie wieder. Sie war ohne Kompaß auf unbekannter See, und der einzige Mann, der den Kurs kannte, schien ihr Leben ruinieren zu wollen.

»Was ist los, Carlotta?« Sein Grinsen hatte keinen Charme mehr, es kam ihr eher boshaft vor. »Keine Bange, du kriegst kein Kind. Wenn dich das beunruhigt, mach ich es dir das nächste Mal mit den Fingern, und du kannst es mir auch mit der Hand machen. Wir werden jedenfalls eine Menge Spaß haben, ohne ein Risiko einzugehen.«

Die Furcht, die sie ergriffen hatte, kam in einer schüchternen Frage heraus. »Stefano, haben wir etwas Böses getan? Was würde Pater Andrea sagen?«

Ihr Cousin lachte. »Er würde sagen, daß du eine Todsünde begangen hast, mein Mädchen, und dann mußt du zehn Ave Marias hintereinander beten, sonst schmorst du in der Hölle.«

Sie wußte nicht, ob er sie nur necken wollte. Der alte Stefano, den sie lesen konnte wie ein Buch, war verschwunden, und an seine Stelle war ein geheimnisvoller, gefährlicher junger Mann getreten. Verwirrt und verunsichert wollte Carla nach Hause gehen. Sie stand auf und glättete ihre Kleider.

»Du gehst am besten allein«, sagte er wie nebenbei. »Wir sollten lieber nicht zusammen gesehen werden. Aber wenn ich dich wieder haben will, werde ich es dich wissen lassen.«

Haben will ... haben will ...

Seine Stimme klang noch in ihr nach, als sie dem schmalen Pfad folgte, der sich durch die Hügel schlängelte, dem Dorf entgegen. Er hatte arrogant geklungen. Als ob sie eine Stute wäre, die man immer sofort satteln konnte, wenn er reiten wollte. Carla spürte, wie ihr Herz rebellierte.

Die wunderschönen Gefühle, die er ihr beschert hatte, gab es offenbar nur zu einem bestimmten Preis, und sie wußte nicht genau, worin dieser Preis bestand. Sie fürchtete sich nun vor Stefano, sie fürchtete auch, daß ihr ›Geheimnis‹ ihm eine gewisse Macht über sie verlieh, die er ausnutzen konnte.

Stefano hatte davon geredet, daß sie schwanger werden könnte – war das das Risiko, das sie eingegangen waren? Gleichzeitig hatte er deutlich gemacht, daß er sie nicht heiraten wollte. Kalte Angst beschlich Carla, als sie sich daran erinnerte, wie ein Mädchen von den Nachbarn wegen einer unehelichen Schwangerschaft geächtet worden war. Der Säugling war zu den Nonnen gegeben worden, aber der Makel hatte weiter bestanden, und aus dem Mädchen war eine Ausgestoßene geworden.

»Ich werde es Pater Andrea sagen«, entschied Carla. »Er wird wissen, was zu tun ist.«

Am folgenden Sonntag ging sie zur Beichte, aber statt der gewöhnlichen Aufzählung alltäglicher Läßlichkeiten überraschte Carla den Pater mit dem offenen Geständnis ihrer sexuellen Verdorbenheit. In ihrer Naivität beschrieb sie alle Einzelheiten dessen, was sie mit ihrem Cousin Stefano angestellt hatte.

»Ich habe zugelassen, daß er sein Ding in meine geheime Stelle geführt hat«, murmelte sie. »Ich hatte ein Gefühl, daß es nicht richtig war, Pater, obwohl er mir sagte, daß wir niemandem schaden. Und er war auch nicht lange in mir.«

»Du hast dich in Unkenntnis versündigt«, kam die feierliche Stimme des Priesters hinter dem Gitter. »Aber das ist keine Entschuldigung. Wie Eva bist du gefallen, und du mußt gereinigt werden. Sage mir, mein Kind, wie hast du dich gefühlt, als dein Cousin sein schändliches Tun an dir verrichtete?«

»Ich wußte ja nicht, daß es schändlich war«, sagte Carla. »Und so habe ich es genossen.«

»Du hast es genossen?« Pater Andrea schien empört zu sein.

Carla nickte, und trotzig, weil ihr die Empörung des Paters zu weit ging, fügte sie hinzu: »Ja, es hat mir gefallen. Es fühlte sich schön an.«

»Heilige Mutter Gottes, dein Frevel ist schlimmer, als ich dachte. Du lebst in Sünde, mein Kind, und du mußt den festen Willen haben, nicht mehr zu sündigen. Wenn du den Verführer im Dorf siehst, drehst du dich um und gehst den anderen Weg, damit du dich nicht in die Gefahr begibst, die Tat des Bösen zu wiederholen.«

»Oh, er wird mir hinterher laufen«, wandte Carla ein. »Er hat gesagt, ich gehörte jetzt ihm, und er würde mich nehmen, wann immer er es wollte.«

»Verdorbene Jugend! Lasse dich nicht auf den falschen Weg führen, mein Kind. Halte dir die Ohren zu, wenn er spricht. Bete drei Ave Maria und zwei Vater unser jeden Morgen und jeden Abend, damit du in der Gnade des Herrn bist. Und wenn dein Fleisch willig ist, schlage das Kreuzzeichen, und deine Seele wird gerettet sein.«

Carla hörte seinen Ermahnungen aufmerksam zu. Es schien, daß sie und Stefano doch schlimmer gesündigt hatten, als sie zuerst geglaubt hatte. Aber sie konnte die Glücksgefühle, die sie dabei empfunden hatte, nicht aus ihrem Gedächtnis verbannen. Und wie konnte sie ihrem Cousin aus dem Weg gehen, wenn er nebenan wohnte?

Schon bei seinem Anblick würde sie wieder an das Erlebnis erinnert werden, das sie geteilt hatten, und wenn er ihr winkte, wußte sie, daß sie ihm folgen würde. Carla wußte, daß sie hilflos gegen den sinnlichen Bannstrahl war, den er über sie geworfen hatte. Ihr Körper lechzte nach ihm, und ihre Seele mußte den Preis dafür zahlen.

Als sie die Kirche verließ, waren Carlas Gedanken

weniger mit den Warnungen des Priesters beschäftigt und mehr mit ihrer eigenen Zukunftsangst. Stefano hatte gesagt, er würde sie nicht heiraten, und daß ihre Eltern planten, sie mit Frederico Bardoni zu verheiraten. Dieser Junge war dumm und häßlich. Nach Stefano würde er ein elender Langweiler sein. Aber wie konnte sie sich dieses Los ersparen? Im ganzen Dorf fiel ihr kein geeigneter Kandidat ein.

Je länger sie über ihre Lage nachdachte, desto mehr erkannte sie, daß es keine Lösung für sie gab. Der Gedanke, ihr Zuhause zu verlassen, war beängstigend, aber ihr war auch klar, daß sie eine finanzielle Last für ihre Eltern geworden war, die noch vier kleinere Kinder zu ernähren hatten. Die Heirat mit Frederico würde bestimmt innerhalb eines Jahres stattfinden, und das ließ ihr die unbekannten Gefahren der Stadt eher unbedeutend erscheinen.

Wenn sie ohne eigene Schuld zur Sünderin geworden war, würde sie sich aus der Nähe des Verführers begeben. Und um auch keinen anderen Mann mehr auf sich aufmerksam zu machen, überlegte sie, würde sie in der fremden Stadt in Männerkleidung herumlaufen. Ihre kleinen Brüste konnte sie unter einem weiten Rock gut verstecken. Dann mußte sie sich noch die Haare abschneiden.

Ihre Eltern würden glauben, daß sie mit einem Musikanten oder fliegenden Händler losgezogen sei, da sie sich oft in der Nähe dieser Leute aufhielt. Sie würden sie eine Zeitlang vermissen, aber nicht allzu lange. Sie waren immer viel zu beschäftigt und hatten kaum mehr als einen flüchtigen Blick oder ein knappes Wort für sie übrig.

Nachdem sich die Idee in ihrem Kopf festgesetzt hatte, kam sie nicht mehr davon los. Sie sehnte sich nach einem Leben in Freiheit. Sie hatte es satt, auf ihre kleinen Geschwister aufpassen zu müssen und selbst wie ein Kind behandelt zu werden. Und sie wollte auch nicht Fredericos Kinder zur Welt bringen.

Florenz war eine zauberische Stadt. Sie war zwar noch nie da, aber sie hatte Geschichten von den wunderbaren Menschen gehört, die dort lebten, von den feinen Kleidern, die sie trugen, und von den herrlichen Häusern, in denen sie wohnten, Häuser, in denen kostbare Gemälde hingen und elegante Statuen standen. Vielleicht gab es einen Platz für einen Straßenkünstler in Florenz. Sie konnte mit wenigen Strichen Gesichter zeichnen, und fast alle, die sie so porträtiert hatte, waren sehr zufrieden gewesen ...

Die Sonne strahlte mit all ihrer Kraft auf Carlas Gesicht und weckte sie aus ihren Erinnerungen. Sie streckte ihre schmerzenden Glieder und setzte sich auf. Es war hart gewesen, ihr Zuhause zu verlassen und allen den Rücken zu kehren, die sie bisher gekannt hatte. Aber die Sehnsucht nach dem Unbekannten hatte stärker in ihrer Seele gebrannt.

Als sie vor Sonnenaufgang ins Haus ihres Onkels geschlichen war und die Kleider gestohlen hatte, die in einem Haufen neben dem Bett ihres Cousins gelegen hatten, war ihr Herz vor Aufregung fast zersprungen. Was hätte sie sagen sollen, wenn Stefano aufgewacht wäre? Aber er hatte weiter geschnarcht, und sie war schnell ins Freie geschlüpft.

In Stefanos alten Kleidern fühlte sie sich ihm nahe und sicher vor anderen Männern. Sie war überzeugt, daß sie sich damit in Florenz durchschlagen konnte, denn es hieß, daß dort täglich Leute vom Land eintrafen, um ihr Glück zu suchen.

Sie sprang vom Felsen, nahm einen letzten Schluck

Wein aus der Lederflasche und begab sich wieder auf den Weg. Sie stellte sich vor, wie Stefano in diesen Beinkleidern ausschritt, und versuchte, ihn nachzuahmen. Einiges von seinem selbstbewußten Auftreten schien sich durch die Kleidung auf sie zu übertragen.

Zweites Kapitel

Es war schon ein eigenartiges Gefühl, allein in dieser großartigen Stadt zu sein und niemanden zu kennen. Zuerst gesellte sich Carla zu den anderen Bettlern auf den Straßen von Florenz, aber sie erwiesen sich als unfreundliche Meute, und Carla nahm sich vor, auf Distanz zu gehen. Obwohl jeder sie für einen Jungen hielt, mußte sie einiges über sich ergehen lassen: Man zwickte sie in den Hintern, und auch die unflätigen, obszönen Bemerkungen lösten Unbehagen bei ihr aus.

Was sie sah, hörte und roch, war alles so anders als das, was sie kannte, und erfüllte sie mit Neugier und Verwunderung, aber sie traute sich nicht, zu viele Fragen zu stellen. Sie hatte sich hinter einem beladenen Packpferd an der Zollschranke vorbei in die Stadt geschlichen und wollte vermeiden, daß jemand auf sie aufmerksam wurde und ihr Recht anzweifelte, sich in der Stadt aufhalten zu dürfen.

Gleich am ersten Tag hatte sie den großen Marktplatz gefunden, wo man reiche Beute finden konnte. Es war schier unglaublich, die Fülle der Produkte zu sehen, die aus der Provinz angeliefert wurden. Hier ergatterte sie eine überreife Feige, dort erbettelte sie sich einen fleckigen Pfirsich. Oder sie schnorrte die Reste einer Fleischbrühe aus einer Suppenküche oder ein Stück Brot von gestern, das der Bäcker nicht mehr verkaufen konnte. Doch Carla war nicht zufrieden, sich mit dem Leben als Bettler abzufinden. Sie hatte sich ein höheres Ziel gesteckt als nur zu überleben.

Einige Tage lang ließ sich Carla von den Wundern der Stadt bannen; schaute sich alles an, was um sie herum geschah. Die Menschen schienen es alle eilig zu haben – und alle kamen ihr wohlhabend vor, sogar die Bettler wirkten fett und zufrieden. Kaufleute hasteten hin und her, belieferten Geschäfte und Marktstände, inspizierten ihr Lager und bestellten Nachschub. Walker, Wollkämmer, Färber und Weber verrichteten ihr Gewerbe im Freien und verwandelten Wolle in feine, kostbare Tuche.

Am Sonntag, als Carla in der Nähe des Doms herumlungerte, sah sie die Stoffe, die zu eleganten, wunderschönen Kleidern geworden waren, an den Körpern der Reichen und Adligen. Voller Neid betrachtete sie die beschützten jungen Mädchen aus gutem Hause, die verschleiert ins dunkle Innere des *duomo* geführt wurden. Sie fragte sich, was es wohl für ein Gefühl war, ein so behütetes Leben zu führen. Die verheirateten Frauen und ihre Ehemänner schritten nebeneinander, den Kopf hoch erhoben, und blickten nicht rechts noch links. Ihre Söhne stolzierten dahinter, sie trugen die Haare schulterlang, und die Gesichter waren bartlos. In den engen, farbenprächtigen Jacken sahen sie fein aus, und in den engen Beinkleidern konnten sie mit dem protzen, was sie in der Hose hatten. Bei ihrem Anblick empfand Carla ein seltsames Verlangen, ähnlich dem, das sie bei ihrem Cousin gespürt hatte. Aber jetzt reagierte sie argwöhnisch auf solche Gefühle. Sie durfte ihnen nicht nachgeben, denn dann wäre sie noch viel mehr Gefahren ausgesetzt als bisher.

Doch nachts, wenn sie in einem Hauseingang einen Platz zum Schlafen gefunden hatte, wurde sie von Träumen gequält, die alle von Stefano handelten. Sie fürchtete immer noch die mächtige Kraft, die sie aus dem vertrauten Umfeld ihres Dorfes und in die Fremde dieser Stadt getrieben hatte.

Nachdem Carla fast eine Woche in Florenz war, beschloß sie, daß es Zeit war, sich um ihren Beruf zu kümmern. Es behagte ihr nicht, in einer so geschäftigen Umgebung faul herumzuhängen. Sie mußte einen Apotheker finden, der ihr gewogen war, denn die Maler kauften dort ihre Farben. In der *Via dei Speziali* hatten die Apotheker ihre Läden, mitten im Herzen von Florenz, zwischen dem Dom und dem hohen Turm des Rathauses. Die Straße lag im Viertel der mächtigen Wollhändler.

Carla betrat den ersten Laden, den sie sah, und staunte über die Fülle des Angebots. Die Apotheken verkauften Gewürze, Schreibpapiere, Kosmetika und Arzneien. Während sie die Parfümkugeln und Amulette betrachtete, die Hautsalben und Tinkturen, stieß sie auf eine interessante Entdeckung. Dort lagen viele kleine Päckchen mit Tausendgüldenkraut, versehen mit der Aufschrift *Biondella*. Jetzt begriff sie plötzlich, warum sie in der Stadt viele der reichen Damen mit wunderschönen goldenen Haaren gesehen hatte!

Während sie sich die kunstvoll verzierten Schreibpapiere ansah, hörte sie, wie ein Malerlehrling Farben für seinen Meister bestellte. »Er will gleiche Mengen Ihres venezianischen und toskanischen Rot haben, mehr von Ihrem rohen Umbra und die gleiche Menge wie letztes Mal von Ocker. Oh, und noch etwas Grünspan. Nicht soviel wie letztes Mal.«

»Was ist mit Ultramarin?« fragte der alte Apotheker.

»Er sagt, Ihr hättet ihn damit übers Ohr gehauen, weil Ihr Lasurstein untergemischt hättet.«

»Das habe ich nicht getan! Es war bestes Lapislazuli, ich schwöre! Wenn er besseres Ultramarin woanders finden kann, soll er es tun. Aber ich wette, daß er dich wieder zu mir rennen läßt.«

Der Handel dauerte noch eine Weile, und Carla

merkte sich eine Menge von dem, was da gesprochen wurde, denn langsam bildete sich in ihrem Kopf ein Plan. Sie hatte sich bisher erfolgreich als Junge durchgeschlagen, warum sollte sie nicht auch versuchen, sich als Malerlehrling auszugeben? Es war schon ein Risiko wert, diese wunderschön klingenden Farben in die Hand zu bekommen. Sobald der Laden leer war, trat sie an den Tresen. Der Apotheker wog gerade Kräuter ab. »Entschuldigt«, begann sie.

Der alte Mann schaute sie über die Waage hinweg an. »Du bist neu, nicht wahr?« brummte er. »Kann mich nicht erinnern, dich hier schon mal gesehen zu haben.«

Ihre Nerven flatterten. Sie mußte eine überzeugende Geschichte erfinden, um ihre Anwesenheit in der Stadt zu erklären. Dieser Mann kannte zweifellos alle Maler in Florenz und würde ihre Täuschung sofort durchschauen.

»Ja, ich bin erst am Freitag eingetroffen«, gab sie zu. »Und ich muß von irgendwas leben. Ich kann zeichnen, deshalb dachte ich, ein paar Porträts zu machen. Aber ich brauche Farben. Kreide und Ocker und vielleicht Kohle, wenn Ihr habt.«

»Hast du denn Geld?«

»Ein bißchen.«

Aus der Gürteltasche holte sie die armseligen Münzen, die sie sich erbettelt hatte. Der Apotheker stieß ein höhnisches Lachen aus. »Ich weiß nicht, was du damit kaufen willst.«

»Ist es nicht genug?«

»Nicht annähernd. Aber schau, ich will nicht so sein. In den leeren Tuben sind immer noch ein paar Reste. Wenn du willst, kannst du sie herauskratzen, wenn du bereit bist, eine Weile in meinem Geschäft zu bleiben, weil ich mal weg muß. Kann ich dir trauen?«

»Oh, ja!«

»Also gut. Versuche nicht, etwas zu verkaufen, sage jedem Kunden, daß der alte Bondino bald zurück sein wird. Stell dich hier hinter den Tresen und weiche nicht, bis ich wieder da bin.«

Carla nickte. Bondino schlurfte aus der Tür, und er war gerade um die Ecke gebogen, als zwei modisch gekleidete Damen hereinkamen. Ihr Diener wartete brav vor der Apotheke, sah Carla.

Die Damen blieben an der Tür stehen und starrten Carla verdutzt an. Beide Damen hatten gefärbte blonde Haare, in kunstvollen Zöpfen aufgetürmt, und in die Zöpfe waren kleine Glöckchen befestigt, die bei jeder Kopfbewegung klingelten. Ihre Kleider waren aus Brokat, das eine dunkelblau, das andere giftgrün, und beide Kleider waren mit Stickereien versehen, lauter hübsche Blumen wie auf einer Frühlingswiese. Die Ärmel waren tief eingeschnitten und mit Schleifen verziert, und man konnte das kontrastierende Futter in den Ärmeln sehen. Die Damen trugen Handschuhe und Schuhe mit hohen Absätzen.

Carla stand klein und eingeschüchtert da.

Die größere der beiden Damen wandte sich an die andere. »Ich meinte, ich hätte Bondino auf der Straße gesehen. Offenbar hat er diesen hübschen Jungen als Vertretung. Nun, wenn das keine glückliche Fügung ist!«

»Hm«, erwiderte die andere Dame und betrachtete Carla ausgiebig. »Wie weit könnten wir wohl mit ihm kommen, ehe sein Meister zurückkehrt?«

»Er sieht ein bißchen grün um die Kiemen aus, findest du nicht auch?«

»Es sind nicht seine Kiemen, an denen ich interessiert bin, Francesca!«

Carla konnte der Unterhaltung kaum folgen, aber

sie wußte, daß sie die Damen ansprechen mußte. Sie räusperte sich und versuchte, mit besonders tiefer Stimme zu sprechen. »Kann ich den Damen helfen, bitte?«

Das Paar trat an den Tresen, die Gesichter voller Arglist, und Carlas Herz sank in die Hose. Die eine, die mit Francesca angesprochen worden war, beugte sich über die breite Holztheke und entblößte ihren Halsausschnitt. Sie fand Carlas Verlegenheit sehr anregend und lächelte lockend.

»Nun, mein Lieber«, sagte sie und winkte Carla mit einem gekrümmten Finger heran. »Wir suchen eines der besonderen Parfüms des alten Bondino. Stimmt's, Livia?«

Livia legte eine Feder, mit der sie sich Luft zugefächelt hatte, wieder aufs Regal. »Ja, sicher, so ist es.«

»D . . . die Parfüms haben wir dort, die Damen.«

Die Frauen tauschten einen verschwörerischen Blick. »Nein, du verstehst nicht. Die da sind für die anderen Frauen, gewöhnliche Weiber. Wir wollen das ganz Besondere. Du weißt schon. Er verwahrt es immer unter dem Tresen auf.«

Carla trat einen Schritt zurück und bückte sich ein wenig, aber da waren so viele Schubladen, alle mit lateinischen Begriffen beschildert, daß sie völlig verwirrt war. »Wir müssen ihm wohl helfen«, sagte Livia.

Bevor Carla protestieren konnte, waren beide Frauen hinter dem Tresen und viel zu nah bei ihr. Francesca legte eine Hand auf Carlas Po und strich über die Rundungen, kniff in jede Backe. »Hm, nicht schlecht«, murmelte sie und zwinkerte ihrer Begleiterin zu.

»Ich kann hier hinten nichts Nützliches finden«, sagte Francesca. »Vielleicht sollten wir lieber vorn mal nachsehen. Glaubst du, daß er gut bestückt ist?«

Livia lachte ein ordinäres Lachen. »Das will ich meinen, so, wie er aussieht. Sollen wir uns davon überzeugen?«

Jetzt hatte Carla diese derben Anspielungen begriffen, und ihr Unbehagen wuchs. Ihr grober brauner Rock reichte bis zur Mitte der Oberschenkel, und sie hatte zur Tarnung einen Hosenbeutel in den Schritt der Beinkleider genäht.

Dadurch wirkte sie durchaus als Mann, wenn man näher hinsah, aber wenn jemand so ungezügelt wie Stefano hingriff, würde man ihrer Täuschung sofort auf die Schliche kommen.

»Warum läßt du uns nicht mal einen Blick auf deine Beute werfen?« fragte Livia. »Ich wette, es ist eine fette Beute – und die beste Medizin, die sich eine Frau wünschen kann.«

Francesca lachte laut und schmutzig.

Carla war solchen Frauen noch nie begegnet, hatte sich nicht einmal träumen lassen, daß es sie überhaupt gäbe, und sie wußte sich nicht mehr zu helfen. Sie hatten eine Sprache, die sie kaum verstand, voll von Anzüglichkeiten und Doppeldeutungen, und sie betrachteten sie mit einer so schamlosen Geilheit, daß Carla doppelt verlegen war – für die Frauen und für sich selbst. Ja, sie schämte sich auch für die Frauen.

»Dieses Parfüm ... eh ... wißt Ihr, wie es heißt?« fragte er.

Francesca grinste breit. »Es kommt nicht auf den Namen an. Wichtig ist nur, was es bewirkt. Stimmt es nicht, Livia?«

»Oh, ja, es hat eine umwerfende Wirkung. Sollen wir sie bei dem jungen Mann mal ausprobieren? Ich meine, falls wir es finden.«

»Also ... eh ... mir wäre recht, Ihr könntet warten, bis der Apotheker zurückkommt. Er hat gesagt, daß er nicht lange bleiben wird. Er wird bestimmt finden, wonach Ihr verlangt«, sagte Carla.

Zu ihrer großen Erleichterung sah sie den alten Mann in der Tür stehen. Ein breites Lächeln vervielfachte noch die Falten in seinem hageren Gesicht. »Guten Tag, meine Damen! Da bin ich nur ein paar Minuten nicht da, und schon verpasse ich, wie die Sonne hinter den Wolken hervorkommt! Francesca, Livia, ihr bringt Glanz in meinen Tag.«

Carla wurde fast schlecht von seinem kriecherischen Gehabe, aber sie wußte, daß sie ihre Gefühle verbergen mußte, wenn sie ihre Belohnung erhalten wollte. Sie blieb abseits stehen, während er das Parfüm zeigte, das die Frauen suchten, und bald schon erfüllte eine schwere Süße den Laden. Die Damen schienen begeistert zu sein, aber Carla hielt nicht viel von dem Duft, der ihr eher Juckreiz bescherte.

Als die Kundinnen gegangen waren, fragte Bondino: »Haben sie dich geneckt? Gib nichts um sie. Das sind billige Kurtisanen.« Er bemerkte Carlas verständnislosen Blick und erklärte: »Prostituierte. Sie verkaufen ihren Körper an Männer. Du hast sie bestimmt schon gesehen. Sie treiben sich bei den Läden der Kerzenmacher am Markt herum.«

Carla war verblüfft. Sie hatte die beiden für Edelfrauen gehalten. Der Gedanke, was Stefano mit ihr getan hatte, für ein paar lumpige Lire irgendeinen Mann tun zu lassen, stieß sie ab. Hatten die Frauen ihren Spaß dabei, oder ließen sie es nur über sich ergehen? Ihre Neugier war geweckt, aber für sich selbst würde so etwas nie in Frage kommen. Sie war fest entschlossen, ihren Lebensunterhalt mit ihrer Begabung zu verdienen.

Bondino ging mit ihr in ein Hinterzimmer des Ladens und holte ein paar Holzkisten hervor, die er auf eine Bank stellte. »Da sind die leeren Tuben. Quetsche sie aus und sieh zu, ob du noch was findest.«

Carla begann eifrig, die Farbreste aus den Tuben zu drücken. Bondino half ihr, die Reste in Papiertütchen zu füllen, und dann gab er ihr auch noch Kreide und Kohle. Er kramte im Hinterzimmer herum und fand ein paar Blatt Papier. Sie waren nicht mehr ganz glatt, und er meinte, sie seien nicht mehr zu verkaufen. »Aber hüte sie gut und verschwende sie nicht. Das ist beste Qualität. Aber der Lieferjunge hat die obere Lage einer Lieferung ruiniert.«

Carla bedankte sich artig und konnte ihr Glück kaum glauben. Sie verließ die Apotheke und ging hinunter zum großen Platz der *Signoria*. Dort wollte sie sich niederlassen, weil viele Menschen vorbeikamen. Unter der hohen Veranda würde sie sogar vor dem Wetter geschützt sein. Sie war voller Zuversicht: Schon bald würde sie sich in der Stadt einen Ruf als Porträtmalerin erworben haben.

Es war Mittag, und die Straßen waren fast leer, denn jeder, der konnte, floh der glühenden Sonne. Die Veranda war während öffentlicher Veranstaltungen und Feiern für die Stadtväter reserviert, aber es kam auch vor, daß Künstler und Bettler sie für sich beanspruchten.

Carla ließ sich im Schatten der Veranda nieder und schaute über den weiten Platz vor dem Rathaus. Sie sah einige Maler herumsitzen und arbeiten, und sie bewegte sich langsam auf sie zu und fragte sich, ob sie als eine von ihnen akzeptiert würde.

»Was willst du?« fuhr einer sie an, als sie sich näherte.

»Ich möchte Maler werden.«

Der Mann lachte und zeigte dabei mehr Lücken als Zähne. »Gehörst du denn der Gilde an?«

»Gilde?«

»Ja, Gilde.« Der Mann fuhr fort zu zeichnen. Er skizzierte die Sonne zwischen zwei Löwen, die auf einer Tafel oberhalb des Portals der *Signoria* dargestellt waren. »Man läßt dich nirgendwo malen, wenn du nicht der Gilde angehörst, und das kostet Geld. Wenn man dich trotzdem beim Malen erwischt, wirst du mit einer Geldstrafe belegt, und wenn du nicht zahlen kannst, werfen sie dich ins Gefängnis.«

»Bist du ein Mitglied der Gilde?«

»War ich mal. Sie haben mich rausgeworfen.«

»Warum?«

»Kleiner, stell nicht so viele Fragen.«

»Ich will doch nur wissen, wie ich Maler werden kann.«

»Außerhalb der Gilde kannst du nur so ein Kleckser und Schmierer sein wie ich, Claudio, der Scheißmaler. Wenn du Glück hast, verdienst du ein paar Florine im Jahr. Aber mach dir keine großen Hoffnungen. Beim Betteln verdienst du mehr Geld.«

Carla ließ sich nicht einschüchtern.

Sie ließ sich in der Nähe des Mannes namens Claudio nieder, der nach anfänglichen Grobheiten doch ganz freundlich war. Sie nahm ihre Blätter und Farben heraus und beschloß, ihn als erstes Modell zu benutzen.

Der Mann schaute ihr ein paar Minuten zu und fragte dann: »Wo hast du denn dein Material her – etwa gestohlen?«

»Nein«, antwortete sie empört. »Ich habe einem Apotheker geholfen, und dafür hat er mich die Reste aus den Tuben ausdrücken lassen.«

»Welcher?«

»Bondino.«

»Da hast du dir einen guten ausgesucht. Er beliefert

die besten Maler der Stadt. Wenn du dich mit ihm gut stellst, kannst du es vielleicht zu was bringen.«

»Wirklich?«

Claudio beugte sich über ihren Rücken und sah zu, was sie bisher gemalt hatte. Obwohl nicht viel mehr als ein Umriß in rötlichem Ocker zu sehen war, nickte er zustimmend. »Du hast Talent, Junge, das muß ich dir lassen. Wo hast du gelernt?«

»Ich habe meine Brüder und Schwestern mit Kreide und Kohle gemalt, seit ich denken kann. Die ersten Versuche waren nicht gut, aber ich bin immer besser geworden.«

Er nickte und rief seinen Freund heran. »He, Lucca, komm mal her und schau dir das an!«

Carla fühlte sich verlegen, als die beiden Maler über ihrem Kopf hinweg ihre Arbeiten diskutierten. Sie wußte nicht, ob ihr Lob echt war, oder ob sie sich über sie lustig machten. Trotzdem fuhr sie scheinbar ungerührt fort, ihr Bild zu malen, und als sie es fertig hatte, fragte Claudio, ob er es behalten dürfte.

»Dafür gebe ich dir einige meiner Farben«, sagte er grinsend.

»Ja, gern, danke.«

»Ein Talent wie deins muß gefördert werden«, sagte Claudio. »Aber tu mir einen Gefallen. Halte dich von dem Platz unter der Veranda fern. Geh deinem Gewerbe woanders nach.«

»Warum?«

Die beiden Künstler sahen sich grinsend an, dann sagte Lucca: »Du bist zu gut, das ist der Grund. Wir wollen keine Konkurrenz haben. Hau ab und suche dir einen anderen Platz.«

Carla wußte, daß es sinnlos war, sich mit den beiden anzulegen, also packte sie ihre Sachen und schlenderte wieder in die Sonne. Sie war zwar enttäuscht, daß sie ihren Platz im Schatten verloren hatte, aber sie sah auch etwas Positives: Sie hatten sie nicht verprügelt, und sie hatten auch nicht versucht, ihr die wenige Habe zu rauben, die sie besaß.

Und die gute Kritik hatte sie wirklich ermutigt. Wenn schon Künstler sahen, daß sie gut war, dann würden andere bestimmt bereit sein, Geld für ihre Arbeiten zu zahlen. Sie wanderte durch die halb verlassenen Straßen, bis sie sich im Viertel der Lederer fand. In jedem Haus wurden kostbare Güter aus den unterschiedlichsten Ledern angeboten, von herrlichen Stiefeln bis zu breiten Gürteln und modischen Taschen. In der Nähe war auch die Straße der Gewürzhändler, und von dort war es nur ein Katzensprung bis zu den Apotheken.

Eine ideale Gegend, fand Carla. Viele wohlhabende Menschen würden in diesem Viertel anzutreffen sein.

Sie entdeckte eine stille Ecke mit einer Treppe. Sie setzte sich auf die unterste Stufe und beobachtete die Passanten. Zuerst fühlte sie sich wie auf dem Präsentierteller, aber dann stellte sie fest, daß die meisten Menschen genug mit sich selbst zu tun hatten, sie nahmen sie gar nicht zur Kenntnis.

Carla nahm ihre Utensilien aus der Beuteltasche und begann, mit Kreide auf einen großen Pflasterstein zu ihren Füßen zu malen. Sie zeichnete die Umrisse einer Madonna mit Kind und war bald tief in ihre Arbeit versunken. Sie bemerkte gar nicht, daß sich eine kleine Menge um sie geschart hatte.

»Er ist gut!« sagte jemand, und sie schaute erst jetzt auf. »Schau, wie zart er ihre Züge gemalt hat. Was macht so einer auf der Straße?«

Carla lächelte ihn scheu an. Der Mann schien wohlhabend zu sein, der eleganten Kleidung nach zu urteilen. Sie ergriff sofort ihre Chance. »Möchtet Ihr Euer

Porträt, mein Herr? Ich habe gutes Zeichenpapier und erstklassige Farben. Ich brauche nur eine Viertelstunde, wenn Ihr soviel Zeit habt.«

Der Mann lachte, und Carla hatte schon Angst, er würde ablehnen. Aber dann sagte ein jüngerer Mann neben dem Wohlhabenden, den sie angesprochen hatte: »Mach schon, Agnolo! Deiner Frau wird es gefallen!«

»Und meine Mätresse noch mehr«, antwortete Agnolo lachend. »Also gut, ich bin gern bereit, einem jungen Künstler unter die Arme zu greifen. Wo soll ich mich hinsetzen?«

Verlegen wurde ihr bewußt, daß sie kaum erwarten konnte, dieser Edelmann sollte sich zu ihr in den Dreck setzen. Aber das Problem wurde sofort gelöst – einer der Lederhändler hatte in der Tür seines Geschäfts gestanden und zugehört, und rasch brachte er einen Stuhl heraus, auf den sich Agnolo setzen konnte. Die Schar der Neugierigen wuchs noch an, einige erkannten auch den Herrn als Agnolo, und alle waren begierig zu sehen, wie gut der Straßenmaler war, den sie noch nie in der Stadt gesehen hatten.

Carla wußte, daß sie ihre beste Arbeit abliefern mußte, um etwas für ihren zukünftigen Ruf zu tun. Andächtig nahm sie die Gesichtszüge ihres Modells wahr. Die etwas wulstige Stirn, das glatte dunkle Haar, die kleinen braunen Augen unter den vorstehenden Brauen, die gerade, etwas zu schmale Nase. Sie begann mit den Umrissen und füllte sie dann aus, immer mehr Feinheiten waren zu erkennen, jede kleine Falte, jeder Schatten, der in sein Gesicht fiel. Carla sah nichts anderes als dieses Gesicht, und sie war stolz, wie es unter ihren Fingern an Leben gewann.

Endlich war sie mit dem Ergebnis zufrieden. Sie

hielt das Blatt hoch, damit alle es sehen konnten. Rufe der Bewunderung streichelten ihre Seele. »In dem Porträt steckt mehr Leben als in dem Mann«, murmelte einer in ihrer Nähe. Und ein anderer sagte: »Das schmeichelt ihm aber.«

Die Leute verliefen sich dann rasch. Jetzt erst nahm Agnolo das Porträt in die Hand und betrachtete es lange. »Du hast Talent, junger Mann. Wieviel verlangst du für deine Arbeit von fünfzehn Minuten?«

»Was immer Ihr mir geben wollt, mein Herr. Was es Euch wert ist.«

Agnolo wandte sich an seinen Freund. »Was meinst du?«

»Gib ihm fünfundzwanzig Lire, das sollte reichen.«

»Scheint mir auch so, daß er damit angemessen entlohnt ist.«

Carla nahm das Geld und verbeugte sich dankbar. Ihr kam der Lohn wie ein kleines Vermögen vor. Sie schloß die Faust um ihr Geldstück und preßte die Hand gegen ihre Brust.

Der Mann, der den Stuhl gebracht hatte, trat vor und nahm seinen Stuhl auf. Er bemerkte Carlas strahlendes Gesicht. »Ist es dein erstes Geld?«

Carla nickte.

»Das freut mich für dich. Aber wenn du in dieser Stadt wirklich etwas werden willst, dann mußt du von der Straße weg. Ein gut aussehender Junge wie du gehört nicht auf die Straße. Früher oder später kommt jemand, der mehr von dir will als ein Porträt.«

Carla wußte, daß er es nur gut mir ihr meinte, aber sie wollte sich von niemandem die Freude über ihr erstes selbstverdientes Geld verderben lassen. Wofür sollte sie es ausgeben? Eine gute Mahlzeit, neue Kleider, eine Bleibe für die Nacht? Es war eine schwierige

Entscheidung, aber dann kaufte sie sich eine neue Hose.

In den folgenden Tagen fand Carla immer wieder mal einen Kunden, der sich von ihr porträtieren lassen wollte. Die meisten zahlten wenig, aber zwei oder drei erwiesen sich als großzügig, und sie begann, ihr Geld zu sparen und in einem Tuchbeutel am Gürtel zu verstecken. Aber sie wußte natürlich, daß dies kein gutes Versteck für ihr Vermögen war, und von Tag zu Tag wuchs ihre Angst, daß man ihr Geld rauben würde. Wenn sie doch nur genug verdiente, um sich ein Zimmer zu mieten! Dann wäre sie mit ihrem Leben mehr als glücklich gewesen.

An einem schönen Morgen im Juni näherte sich ein junger Mann mit selbstbewußten Schritten und verharrte kurz, um ihr zuzuschauen, wie sie eine hübsche Prostituierte malte. Ihr Freier hatte das Porträt in Auftrag gegeben.

Carla gelang das Bild wirklich sehr gut, sie verstärkte noch die strahlende Erscheinung der jungen Frau und arbeitete die Frische der Haut mit heller Kreide heraus. Als sie das Bild beendet hatte und die Neugierigen gegangen waren, trat der Mann auf sie zu.

»Guten Morgen, es macht Spaß, einem Künstlerkollegen bei der Arbeit zuzusehen«, sagte der Mann freundlich.

Carla errötete, sie hatte sich noch nicht daran gewöhnt, als Künstler angesprochen zu werden. »Das ist ganz lieb von Euch, mein Herr«, sagte sie.

Sie blickte in das offene, gut aussehende Gesicht des jungen Mannes und bemerkte, daß ihre Haut leicht kribbelte, als sie sich in die Augen sahen. Er hatte sehr ausdrucksstarke Augen, dunkel und samten, und sie betrachteten sie mit einer Bewunderung, die ihr schmeichelte. Aber seine nächsten Worte stürzten sie in eine große Verwirrung.

»Bist du ein Lehrling? Ich habe dich bisher noch nicht in der Gilde gesehen. Für wen arbeitest du?«

Plötzlich hatte sie Angst, daß die Gilde ihn beauftragt hatte, sie auszuspionieren. Sie sah sich schon im Gefängnis, weil sie illegal arbeitete.

Carla sammelte rasch ihre Sachen ein und verstaute sie in ihrer Tasche. Wenn es mulmig wurde, würde sie einfach abhauen.

Aber plötzlich legte er eine Hand auf ihren Arm. »Warte«, sagte er, und sie spürte, wie das Kribbeln auf ihrer Haut noch stärker wurde. »Lauf nicht weg«, sagte er. »Ich möchte mit dir reden.«

Irgend etwas flößte ihr Vertrauen zu dem Fremden ein. »Ich gehöre zu keiner Gilde, mein Herr«, gestand sie. »Wenn ich gegen ein Gesetz verstoße, dann geschieht es aus Unkenntnis. Ich will nur ein guter Maler werden. Ich habe keine Familie und muß deshalb mein Geld selbst verdienen.«

»Du bist ein Waisenjunge?« Carla nickte, wenn sie sich auch der Lüge schämte. Aber was hätte sie denn sagen können?

»Wie heißt du?«

»Carl . . .o«, sagte sie und schluckte rasch. In letzter Sekunde hatte sie sich gerettet.

»Nun, Carlo, ich heiße Marco, und mein Meister ist Piero Cortoni. Ich glaube, er würde dich gern kennenlernen.«

»*Mich* kennenlernen?«

»Ja. Er sucht einen Gehilfen. Du würdest nicht als Lehrling bei ihm anfangen, jedenfalls noch nicht. Mehr Arbeiter als Künstler. Aber es ist bestimmt besser, als auf der Straße zu sein. Du würdest ein Bett und zu essen bekommen, und wer weiß – wenn er dein Talent entdeckt, übernimmt er dich vielleicht als Lehrjunge.«

Carla brauchte nicht lange zu überlegen. Ein besseres Angebot würde lange auf sich warten lassen. Marco schien ein Mann zu sein, dem sie trauen konnte, und in der Stadt einen Freund zu haben, wäre ein großer Glücksfall. Wehmütig dachte sie an Stefano. Als sie jung gewesen war, hatte sie in Stefano einen tollen Freund gehabt.

Ihr fiel plötzlich ihr Zuhause ein, und sie seufzte. Ob ihre Familie sie vermißte? Vielleicht würde sie eines Tages zurückkehren, um sie zu besuchen. Wie sehr sie sich danach sehnte, wieder zu einem richtigen Haushalt zu gehören!

»Kopf hoch, Junge!« sagte Marco grinsend. »Was ist denn nun – ja oder nein?«

»Oh, ja, bitte.«

Marco war unterwegs zu Bondino und lud sie ein, ihn zu begleiten. Er war überrascht, als der Apotheker seinen Begleiter begrüßte. »Du bist also doch ein *bona fide* Künstler«, sagte der alte Mann, als er sie zusammen mit dem Lehrjungen sah.

»Noch nicht«, sagte Carla und verzog das Gesicht. »Aber eines Tages hoffe ich einer zu sein.«

Sie hörte aufmerksam zu, als Marco die Liste der Bestellungen herunter leierte, die sein Meister ihm aufgetragen hatte. Als Bondino alles zusammengetragen hatte, nahm sie bereitwillig auch ein paar Päckchen.

Sie gingen die Straße der Schuhmacher hinunter und überquerten den großen Platz am Rathaus. Unter der Veranda sah Carla, wie Claudio eine Frau mit einem Obstkorb porträtierte. Zu ihrem Erstaunen hatte er das Porträt, das sie von ihm gefertigt hatte, neben seinen Stuhl auf eine Staffelei gestellt. Auf einer

Schiefertafel hatte er etwas unter das Porträt geschrieben, aber Carla konnte es nicht lesen.

Sie zupfte an Marcos Ärmel. »Seht Ihr das Bild neben dem Mann unter der Veranda? Was steht auf der Tafel darunter?«

Marco verengte die Augen und las laut: »Selbstbildnis.«

»*Was?*«

»Nun, es ist eine enorme Ähnlichkeit«, meinte Marco.

Carlo lächelte, aber sie entschied, nichts zu sagen. Sollte Claudio doch ihre Arbeit als seine eigene ausgeben, wenn er dadurch mehr Kunden gewinnen konnte. Jetzt, da sie bessere Aussichten hatte als die armen Kerle unter der Veranda, konnte sie großzügig sein.

Sie gingen durch ein dunkles Labyrinth aus engen Gassen, und Carla wich den Fragen ihres neuen Freundes so gut aus, wie es ging. Sie wollte ihn nicht belügen, aber die Antworten über ihre Herkunft und wo sie bisher gelebt hatte, waren vage. Schließlich erreichten sie eine kleine Straße in der Nähe der *Santa Croce,* und vor einem schmalbrüstigen Haus mit einem Wappen über der Tür blieben sie stehen.

»Dies ist gleichzeitig mein Zuhause und meine Arbeitsstätte«, sagte Marco. »Alle vier Etagen. Piero hat das Haus von den Pazzis gemietet. Komm herein, damit ich dich den anderen vorstellen kann.«

In der Malerwerkstatt Cortonis gab es fünf Lehrjungen, und Carla wurde ihnen allen vorgestellt. Der jüngste war Antonio, gerade zwölf Jahre alt, und erst seit drei Monaten Lehrling. Er hatte ein offenes, mondrundes Gesicht und krause hellbraune Locken. Er sieht ein bißchen wie ein Posaunenengel aus, dachte Carla.

Die beiden, die im Alter knapp unter achtzehn waren, Matteo und Luigi, konnte man als stramme Burschen bezeichnen. In ihren Augen lauerte der Schalk, und Marco verriet ihr, daß die beiden für jeden Spaß zu haben waren und eine Schwäche für guten Wein hatten.

Ernster und nüchterner war Giovanni, der älteste von ihnen. Mit seinen achtzehn Jahren war er alt genug, um zur Malerschule zu gehen, die man mit dem Meistertitel abschloß, aber er konnte die 25 Florine nicht aufbringen, deshalb blieb er bei Piero.

Carla hatte den Eindruck, daß ihn dieser Umstand bedrückte, denn Giovanni hatte ein säuerliches Gesicht. Wahrscheinlich mußte er immer daran denken, daß er viel lieber selbständig wäre. Er war der einzige der Lehrjungen, der ihr argwöhnisch gegenüber trat.

Schließlich war es Zeit, den Meister kennenzulernen. Sie stiegen die Treppen hoch, kamen an Räumen vorbei, in denen alle möglichen Utensilien lagen, in denen Carla gern gewühlt hätte, und erreichten dann die oberste Etage, die Piero ganz allein gehörte.

»Laß mich zuerst hineingehen«, flüsterte Marco ihr vor seiner Werkstatt zu.

Carla versuchte, das Gespräch durch die einen Spalt offenstehende Tür zu hören, aber sie vernahm nur Wortfetzen. Sie wartete voller Ungeduld und wurde schließlich gebeten, die Werkstatt zu betreten.

Zuerst fielen ihr die vielen Pinsel im Zimmer auf, dann die Anzahl der Leinwände, die Staffeleien, die Skizzenblätter, die herumliegenden Farben. Alles sah schrecklich durcheinander aus. Ihr zweiter Blick fiel auf zwei Kunstwerke, die kurz vor der Vollendung und auf Staffeleien standen. In einer Ecke sah sie eine Marmorstatue, Gesicht und Gestalt gerade erkennbar, und in einer anderen Ecke befand sich ein Triptychon, das offenbar als Altarstück für eine Kirche gedacht war. Es strahlte in warmen Tönen aus Rot und Gold.

Piero Cortoni war ein auffällig gut aussehender Mann, gut gebaut und mit einer glühenden Energie, die im ganzen Raum zu spüren war. Carla blickte in seine Augen, in denen goldene Flecken tanzten. Sie sah dort einen gewaltigen Appetit auf das pralle Leben – einen Appetit auf alles, was Spaß machte. Irgendwie fühlte sie sich dadurch eingeschüchtert.

Sie rief sich in Erinnerung, daß dieser Mann ihr Schlüssel zur Gilde sein konnte. Er war in der Lage, eine Künstlerin aus ihr zu machen, ihr die Fertigkeiten beizubringen, die ihr noch fehlten. Deshalb war es äußerst wichtig, einen guten Eindruck auf ihn zu machen.

»So, du bist also dieser Carlo, der so ein großes Talent hat, daß mein Junge hier dich aus der Gosse holen will«, sagte er. »Nun, du siehst tatsächlich wie ein Gossenjunge aus. Hat er dir schon gesagt, daß ich zur Zeit nicht noch weitere verdammte Lehrjungen brauchen kann? Ich habe alle Hände voll zu tun mit denen, die ich schon ausbilden muß. Aber sobald einer von ihnen geht, haben wir eine freie Stelle. Bis dahin bist du unser Laufbursche. Ist dir das klar?«

»Oh, ja! Ich bin sicher, daß ich nur vom Zuschauen viel lernen kann.«

»Ich füttere dich nicht fürs Zuschauen durch, du Frechdachs.«

»Oh, nein, so habe ich das nicht gemeint ... Ich wollte damit nur sagen, wenn ich noch keine Bilder malen kann, kann ich wenigstens zusehen, wie es gemacht wird.«

Piero grunzte und griff nach seiner Karaffe. Er schenkte sich einen hohen Becher ein, bot Marco und

Carla aber keinen Schluck an. Carla schaute aus dem Fenster und sah in der Nähe den Turm der *Signoria*. Was würden Claudio und Lucca sagen, wenn sie erfuhren, daß sie so schnell auf die Füße gefallen war? Sie würden grün vor Neid werden.

»Er wird hier oben schlafen müssen, unten bei euch ist kein Platz mehr«, fuhr Piero fort. »Ich werde ein Bett aufschlagen lassen.«

Marco blinzelte ihr zu. »Du Glücklicher«, murmelte er leise und grinste sie an.

»Nimm ihn jetzt mit nach unten, damit er sich sein Abendessen verdienen kann«, sagte Piero zu Marco, und mit einer lässigen Handbewegung waren sie beide entlassen.

Es war erstaunlich, wie rasch sich Carla bei den Lehrjungen eingelebt hatte. Sie alle schienen bestrebt zu sein, ihr Dinge zu erläutern, und noch vor dem Abendessen wußte sie, wie man bestimmte Farben mischte und mit welchen Zutaten man sie versah, um die Farben zu strecken. Sie hatte auch gelernt, wie man Pinsel aus Schweineborsten anfertigte.

»Morgen lernst du, wie man Buchsbaumbretter mit der Asche von Hühnerknochen bestreicht«, sagte Marco ihr. Als Carla das Gesicht verzog, beruhigte er sie: »Du wirst dich daran gewöhnen. Es ist eine sehr wichtige Arbeit. Man kann nicht einfach auf Holz malen, man muß es vorher zubereiten, und zwar verlangt fast jedes Holz eine andere Art der Behandlung.«

Er lächelte sie freundlich an, und wieder spürte sie dieses vertraute Ziehen in den Lenden. Von allen Lehrjungen war er derjenige, zu dem sie sich am meisten hingezogen fühlte, aber Carla wußte, daß sie ihre

Gefühle geheimhalten mußte. Da sie alle auf kleinstem Raum lebten, würde es ganz wichtig sein, mit allen gut auszukommen – am besten mit Piero.

Der Meister regierte mit starker Hand. Er brauchte nur die Stirn zu runzeln, und schon hasteten sie zu ihm und entschuldigten sich, auch wenn sie sich keiner Schuld bewußt waren.

Der Gedanke, daß sie oben bei ihm schlafen mußte, erfüllte sie mit großem Unbehagen. Als es dunkel wurde und sie alle zu Abend gegessen hatten, winkte Piero sie zu sich. »Komm, Carlo. Ich zeige dir dein Bett. Bring die Kerze mit.«

Sie nahm die Kerze vom Tisch und folgte ihm durch die Tür. Hinter sich hörte sie Kichern und Flüstern, und sie spürte, wie ihr Herz klopfte. Waren die anderen eifersüchtig, weil sie als Ausnahme behandelt wurde? Sie hatte sich vorgenommen, nichts zu tun, was die anderen vor den Kopf stoßen könnte, aber was blieb ihr denn anderes übrig?

Zu ihrem Erschrecken mußte sie feststellen, daß Piero das andere Bett dicht an seinem aufgeschlagen hatte. Sie hatte bis zuletzt gehofft, daß sie im Nebenzimmer schlafen würde. Aber so würde sie keine Privatsphäre haben. Was sollte sie machen, wenn sie ihre Periode bekam und die blutigen Tücher irgendwie waschen mußte? Dieses Problem beunruhigte sie schon seit ihrer Ankunft im Haus, und nun schien es ein schier unüberwindbares Hindernis zu sein. Nun, nichts war unmöglich. Sie mußte einfach eine Lösung finden.

Piero setzte sich auf sein Bett, die Beine weit gespreizt. »Guter Junge«, sagte er, »hilf mir mal bei meinen Stiefeln.«

Carla mühte sich mit den Lederstiefeln ab, und als sie es geschafft hatte, blieb sie entsetzt stehen, als sie sah, daß er direkt vor ihr seine Beinkleider hinunter rollte und sein Teil vor ihr entblößte.

»Was ist denn los mit dir? Hast wohl noch nie so'n feinen Apparat gesehen, was?« Er grinste. »Nun, du wirst meinen Schwanz bald besser kennenlernen. Nimm drüben die Schüssel mit Wasser und säubere ihn gründlich.«

Sie starrte ihn offenen Mundes an, wollte nicht glauben, was sie da gehört hatte, aber als sie die hochgezogenen Brauen sah, die einen riesigen Schatten auf seine gefurchte Stirn warfen, hastete sie durchs Zimmer und brachte die Schüssel. Carla wußte, daß sie sich nicht erlauben konnte, ihrem Meister etwas abzuschlagen, aber das Pochen ihres Herzens klang protestierend in ihren Ohren.

Während sie vor ihm kniete, um ihrer Aufgabe nachzukommen, richtete sich sein Glied auf und begann anzuschwellen, bis es mächtige Proportionen angenommen hatte. Sie starrte fasziniert darauf. Es war noch viel größer als das von Stefano. Aber es stank nach Schweiß und Samen, und ihre Nase kräuselte sich.

»Worauf wartest du noch? Mach schon!« fuhr Piero sie ungeduldig an.

Carla nahm den nassen Schwamm aus der Schüssel und wusch über die gespannte Eichel, während sie mit der anderen Hand den Schaft festhielt. Der Penis zuckte und hüpfte in ihrer Hand, als führte er ein eigenes Leben, und Piero grunzte zufrieden. Carla wurde mutiger und fuhr mit dem Schwamm über die Länge des Schafts, und dann wischte sie auch über seine Hoden.

»Vorsichtig«, warnte er sie, als sie mit der Hand über den weichen Sack strich. »Du solltest gelernt haben, wie man die Nüsse eines Mannes behandelt.

Ich wette, du hörst doch gar nicht auf, mit deinen zu spielen.«

Seine Worte verstärkte noch ihre Beklommenheit. Wie konnte sie hoffen, ihr Geschlecht erfolgreich zu verheimlichen, wenn sie so nah beieinander wohnten? Und wenn ihr Geheimnis gelüftet war, würde man ihr eine Tracht Prügel geben und zurück auf die Straße werfen. Ihre Finger zitterten und verkrampften sich um den Schwamm, und ein paar Tropfen liefen auf Pieros Oberschenkel.

»Paß auf, was du tust!« schalt er. »Trockne mich mit diesem Tuch hier ab.«

Sein Phallus fühlte sich kühl unter ihren heißen Fingern ab, und nun, da er gewaschen war und keinen unangenehmen Geruch mehr verströmte, spürte Carla die seltsamen Gefühle zurückkehren, die sie erregten. Sie wollte sich aufrichten, weil sie die Aufgabe für erledigt hielt, aber Piero legte seine Hände auf ihre Schultern und drückte sie nach unten. Ein hintergründiges Lächeln lag auf seinem Gesicht.

»Du bist noch nicht fertig«, sagte er. »Mache es wie eine Katze, zu einer guten Säuberung gehört ein Trockenlecken. Und wenn du schon dabei bist, kannst du auch ein bißchen saugen. Wenn du es schaffst, daß ich mich dabei wohl fühle, kannst du bleiben.«

Die Erregung in ihr wuchs noch, angestachelt durch seine Worte. Die ganze Zeit während des Waschvorgangs hatte Carla ein unbestimmtes Verlangen gespürt, dem Piero jetzt auf die Sprünge geholfen hatte. Ja, sie hatte dieses wunderbare Organ küssen wollen, mit Zunge und Lippen erforschen, bis sie seine Kontur und jede Falte, jede Schwellung kannte. Der Drang war auch schon bei Stefano dagewesen, aber sie war zu scheu gewesen, zu ängstlich.

Eine Vision der beiden Frauen in der Apotheke kam

ihr in den Sinn, als sie den Kopf über den erigierten Penis beugte und wie zur Übung mal mit der Zunge über die Spitze strich. War es das, wofür Männer bezahlten? Das langgezogene Stöhnen Pieros, als sie kräftiger zu lecken begann, schien ihre Frage zu beantworten. Ja, das war es offenbar, was Männer von Frauen haben wollten. Zuerst war es ein bißchen eigenartig, lebendes Fleisch in den Mund zu nehmen, fast eine milde Form von Kannibalismus, aber bald schon gewöhnte sie sich daran, und dann genoß sie ihre Aufgabe.

Der moschusartige Geruch füllte ihren Mund, als Carla die ersten Tropfen schmeckte. Unangenehm war es ihr nicht. Er begann jetzt in ihren Mund zu stoßen, und zuerst fürchtete sie, er könnte sie damit erwürgen, aber dann lernte sie rasch, den wuchtigen Kopf aufzunehmen, der ihren Gaumen berührte. Sie nahm die Eichel zwischen die Lippen und saugte hart daran, während sie mit den Fingern den Schaft rieb, was ihn zu weiteren Äußerungen der Lust trieb. Es machte sie stolz, einem Mann soviel Lust zu bereiten.

Carla hatte den Rhythmus gefunden und übte ihre erste Fellatio aus. Sie konnte auch seine Stöße aufnehmen, ohne daß es sie würgte. Aber auf seinen Höhepunkt war sie nicht vorbereitet. Als die heiße Flüssigkeit durch ihre Kehle jagte, quietschte sie laut auf und ruckte den Kopf zurück.

Als Piero sich von der Ejakulation erholt hatte, schaute er Carla spöttisch an.

»Was ist denn los mit dir? Hast du nicht geglaubt, es würde mir kommen? Du kannst mich nicht auf diese gekonnte Weise blasen, ohne mit den Konsequenzen zu rechnen, du Dummkopf. Hier, wisch dir über den Mund. Du hast es gut gemacht. Wenn du mit soviel Begeisterung an deine Arbeit gehst, dann paßt du gut zu uns. Geh jetzt ins Bett. Wir stehen mit der Sonne auf, und dann wirst du erfahren, was es bedeutet, hart zu arbeiten. Blas die Kerze aus.«

Carla legte sich im Dunkel auf die Roßhaarmatratze und bedeckte sich mit einem Tuch aus Hanf. Sie konnte nicht schlafen, zu viele Gedanken schwirrten ihr durch den Kopf. Was sie getan hatte, ließ sie an Stefano denken, und sie überlegte, wie es mit ihm gewesen wäre.

Draußen auf dem sonnigen Hügel. Vielleicht wäre es ihr gelungen, Stefano zu lehren, sie zu lieben, und dann hätte er sie zur Frau genommen. Das erste Mal dämmerte es ihr, welche Macht eine Frau über einen Mann haben konnte.

Das Gefühl der Leere war unerträglich, und sie drückte eine Hand zwischen ihre Schenkel. Das leichte Reiben linderte den Schmerz. Irgendwie wußte sie, daß dort unten, zwischen den Schenkeln, die Quelle ihrer Kraft und ihrer Schwäche lag.

Beim ersten Morgenlicht waren die Lehrjungen auf den Beinen. Carla hörte sie unten herumlaufen und öffnete schläfrig die Augen. Dann wurde sie auch schon von Piero wachgerüttelt. Er zog ihr das Tuch weg. »Nimm die Hände da weg, du Langschläfer, es gibt andere Arbeit zu tun. Wasch dein Gesicht, dann wirst du wach. Und geh hinunter und hilf den anderen beim Frühstück.«

Als sie sich zu den anderen gesellte, sah sie in grinsende Gesichter. Einige tuschelten miteinander, und Carla stand ratlos da, bis Giovanni fragte: »Hast du eine gute Nacht gehabt – mit dem Meister?«

»Ja, ich habe gut geschlafen, danke.«

»Es geht um das, was vor dem Schlafen passiert ist,

was uns interessiert. Hast du ihm einen blasen müssen?«

Carla errötete. Hatte man sie heimlich beobachtet? Sie sah entsetzt in die grinsenden Gesichter, dann trat Marco zu ihr und legte eine Hand auf ihre Schulter.

»Mach dir keine Gedanken«, sagte er. »Wir haben das alle schon hinter uns. Nimm es als eine Art Einstand. Jetzt bist du einer von uns.«

Sie lächelte schwach. Er wenigstens schien ein Freund zu sein. Wenn diese Umstände dazu gehörten, wenn man Künstler werden wollte, dann wußte Carla nicht, ob ihr die Zukunft gefallen würde. Sie war in einen merkwürdigen Haushalt geraten. Dann lachte sie verbittert auf.

Am merkwürdigsten in diesem Haushalt war sie, die vorgab, ein Junge zu sein.

Drittes Kapitel

Am Ende der ersten Woche bei Piero hatte Carla das Gefühl, daß sie als einer der Jungs akzeptiert worden war. Sie erwies sich schon bald bei den kleinen Aufgaben, die man ihr übertrug, als verläßlich, ob es um die Aufbereitung einer Fläche ging, um das Binden eines Pinsels oder um die Mischung der Farben. Sie knurrte auch nicht, wenn man ihr geringere Arbeiten übertrug, entweder die Werkstatt auskehren oder ein paar Lappen waschen. Obwohl sie das Ziel der meisten Witze und Scherze war, ertrug sie es und lachte mit. Sie war mit ihrem neuen Leben mehr als zufrieden.

Sie mußte zwar von Sonnenaufgang bis Sonnenuntergang arbeiten, aber ihr blieb trotzdem noch Zeit, um das in sich aufzusaugen, was um sie herum geschah. In der großen, luftigen Werkstatt in der ersten Etage wurde stets an mindestens sieben verschiedenen Projekten gearbeitet, und in der Meisterwerkstatt in der oberen Etage auch noch an einigen weiteren. Die älteren Lehrjungen arbeiteten an einem Bild von Tobias mit dem Engel. Während Marco die Gestalt des Tobias malte, brachte Giovanni leuchtende Farben auf die Flügel und auf den Umhang des Engels Gabriel.

Marco erzählte ihr, daß es sich um den Auftrag eines Seidenhändlers handelte, der das Gemälde anläßlich der ersten Auslandsreise seines Sohnes anfertigen ließ. Es sollte in Zukunft so etwas wie ein Glücksbringer für den Sohn und die ganze Familie sein, um Erfolg und gesunde Rückkehr abzusichern.

Carla beobachtete die Arbeit der jüngeren noch

intensiver, da sie hoffte, bald auch zu ihnen zu gehören. Ihnen war nicht gestattet, an den wesentlichen Teilen der Gemälde zu arbeiten. Sie versuchten sich eher an den kleineren Figuren und dem gesamten Hintergrund.

Ihr fiel auf, wie sie sich vor dem Bild bewegten, damit sie sich nicht ins Gehege kamen. Carla sah genau hin, wie sie die Pinsel hielten, und manchmal unterstützten sie die pinselführende Hand mit der anderen, wenn ein Detail besonders exakt ausgeführt werden mußte. Sie bemerkte auch, daß sie nur wenig Farbe auf den Paletten hatten, damit sie nicht austrocknete.

Die Junioren beachteten auch, daß ihre Farbschattierungen genau zu denen paßten, die Marco und Giovanni ihnen vorgegeben hatten. Wenn Piero ihr mal einen Pinsel in die Hand drücken sollte, dann würde sie genau wissen, was sie zu tun hatte, dachte Carla.

Bis dahin würde sie sich um drängendere Probleme zu kümmern haben – zum Beispiel, wie sie ihre wahre Identität sicher verheimlichen konnte. Ihre Periode trat nach sechs Tagen im Haus des Malers auf, aber sie hatte den Vorteil, daß sie immer schon leichte Perioden hatte, und in der Werkstatt lagen genug Lappen herum, und da es sowieso zu ihren Aufgaben gehörte, die Lappen zu waschen, gelang es ihr ohne größere Schwierigkeit, ihre eigenen auszuwaschen.

Nachts fürchtete sie sich am meisten vor Entdeckung, aber nach ihrem ›Einstand‹ hielt sich Piero auf Distanz. Carla hörte ihn oft schnaufen und reiben, aber nach ein paar Nächten hatte sie sich an die Geräusche gewöhnt, die davon kündeten, daß er sich selbst Erleichterung verschaffte.

Eine andere Sache waren ihre eigenen Gelüste. Sie hatte beunruhigende Träume, in denen die anderen

Lehrjungen auftauchten, und wenn sie aufwachte, schämte sie sich, daß ihr die Träume gefallen hatten.

Ein Lieblingstraum von ihr war, daß sie als Aktmodell posierte. Während die Lehrjungen ihren Körper zeichneten, gaben sie rüde Kommentare von sich.

»Kleine, fest Brüste«, sagte einer. »Genau, wie ich sie mag. Und diese hübschen kleinen Nippel!«

»Mich macht ihr Hintern scharf«, sagte ein anderer. »Ich möchte sie von hinten nehmen und spüren, wie sie den Arsch an mir reibt.«

»Ich will ihr Gesicht dabei sehen. Ich will ihre Lust sehen, weil mich das besonders anstachelt.«

»Und ich will, daß sie es mir so macht wie Piero.«

Während Carla den Wunschvorstellungen der Lehrjungen lauschte, wurde sie in ihrem Traum immer mehr erregt. Manchmal wachte sie nachts auf und fand ihren Körper in einem fiebrigen Zustand vor, die Nippel ganz hart, ein heftiges Pochen zwischen den Beinen. Dann begann sie sich zu streicheln und zu reiben, um das Kribbeln abzustellen, aber jede Berührung schien sie nur noch heißer zu machen. Erschöpft fiel sie auf den Rücken und schlief weiter, aber am Morgen war sie dann müde, nervös und gereizt.

Sie befand sich in einer solchen Verfassung, als es zu einem ersten Mißton bei der Arbeit kam. Giovanni hatte sie gebeten, ein wenig Blattgold auf einen Pinsel zu geben und ihm zu bringen, aber sie atmete zu schwer, als sie das dünne Gold mit dem Pinsel aufheben wollte, und es flatterte zu Boden und ward nicht mehr gesehen.

»Tölpel!« tobte Giovanni. »Hast du eine Ahnung, was dieses Zeug kostet? Ich muß Piero die Benutzung jedes Atoms von diesem Blattgold nachweisen! Er wird es von meinem Lohn abziehen!«

»Er konnte nichts dafür«, mischte sich Marco ein. »Er ist bisher noch nicht mit Blattgold umgegangen. Du hättest ihm genau zeigen sollen, wie er es sicher mit dem Pinsel aufheben kann.«

»Jeder Narr kann sehen, wie hauchdünn das Zeug ist!« brüllte Giovanni.

»Ich bin kein Narr!« rief Carla, Tränen in den Augen. »Und ich bin auch kein Tölpel. Ich hatte keine Ahnung, wie dünn es war. Woher sollte ich auch? Wo ich herkomme, habe ich noch nie Gold oder Silber gesehen.«

»Wo kommst du denn her – aus der Gosse?« höhnte Giovanni. »Mir ist schon aufgefallen, daß du nie von deiner Familie sprichst. Sie haben dich wohl rausgeworfen, was?«

»Jetzt reicht es, Giovanni«, sagte Marco scharf. »Du bist zwar der Senior unter uns, aber das gibt dir kein Recht, den neuen Jungen so fertigzumachen.«

»Warte, bis Piero erfährt, was er getan hat!«

»Du brauchst es ihm nicht zu sagen. Das wäre Carlo gegenüber nicht fair. Außerdem braucht der Meister es nicht unbedingt zu bemerken. Wenn er fragen sollte, kannst du ihm sagen, du hättest eine zusätzliche Schicht auf den Heiligenschein gelegt. Damit wird er sich zufrieden geben.«

»Warum stellst du dich auf seine Seite?« fragte Giovanni, und Argwohn lag auf seinem hageren Gesicht. »Bist wohl scharf auf ihn, was?«

»Oh, mach dich doch nicht lächerlich.«

Marco wandte sich mit einer wegwerfenden Bewegung ab.

Carla wäre am liebsten zu ihm gelaufen und hätte ihm gesagt, wie dankbar sie ihm war, daß er sie verteidigt hatte, aber das war unmöglich, solange Giovanni in der Nähe war. Er sah sie mit dem finsteren

Blick eines Wolfs an, dem man die Beute weggeschnappt hatte.

Der Streit ging vorbei, aber von nun an war Carla besonders auf der Hut, wenn sie etwas für Giovanni zu erledigen hatte. Sie versuchte, ihm aus dem Weg zu gehen. Er war der einzige aus dem ganzen Haushalt, bei dem sie kein gutes Gefühl hatte. Selbst Piero war weniger einschüchternd, seit sie ihm gleich am ersten Abend diesen persönlichen Dienst erwiesen hatte. Nachts hörte sie ihn schnarchen und furzen. Er ließ sie in Ruhe und betrachtete sie eher wie ein Möbelstück.

Carla verbrachte nicht die gesamte Zeit im Haus. Sonntags begleiteten die Lehrjungen ihren Meister in die Kirche Santa Croce, und danach fanden oft aufregende Veranstaltungen auf dem Kirchplatz statt. Fahnenschwenkwettbewerbe, Bärenhetze und Lanzenturniere. Ihr gefiel die Gesellschaft der Jungen, deren Ausgelassenheit ansteckend wirkte.

An einem Nachmittag fand ein *Giuoco del Calcio* statt. Der Kirchplatz war zur Arena geworden, und rund herum standen Bänke. Aus allen Fenstern rund um den Platz flatterten Fahnen im leichten Wind, Fahnen mit gestickten Motiven und in bunten Farben. Es war ein sehr festlicher Anblick. Carla stand mit den anderen an einer Seite, und bald liefen die beiden Mannschaften in den Ring, der von den Bänken begrenzt wurde. Die Spieler einer Mannschaft trugen rote Uniformen, die anderen Spieler waren grün gekleidet.

Die Menge klatschte und trampelte und johlte. Viele Leute sprangen von den Bänken auf.

Carla wandte sich an Marco. »Welche Mannschaft unterstützen wir?«

»Die Roten natürlich!« rief er grinsend. »Nieder mit den Grünen!«

Auf jeder Seite spielten siebenundzwanzig Mann. Das ganze Spiel über legten sie ein furioses Tempo vor. Sie jagten den Ball von einer Seite zur anderen. Carla versuchte, die Regeln zu begreifen, aber das gab sie schon bald auf. Sie wußte nur, wenn die Leute ganz laut tobten, war ein Tor gefallen. Trotzdem war es aufregend zuzuschauen, es brachte Spaß und versetzte die Zuschauer in heitere Stimmung.

Marco war am Ende besonders guter Stimmung, weil die Roten gewonnen hatten. Er legte einen Arm um Carla und drückte sie. Der körperliche Kontakt mit ihm löste Gefühle in ihr aus, über die sie sich lieber unklar blieb.

Nach dem Spiel harrten sie noch eine Weile auf dem Kirchplatz aus, um anderen Darbietungen zuzuschauen. Die Jungen schäkerten mit allen Mädchen, die es zuließen, und einige trafen heimliche Verabredungen.

»Wie kann er sicher sein, daß er sie wiedersieht?« fragte Carla, als sie hörte, daß Luigi sich mit einem hübschen jungen Mädchen verabredete.

»Kannst du dir das nicht vorstellen?« fragte Marco. »Ich wette, wenn er das nächste Mal zum Marktplatz geschickt wird, dauert es verdammt lange, ehe er zurückkommt. Oder er wird sich in der Dunkelheit verdrücken. Du weißt doch, daß man sagt: ›Liebe findet immer einen Weg.‹«

»Passiert das oft?« fragte sie verwundert.

Er blinzelte ihr zu. »Öfter, als Piero sich träumen läßt. Das ist ja der Vorteil, daß er ganz oben schläft und vor dem Schlafengehen eine Menge Wein trinkt. Manchmal schmuggeln wir ein, zwei Mädchen bei uns ein.«

»Ich kann es kaum glauben.«

»Was ist los? Bist du eifersüchtig? Vielleicht finden

wir auch für dich eine Lösung. Du könntest leicht die Treppe hinunter schleichen, sobald Piero mit dem Schnarchen beginnt.«

»Oh, nein!«

Zu spät bemerkte Carla, daß der Schrecken in ihrer Stimme zu schroff war. Marco grinste. »Du bist noch unschuldig, nicht wahr? Vielleicht solltest du eine Hure besuchen. Ich kenne eine gute Frau. Sie hat Erfahrung darin, den Jungen über das erste Mal hinwegzuhelfen.«

Carla sagte nichts und fürchtete sich davor, sich zu verraten. Aber Marco vergaß das Gespräch nicht. Eines Nachmittags sagt er vor den anderen: »Warum kommst du heute abend nicht runter, nachdem Piero eingeschlafen ist? Wir lassen zwei junge Mädchen kommen. Dann können wir irgendwas für dich organisieren.«

Carla wußte nicht, was sie sagen sollte. Wenn sie sich weigerte, würde man sie für prüde halten, oder für einen Schwächling. Aber wenn sie zusagte, brachte sie sich in eine knifflige Lage. Sie sagte trotzdem zu. Später konnte sie sagen, sie wäre eingeschlafen, dachte sie.

Aber so leicht wurde es ihr nicht gemacht. Als sie nicht rechtzeitig unten war, schlich Matteo die Treppe hinauf ins Schlafzimmer des Meisters, und rüttelte Carla wach. Piero schnarchte laut, deshalb hatte Carla keinen Vorwand, Matteo nicht nach unten zu folgen.

Die älteren Lehrjungen flüsterten und flirteten mit zwei jungen Mädchen. Carla fand die Szene seltsam. Die Mädchen saßen auf den Schößen von Luigi und Marco. Dieser Anblick löste einen Stich der Eifersucht bei ihr aus, der sich noch verstärkte, als sie sah, daß Marco das Mädchen auf den Hals küßte und ihr blondes Lockenhaar strich.

»Ich habe Carlo für einige Kußlektionen mitgebracht«, verkündete Matteo, was dazu führte, daß Carla heftig errötete.

»Nur küssen?« fragte Luigi. Er schaute sein Mädchen an, das laut kicherte. »Nina kann gut küssen, nicht wahr, Liebling? Bist du bereit, einem Neuling zu zeigen, wie's gemacht wird?«

»Hm, ja. Kommt darauf an, was ich dafür bekomme.«

»Verdorbenes Mädchen«, schimpfte Luigi im Spaß und schob Nina von seinem Schoß. »Geh zu ihm und steck ihm deine Zunge rein. Ich wette, Carlos Zehen werden sich biegen vor Lust, und wenn du spürst, daß sich sein Schwanz hebt, fällt dir dazu vielleicht auch was ein. Geh jetzt.«

Carla sah keine Möglichkeit, sich aus dieser Lage zu befreien, wenn sie nicht noch eine größere Närrin aus sich machen wollte. Sie stand da, verlegen und steif wie ein Brett, während Nina zu ihr trat, ein amüsiertes Lächeln im Gesicht. »Hast du wirklich bisher noch kein Mädchen geküßt?«

Carla schüttelte den Kopf. Warum konnte sich kein Loch im Boden auftun, in das sie sinken konnte? Und doch war sie gespannt auf das Mädchen, das sie jetzt mit wissenden braunen Augen ansah. Nina hatte einen drallen, reifen Körper. Carla sah ihr an, daß sie schon eine Menge Erfahrung mit Jungen hatte, dabei schätzte sie, daß Nina etwa in ihrem Alter war. Und doch schüchterte Nina sie ebenso ein wie die beiden Huren in der Apotheke.

Wie lange würde es dauern, bis Nina merken würde, daß sie ein Mädchen küßte?

»Komm schon«, sagte Nina und nahm sie bei der Hand. »Da drüben haben wir es gemütlicher.« Sie drückte Carla sanft auf das Bett eines der Jungen nieder und legte sich dann neben sie. »Nimm mich in deine Arme. So, jetzt kommst du mit dem Kopf langsam näher, bis sich unsere Lippen treffen ... ja, komm, so ist es richtig.«

Carla war überrascht, als sie feststellte, daß kein großer Unterschied darin bestand, ob sie Stefano küßte oder eine andere Frau. Sie dachte darüber nach, und es fiel ihr kein Grund ein, warum es einen Unterschied geben sollte. Solange sie sich küßten, dachte Carla, würde Nina nicht herausfinden, daß sie in Wirklichkeit auch ein Mädchen war.

Der Mund Ninas schmeckte frisch und süß, und die kleine Zunge gab sich forsch und aktiv. Bald begann Carla, die Küsse zu genießen. Ihre Zungen duellierten sich spielerisch. Als sich Nina nach einer Weile von ihr löste, spürte Carla so etwas wie Enttäuschung.

Erst jetzt bemerkte sie, daß sich die Lehrjungen um das Bett gestellt hatten und vergnügt zuguckten. Carla spürte wieder die Verlegenheit und schaute schüchtern weg, worüber die anderen, auch die Mädchen, lachten.

»Wenn das wirklich dein erstes Mal war, hast du uns eine verdammt gute Schau geboten«, sagte Luigi. »Wie war es für dich, Nina? Sind dir die Küsse unserer Jungfrau lieber als meine?«

Ninas Antwort bestand darin, ein Kissen nach Luigi zu werfen. Daraus entstand eine kleine Kissenschlacht, die mit viel Lärm verbunden war, und die anderen Lehrjungen warnten aufgeregt, sie sollten leiser sein.

Die Warnung kam zu spät. Sie hörten die schweren Schritte Pieros auf der Treppe, begleitet von gegrunztem Gemurmel. Die beiden Mädchen wurden hastig durch die Hintertür geschoben, wo sie in die Nacht verschwanden. Als der Meister das Zimmer betrat, waren alle Kerzen gelöscht, und die Jungen schienen alle schlafend in ihren Betten zu liegen.

Piero schnüffelte. »Was rieche ich denn da? Kerzenwachs, Schweiß und Parfümduft. Wart ihr wieder mit euren alten Streichen zugange?«

Nur ein unterdrücktes Kichern antwortete ihm. Er zündete eine der Kerzen an und hielt sie hoch. Carla hielt den Atem an. Sie lag in einer Ecke unter einer Decke.

»Carlo, was hast du hier unten zu suchen? Ab nach oben, aber sofort!«

Sie tat, wie ihr geheißen, und bald war es im Haus wieder still. Bevor Piero sich wieder hinlegte, verbot er ihr, das Zimmer nachts noch einmal zu verlassen. »Diese Jungen haben einen schlechten Einfluß auf dich. Bevor ich mich umgesehen habe, treibst du dich mit ihnen herum und hurst genauso durch die Gegend wie sie. Du sollst dich auf deine Arbeit konzentrieren. Ich sehe doch, wie sich Luigi und Antonio entwickelt haben – das wird mir bei dir nicht passieren. Dafür hast du ein zu großes Talent.«

Carla war insgeheim erfreut, daß er sie so hoch einschätzte, aber sie hatte nicht vor, die Gesellschaft der anderen Lehrjungen aufzugeben. Nachts würde sie in ihrem Bett bleiben, aber tagsüber würde sie weiter die lässige Kameraderie genießen, die unter ihnen herrschte, und besonders Marcos Gesellschaft wollte sie nicht missen.

Sie entwickelten eine leise Freundschaft, und wenn er mal die Werkstatt für eine Stunde oder zwei verließ, konnte sie es kaum erwarten, bis er wieder da war. Sie nahm jede Gelegenheit wahr, mit ihm zu reden oder ihm bei der Arbeit zu helfen, und wenn er sie mit einem Lächeln bedachte, dann war es für sie ein ganz besonderer Tag.

Gegen Mitte Juni verwandelte sich die Werkstatt plötzlich in ein Bienenhaus voller hektischer Aktivitäten. Marco erklärte Carla, daß der Karneval bevorstünde, und die Nachfrage nach gemalten Szenen, nach Türmen aus Papier und Wachs, nach kunstvollen Masken und Kleidern stieg sprunghaft an, so daß die florentinischen Künstler sich vor Aufträgen kaum noch retten konnten.

Pieros Werkstätten wurden mit Materialien vollgestopft bis zu den Decken. Säulen, Bögen und Hintergründe aller Art wurden herbeigeschafft, sie bestanden aus Holz oder Gips und wurden bemalt, damit sie echt aussahen.

Für Carla war es eine großartige Zeit, weil sie jetzt auch für Malerarbeiten herangezogen wurde. Bei einigen Motiven ließ man ihr freie Hand. Sie selbst war sehr zufrieden mit einer wunderschönen Maske, die sie gefertigt hatte. Die Haut war fein wie Porzellan, mit einem Hauch von Pink, und die Öffnungen für die Augen hatten echte Wimpern, die sie in mühevoller Detailarbeit aus Roßhaaren geschnitten hatten.

Selbst Piero bewunderte ihr Werk, aber dann überraschte er sie, als er sagte: »Die Maske ist zu schön, um an einen Kunden zu vergeuden, du trägst sie selbst.«

»*Ich?*« rief Carla aus. »Aber wo?«

»Du fährst mit den anderen Jungen auf einem Wagen. Sie brauchen eine Frau für das Maskenspiel, das sie aufführen. Du bist ideal dafür geeignet. Deine Figur ist fraulich, weil du noch keine kräftigen Muskeln entwickelt hast.«

Zuerst wußte sie nicht, was sie davon halten sollte, aber dann stimmten auch die anderen Pieros Plan zu und sagten, sie wäre perfekt für die Rolle eines schönen jungen Mädchens, das mit einem alten reichen

Mann verheiratet war. Carla erfuhr, daß sie ihrem Mann – gespielt von Giovanni – Hörner aufsetzen sollte, und ihr Liebhaber wurde von Marco gespielt. Das gab den Ausschlag – jetzt fand sie ihre Rolle durchaus attraktiv.

»Du fährst im Umzug mit auf dem Wagen«, erklärte Piero weiter. »Der Umzug bleibt unterwegs an bestimmten Stellen stehen, und dann führt ihr das Maskenspiel auf. Die anderen Jungen machen die Musik zu eurem Spiel.«

»Die Zuschauer werfen Münzen und Geschenke«, fügte Matteo grinsend hinzu. »Letztes Jahr habe ich so viele Süßigkeiten aufgeschnappt, daß mir danach drei Tage übel war.«

»Das ist mal wieder typisch«, sagte Marco lachend und boxte Matteo in die Seite.

»Du bist also bereit?« fragte Piero sie. Er sah sie wohlwollend an, und er lächelte sogar, was wirklich nicht oft geschah.

Carla nickte.

»Guter Junge«, sagte Piero fröhlich. »Oder sollte ich besser sagen: Gutes Mädchen?« Zu Carlas Überraschung drückte er einen schmatzenden Kuß auf ihre Lippen. »Mm, deine Lippen könnten einen glauben machen, daß du eine Frau wärst – zumindest, wenn es dunkel ist.«

»Paß auf dich auf, Carlo!« rief Luigi grinsend. »Er kommt vielleicht zu dir, wenn die Kerzen aus sind.«

Während sie sich alle wieder an die Arbeit begaben, erzählten die Jungen von den Geschehnissen beim letztjährigen Karneval. Es hörte sich so an, als würde das Fest des Heiligen Johannes des Täufers zu einer Orgie der Ausschweifungen. Carla hörte mit großen Augen zu, als die anderen Lehrjungen ihre Einzelheiten berichteten.

»Erinnerst du dich an das Mädchen mit den dicken Brüsten, Marco?« fragte Luigi.

»Wie könnte ich sie vergessen?«

»Während du sie von hinten genommen hast, hat sie's mir zwischen den Brüsten besorgt.«

»Ja, und was für einen Arsch sie hatte! Er war ständig in Bewegung, und ich hatte das Gefühl, als würde ich gemolken wie eine Kuh. Ich sage dir, das war eine heiße, unvergeßliche Nummer.«

»Wie war auch noch ihr Name?«

»Eh ... Emilia?«

»Ja, genau! Ich hoffe, daß wir sie in diesem Jahr wiedersehen.«

»Ich auch. Aber diesmal nehme ich mir ihre gewaltigen Euter vor, klar? Mann, ich kann es kaum erwarten.«

Carla hörte mit gemischten Gefühlen zu. Sie war neugierig zu erfahren, was alles zwischen Mann und Frau geschehen konnte, aber gleichzeitig empfand sie absurde Stiche der Eifersucht, wenn sie daran dachte, daß Marco mit einer anderen Frau schlief. Sie wußte, daß es lächerlich war, aber sie konnte ihre Gefühle nicht abstellen.

Marco sah sie von der Seite an und mußte ahnen, was in ihr vorging. Er gab ihr einen Wink und murmelte: »Hör einfach weg, wenn wir so reden. Wir arbeiten hart, und wir feiern kräftig, so ist es eben mit uns. Eines Tages will ich mir eine gute Frau suchen und mich mit ihr begnügen, aber bis dahin hole ich mir jeden Spaß, der sich anbietet.«

»Am 24. wirst du genug Angebote haben«, sagte Luigi grinsend. »Schade, daß du als Frau verkleidet bist, Carlo, sonst würde für dich vielleicht auch was abfallen. Aber ich bezweifle, ob sich ein Mädchen an einen Mann wirft, der in Frauenkleidern steckt.«

In dieser Nacht konnte Carla nicht einschlafen. Es war schon schlimm genug, sich als Junge verkleiden zu müssen, aber das war nichts im Vergleich zu dem, was am 24. auf sie zukommen würde. Die anderen Lehrjungen würden sich unentwegt über sie lustig machen, und sie würde sich noch lange danach ihre hämischen und spöttischen Bemerkungen anhören müssen.

Wenn sie nur wüßten!

Am schlimmsten war für sie, daß auch Marco sich über sie lustig machte. Ihre Sehnsucht nach ihm wurde immer stärker, das spürte sie vor allem, wenn er über Erlebnisse mit anderen Frauen erzählte. Dann würde sie sich am liebsten Rock und Hose vom Leib reißen, um ihm ihren weiblichen Körper zu zeigen.

Sie stieß einen lauten Seufzer aus. Das konnte sie sich erlauben, weil sie wußte, daß Piero nicht da war – er war in die Stadt gegangen. Ein Streifzug durch die Tavernen, hatte Luigi gesagt. Offenbar geschah das mindestens einmal im Monat. Es war das erste Mal, daß Carla abends allein war, und sie lag auf dem Rücken und dachte über ihre Gefühle nach, während sie sich langsam streichelte. Ihr Körper war warm und weich. Würde sie damit einen Mann wie Marco reizen können?

Ihre Hände glitten zu ihrem nach Berührung lechzenden Busen. Die Nippel standen hervor wie kleine, harte Knöpfe. Carla strich leicht mit den Fingerspitzen darüber und spürte ein heißes Zucken in der Nische zwischen ihren Schenkeln. Sie versuchte sich zu erinnern, wie es sich angefühlt hatte, als Stefano in ihr war, aber die Erinnerung war schon verblaßt. Ihr altes Leben schien Jahre zurückzuliegen, und das Dorf, in dem sie geboren und aufgewachsen war, kam ihr eher wie ein Ort im fernen Ausland vor.

Seufzend und stöhnend spielte Carla mit ihren Nippeln. Die andere Hand teilte die erhitzten Labien und fühlte die weiche, feuchte Wärme im Innern. Es pochte immer stärker in ihr, sie ging dem Pochen nach und stieß oben am Eingang ihrer geheimen Stelle auf einen kleinen, gespannten Knopf, der ungeduldig zitterte, als er ihre Fingerspitze spürte.

Carla rieb leicht über diesen Punkt, und unwillkürlich zuckte sie zusammen. Wie eigenartig, sich auf diese Weise selbst zu erregen!

Aber sie stellte sich vor, daß es die kräftigen Finger eines Mannes wären, die sie streichelten, wie Stefano es damals getan hatte.

Plötzlich hörte sie laute Schritte auf der Treppe, da wußte sie, daß Piero von seiner Sauftour zurückkam. Er fluchte und grunzte, und Carla wußte, daß sie die Möglichkeit, sich selbst Erleichterung zu verschaffen, verschieben mußte. Sie wollte keine unerwünschte Aufmerksamkeit erregen. Also legte sie sich rasch auf den Bauch und stellte sich schlafend.

Piero stieß die Tür auf und fluchte ein paarmal. Er zündete keine Kerze an, sondern ließ sich auf sein Bett fallen und kämpfte mit den Stiefeln. Carla lauschte und hoffte, daß er sich gleich hinlegte und sofort einschlafen würde.

»Weiber«, hörte sie ihn murmeln. »Man müßte einen Stall voller Weiber haben. Oder auch nur ein Weib. Ein hübsches, dickes Weib.«

Carla hörte ihn zum Nachttopf schwanken und hörte den Strahl seiner Pisse, dann ging er schwerfällig zum Bett zurück und ließ sich auf die Matratze fallen. Der ganze Fußboden bebte. Erleichtert atmete Carla auf, sie streckte die Beine und zog die Decke höher – und genau das hätte sie nicht tun sollen. Piero schaute zu ihrem Bett, als fiele ihm jetzt erst ein, daß er nicht allein war. Er erhob sich aus dem Bett, blieb vor ihrem stehen und schnalzte mit der Zunge.

Carla war, als wollte jemand nach ihrem Herzen greifen. Sie traute sich nicht zu atmen.

»Ich habe zwar kein Weib, aber ich habe einen Jungen«, hörte sie ihn murmeln. »Und er gehört mir, hat mir zu dienen. Du hast einen talentierten Mund, Junge, jetzt laß mich mal sehen, ob du auch einen guten Arsch hast.«

Carla zitterte, als Piero ihr die Decke wegzog und ihren Körper entblößte, der nur in einem dünnen Nachthemd steckte.

Instinktiv begriff sie, daß nun ihr wahres Geschlecht entdeckt würde.

Sie spürte das Gewicht von Pieros Knien etwa auf der Höhe ihrer eigenen Knie, aber sie traute sich nicht, etwas zu sagen oder etwas zu tun. Er schob ihr Nachthemd hoch. Sie hielt die Schenkel geschlossen. Ihre Angst steigerte sich, und doch spürte sie eine Rückkehr der Erregung, von der sie vor ein paar Minuten ergriffen worden war.

»Wenn ich ein bißchen Öl benutze, werde ich dir nicht weh tun«, hörte sie Piero sagen. »Öffne deine Beine, bist ein guter Junge. Jetzt kann ich dir meinen Pinsel geben.«

Starke Hände drückten ihre Schenkel auseinander, und dann spürte sie einen vom Öl gewärmten Finger, der durch die Kerbe fuhr und sich langsam in die Öffnung bohrte. Zuerst verkrampfte sie sich, aber dann hörte der Schmerz auf, und sie spürte Lust. Piero drehte den Finger in sie hinein und lockerte ihre Muskeln. Carla rieb ihren erhitzten Schoß gegen die Matratze, ohne daß ihr diese Bewegung bewußt geworden wäre.

»So ist es richtig«, murmelte Piero. »Du gewöhnst

dich dran, Junge. Männer müssen sich untereinander schon mal aushelfen, wenn es nicht anders geht.«

Er drückte einen zweiten Finger in sie hinein, und das Fieber in ihrem Schoß stieg noch an. Carlas Ängste über eine mögliche Entdeckung hatten längst aufgehört, und sie fürchtete sich auch nicht mehr vor dem, was er ihr im nächsten Moment antun würde. Sie hoffte, daß durch seine Bewegungen auch das Feuer in ihrem Schoß gelöscht würde.

Als Piero sein Glied ansetzte und sich vorsichtig in sie hinein zwängte, entspannte sich Carla und ließ ihn ein. Ja, es schmerzte auch, aber der Schmerz wurde überlagert von den Zuckungen, die seine Stöße in ihrer Vagina auslösten. Sie hob sich kaum merklich an und ruckte ihm entgegen.

Es dauerte nicht lange, bis ihr Meister seinen Höhepunkt erreicht hatte. Mit Flüchen, Stöhnen und Ächzen begleitete er das Finale. Er packte sie an den dünnen Schultern, und sie stieß einen quietschenden Laut aus. Er hielt das für einen Schmerzenslaut, zog sich rasch und schuldbewußt aus ihr zurück und murmelte Entschuldigungen.

»Tut mir leid, ich wollte dir nicht weh tun ... bin wohl zu weit gegangen, Junge ...«

Er rollte sich vom Bett und fiel mit lautem Getöse auf den Fußboden. Carla lag wie benommen da, es rauschte in ihren Ohren, ihr Atem brauchte lange, ehe er sich beruhigt hatte. Ihr Körper war immer noch in einem Kokon der Sinnlichkeit gefangen, aber da sie auch erschöpft war, blieb sie in dieser Position liegen und wartete darauf, daß die Emotionen abklangen und die Schläfrigkeit einsetzte.

Sie bemerkte kaum, daß Piero zurück auf sein Bett kletterte, aber dann war wieder alles ruhig. Mit einem tiefen Seufzer legte sich Carla auf die Seite und wartete auf den Schlaf. Ihr Po fühlte sich wund an, und morgen würde er wahrscheinlich noch mehr schmerzen, aber viel wichtiger war, daß Piero ihre wahre Identität nicht herausgefunden hatte.

Am nächsten Tag zeigte sich Piero zerknirscht. Obwohl er selbst auch in keinem guten Zustand schien, reichte er ihr eine Salbe für ihren wunden Anus. Ein paar Minuten später brachte er ihr einen Becher eines Getränks mit Heilkräutern. »Tut mir leid, daß ich letzte Nacht so grob zu dir war«, knurrte er. »Wenn du willst, kannst du noch ein bißchen im Bett bleiben.«

Aber Carla wollte nicht wie ein kränkelndes Kind im Bett liegen bleiben. Sie hatte von Marco geträumt und konnte es nicht erwarten, ihn zu sehen. In ihrem Traum war er es, der sie von hinten genommen hatte, aber nicht wie Piero, sondern so, wie Marco es mit dem großbusigen Mädchen im letzten Karneval getan hatte. Seine Hände hatten mit ihren Brüsten gespielt, während er in sie hineinstieß, und er hatte sie bis zum Sonnenaufgang geliebt.

Nie zuvor hatte sie so etwas geträumt, und die Erinnerung an das Traumerlebnis war noch in ihr wie eine wunderbare Blume, die heimlich in ihrem Kopf die üppigen Blüten entfaltete.

Als sie hinunter in die Werkstatt ging, fand sie Marco mit dem jungen Antonio vor. Luigi und Giovanni hatten einen Termin außer Haus. Marco betrachtete sie lange, und ihr Herz pochte wie verrückt. Er sah sie forschend an und sagte dann: »Irgend etwas ist anders als sonst, Carlo. Hast du in der Nacht vielleicht deine Unschuld verloren?«

Carla unterdrückte ein Kichern, denn seine Vermutung kam der Wahrheit sehr nahe. Sie schüttelte den Kopf. »Natürlich nicht.« Aber sie wollte ihm auch nicht sagen, was Piero mit ihr angestellt hatte.

Marco grinste und fuhr ihr liebevoll durch die kurzen Haare. »Weißt du, wir werden ein ausgesprochen hübsches Mädchen aus dir machen, wenn wir Karneval auf den Wagen steigen. Es würde mich nicht überraschen, wenn ich mich dann sogar ein bißchen in dich vergucken würde. Paß bloß auf, daß ich nicht betrunken werde, sonst kann es passieren, daß ich über dich herfalle.«

Carla lächelte, aber dann wandte sie sich rasch ab. Sie fürchtete, Marco könnte ihre wahren Gefühle in ihren Augen lesen.

Es erwies sich als schwierige Aufgabe, ihr Geschlecht vor diesem Mann geheimzuhalten. Sie sehnte sich nach dem Tag, an dem sie offen zu Marco sein konnte, und vielleicht würden sie sich dann lieben können.

Aber noch konnte sie nur träumen. Und Träume, so süß sie auch waren, befriedigten nie so richtig.

Viertes Kapitel

Sie hatten zu wenig Hände in der Werkstatt. Die Aufträge für den Karneval übertrafen alle Erwartungen, und der Meister und seine Lehrjungen konnten kaum noch aus den Augen schauen vor Arbeit. Carla konnte nicht schnell genug aufräumen, überall lagen Hobelspäne, zerknülltes Papier, Farbreste und Wachskleckse herum. Dann, eines Morgens, nahm der Meister Carla an die Hand und sagte die Worte, auf die sie gehofft und gewartet hatte.

»Ich will dich den Hintergrund in einem meiner Bilder malen lassen. Die anderen Jungen sind zu beschäftigt wegen diesem verdammten Karneval. Komm mit nach oben, dann zeige ich dir, was du tun sollst.«

Frohen Herzens folgte sie ihm, begeistert, daß sie nun richtig malen durfte. In der Werkstatt in der obersten Etage standen nur die Bilder, deren Aufträge Piero persönlich ausführte. Die Statue war nicht mehr da, aber das Triptychon harrte noch der Vollendung, obwohl es nur noch wenige Striche waren, die fehlten. Dagegen war das Porträt eines Mannes in Jagdkleidung bestenfalls zur Hälfte gediehen. Hinter ihm waren die Hügel der Toskana eingezeichnet, dazu Jagdhunde und Pferde. Piero wies auf das Bild.

»Darum geht's. Ich will, daß du die Hügellandschaft malst. Du brauchst verschiedene Grünschattierungen, und dann sollen überall Blumen verstreut sein, hauptsächlich weiße Blumen, aber auch einige gelbe und blaue. Traust du dir das zu?«

»Oh, ja.«

»Aber den anderen sagst du nichts davon, ja? Dies wird unser kleines Geheimnis bleiben.« Seine dunklen Augen blickten sie freundlich verschwörerisch an. »Wir wollen schließlich nicht, daß sie uns bei der Gilde anschwärzen, nicht wahr? Wenn du die Arbeit gut erledigst, denke ich darüber nach, dich offiziell als Lehrjungen zu nehmen. Aber das ist noch kein Versprechen, hörst du?«

Carla nickte nur, aber ihr Herz sang laute Lieder. Sie würde als Maler ausgebildet! Sie verdrängte die Angst, was die Gilde mit ihr anstellen würde, wenn ihr wahres Geschlecht bekannt würde – darüber konnte sie nachdenken, wenn das Unglück eingetreten war. Nichts sollte ihr Glücksgefühl trüben, daß Piero ihr zutraute, an seinem Porträt mitzuarbeiten, wenn auch nur am Hintergrund.

Den ganzen Morgen arbeitete sie mit einer Lust, wie sie sie bei keiner Arbeit zuvor empfunden hatte. Sie füllte ihre Palette mit Farben, die sie aus Malachit und Kupfer mischte. Piero zeigte ihr, wie man einen anderen Grünton erzeugte, den sie für den Bergsee brauchte. Sie kochte Grünspan in Lärchenharz. Bald schon glühten Gras und Laub im ersten Frühlingsschimmer.

»Das ist gut, sehr gut«, sagte Piero und lächelte. »Ich wußte, du würdest mein Vertrauen rechtfertigen. Mische jetzt ein neapolitanisches Gelb mit weißem Blei für die Blumen.«

Als sie ihre Arbeit beendet hatte und Piero voll des Lobes war, betraute er sie mit einer noch wichtigeren Aufgabe.

»Ich brauche ein ganz bestimmtes Blau, nicht Azurit, sondern Ultramarin. Kannst du mir etwas anrühren?«

Carla wußte, wie teuer die tiefblaue Farbe war und

wußte deshalb auch den Vertrauensbeweis zu schätzen, daß er sie die Farbe anrühren ließ. Sie wurde aus dem Lapislazuli gewonnen und nur für wirklich wichtige Details verwendet, zum Beispiel für den Mantel der Madonna.

Während Piero an seinem Triptychon arbeitete, holte Carla die Holzkiste, in der die teuren Pulver aufbewahrt wurden. Sie hievte sie vom Regal und trug sie hinüber zur Werkbank, wo die Schale und der Stampfer standen.

Nachdem sie das Pulver noch feiner zerstoßen hatte, fügte Carla Eigelb und ein bißchen Wasser hinzu, wie man es ihr beigebracht hatte, bis sich eine glatte, dicke Masse ergab. Sie nahm die kleine Schale in die Hand und ging zu Piero, der sich auf sein Gemälde konzentrierte, und wie es ihm eigen war, lugte die Zungenspitze zwischen den Lippen heraus.

Plötzlich stolperte Carla über ein loses Dielenbrett, und die Schale flog ihr aus der Hand. Die kostbare Farbe klatschte auf den Boden, ein paar Spritzer flogen sogar auf das Triptychon, aber genau dahin, wo die Farbe nicht gebraucht wurde.

Das Entsetzen ließ Carla zur Statue erstarren. So konnte nicht glauben, was gerade geschehen war, aber sie sah die anklagenden Spritzer auf dem Triptychon und die Scherben der kleinen Schale auf dem Fußboden.

Nach einem schier endlos scheinenden Hiatus stieß ihr Meister einen wütenden Schrei aus.

»Du dummer, tolpatschiger Narr! Sieh nur, was du getan hast! Wie kannst du nur so sorglos mit der kostbarsten aller Farben umgehen? Tölpel!«

Er gab ihr ein paar saftige Ohrfeigen, und Carla brach in Tränen aus, aber das brachte Piero noch mehr in Rage. »Hör auf zu greinen, du Dummkopf! Nimm ein Tuch und wisch alles auf!« Dann sah er die Spritzer auf seinem Gemälde, und er stieß einen weiteren Schrei aus. »Heilige Mutter Gottes! Du hast auch mein Bild ruiniert!«

Carla stammelte Entschuldigungen, aber ihre Worte drangen gar nicht an seine Ohren. Sie konnte den Puls in ihren Ohren hören, und der Anblick von Pieros dunkelrotem Gesicht, wutverzerrt, trieb ihr den Schweiß auf die Stirn. Sie war so schwach, daß sie sich kaum auf den Beinen halten konnte, als sie einen Lappen holte, um die tiefblaue Farbe vom Boden aufzuwischen.

»Du hast eine Abreibung verdient!« hörte sie Piero sagen, als er sich mit versteinertem Gesicht den Schaden besah, den sie an seinem Bild angerichtet hatte. »Du solltest mir helfen, und was habe ich davon? Ich verschwende meine Zeit mit dir. Was für ein Narr war ich, dir zu vertrauen! Vielleicht bleut dir eine Tracht Prügel ein bißchen Verstand ein.«

Er nahm eine geflochtene Fliegenklatsche, und Carla schluckte schwer. Ihr Vater hatte sie nie geschlagen, und Stefanos Bestrafungen waren eher spielerisch gewesen und hatten überhaupt nicht weh getan. Aber Piero war wütend, sehr wütend.

Als sie sich kaum merklich von ihm weg bewegte, der Tür entgegen, nahm er sie mit verkniffenen Augen ins Visier.

»Komm her!« brüllte er. »Und nimm deine Bestrafung wie ein Mann!«

Er packte sie am Handgelenk und zerrte sie zur Bank. Sie mußte sich darüber beugen. Mit groben Griffen zurrte er an ihrer Kleidung, bis ihre Hose zu ihren Füßen lag. Ihre Hinterbacken lagen bloß vor ihm. Carla erinnerte sich daran, was er zuvor mit ihr getan hatte, und heiße Scham durchflutete sie.

Als der erste Schlag kam, stellte sie erleichtert fest, daß es nicht so heftig schmerzte, wie sie befürchtet hatte. Im Gegenteil, nach dem zweiten Schlag spürte sie ein leichtes Kribbeln, das ihren Schoß erhitzte.

»Ich werde es dir zeigen!« brüllte Piero und schlug wieder auf ihren Hintern. »Du hast meinen Gürtel verdient, nicht dieses weiche Ding!«

Es entstand eine Pause, und einen kurzen, entsetzlichen Augenblick lang fürchtete Carla, er schnallte seinen Gürtel ab und würde sie damit bestrafen. Aber dann hatte irgend etwas seine Aufmerksamkeit erregt. Plötzlich drehte er sie herum und hob ihren Rock, und dann begriff sie mit fürchterlicher Gewißheit, daß ihr Versteckspiel zu Ende war.

»Bei allen Heiligen!« murmelte er. »Ich kann's nicht glauben!« Er starrte auf ihren Schoß, sah das dicht gewachsene Schamhaar und schüttelte den Kopf. »Eine Frau! Du bist, verdammt noch mal, eine Frau!«

Carla traute sich nicht, ihm in die Augen zu sehen. Sie stand da und zitterte wie ein Blatt im Wind. Sie brachte keinen Ton heraus. Alle möglichen Bestrafungen schossen ihr durch den Kopf, und alle waren schlimmer als nur eine Tracht Prügel mit der Fliegenklatsche.

Obwohl sie erst seit ein paar Wochen in Florenz war, hatte sie einige schlimme Bestrafungen erlebt, die Gesetzesbrechern auferlegt worden waren. Es hatte öffentliche Verstümmelungen gegeben, sie hatte Männer und Frauen am Pranger stehen sehen, und sie hatte von öffentlichen Hinrichtungen durch Erhängen gehört. Sie hatte keine Ahnung, welche Bestrafung für Betrüger wie sie vorgesehen war, aber sie war davon überzeugt, daß Piero sie den städtischen Behörden ausliefern würde.

Um so erstaunter und verwirrter war sie, als er

plötzlich in lautes Gelächter ausbrach. »Diese Dreistigkeit!« sagte er ein paarmal. »Diese unverschämte Dreistigkeit!«

»Es tut mir leid«, sagte sie. Die Tränen flossen nun ungehemmt. Ihr Kopf lag auf der Brust. »Es war falsch, was ich getan habe. Aber ich mußte es tun, weil ich doch ein Künstler werden will.«

»Du hast mich voll und ganz an der Nase herumgeführt. Du hast uns alle an der Nase herumgeführt. Wenn ich daran denke, daß ich deinen Hintern hatte, während ich dich als Frau hätte haben können! Du hast dich vor Lachen über mich Dummkopf nicht mehr halten können, was, du verdorbenes Weib?«

Sie schluchzte. »Ich ... ich wollte nicht ... ich habe nichts Böses gewollt ...«

»Natürlich nicht. Aber es wird ein böses Ende für dich haben, wenn das herauskommt. Die Gilde würde ein Exempel statuieren, und ich bin sicher, daß du danach kein schöner Anblick mehr bist.«

Spontan ließ sich Carla auf die Knie fallen. »Bitte, zeigt mich nicht an, Meister! Ich tue alles für Euch, was Ihr verlangt. Ich arbeite auch umsonst für Euch.«

»Was? Glaubst du denn, du kannst dein Geschlecht für immer geheim halten?« Piero sah sie nachdenklich an, dann fuhr er fort: »Nun, warum eigentlich nicht? Wenn ich dir nicht die Hose runtergezogen hätte, wäre ich nie auf den Gedanken gekommen. Ich habe nach deinem Gehänge schauen wollen, und dabei fiel mir auf, daß da nichts baumelte.« Er lachte wieder laut auf. »Teufel, Teufel! Du hast mich wirklich an der Nase herumgeführt, junge Frau!«

»Die anderen bräuchten es nicht zu wissen«, sagte Carla rasch. »Es könnte so sein wie vorher. Ich arbeite für Euch, als wäre ich einer Eurer Lehrjungen.«

»Du kannst nie einer sein«, sagte Piero ernst. »Aber

du hast recht, was die anderen betrifft. Wenn sie dich bis jetzt nicht durchschaut haben, ist nicht anzunehmen, daß sie es in Zukunft tun werden. Trotzdem behagt es mir nicht. Der Platz einer Frau ist im Haus, nicht in einer Werkstatt. Welcher Teufel hat dich überhaupt geritten, Carlo – verdammt und verflucht, ich weiß nicht einmal deinen Namen!«

»Ich heiße Carla. Ich bin zu meinem eigenen Schutz in Männerkleidung nach Florenz gekommen. Ich wollte meinen eigenen Weg gehen, und ich hatte meine Gründe, warum ich mein Dorf verlassen habe.«

»Ich bin sicher, daß du sie hattest«, sagte Piero, nicht unfreundlich. »Nun, Carla, wenn wir diese Scharade beibehalten – oh, Gott! Wenn ich mir vorstelle, daß ich dich zum Karneval als Mädchen verkleiden wollte ...«

Wieder brach er in schallendes Gelächter aus. Carla war immer noch tief beunruhigt, weil sie nicht wußte, was aus ihr werden würde. Sie beobachtete sein Gesicht, um dort etwas über seine Gedanken zu erfahren, und als er aufhörte zu lachen, sah sie einen Ausdruck von Nachdenklichkeit. Die dunklen Augen musterten sie von oben bis unten und wieder hinauf, als ob er sie zum ersten Male sähe, und dann bogen sich seine Mundwinkel zu einem boshaften Grinsen.

»Also gut, höre meine Bedingungen«, begann er schließlich. »Ich sage nichts über deinen – kleinen Unterschied, aber du mußt in mein Bett kommen, wann immer ich es will. Du bist meine Frau, und ich kann dich nehmen, wie es mir gerade paßt. Aber das wird unser Geheimnis bleiben. Ich schwöre, daß niemand es von mir erfahren wird.«

Carla seufzte. Sie erinnerte sich daran, was Stefano ihr gesagt hatte. Jetzt schien sie genau in dieser Position zu sein, das Spielzeug eines Mannes, das man benutzte oder beiseite legte, wie ihm gerade zumute war. Ihre rebellische Haltung, die dazu geführt hatte, daß sie ihre Familie und ihr Dorf mitten in der Nacht verlassen hatte, flammte noch einmal kurz in ihr auf, aber dann wog sie Vor- und Nachteile ab.

Im Grunde gefiel es ihr gut in Pieros Haus. Sie lernte ihren Beruf, und sie schätzte die Menschen in ihrer Nähe – Marco natürlich ganz besonders. Das alles sollte sie aufgeben, um wieder auf der Straße zu leben?

Aber würde sie es ertragen können, Piero immer zu willen zu sein? Carla spürte einen leichten Schauer, der ihr über den Rücken lief, und unwillkürlich schüttelte sie sich. Sie sehnte sich nach den Gefühlen, die Stefano bei ihr geweckt hatte, und die sie überfielen, wann immer sie in Marcos Nähe war. Vielleicht konnte sie sich auch an Piero gewöhnen. Er war älter als ihr Cousin, er sah gut aus, und in ihm staute sich eine Energie an, die sie bewunderte.

Er deutete ihr langes Zögern falsch, lächelte und sagte: »Du brauchst keine Angst zu haben, daß ich dir ein Kind mache. Ich kann mich kontrollieren.«

»Dann werde ich Euer Angebot annehmen«, sagte sie. »Solange ich weiter in der Werkstatt aushelfen kann. Ich brauche nicht mehr als Kost und Logis.«

»Einverstanden, solange du begreifst, daß du nie mein Lehrling sein kannst. Ich weiß nicht, wie ich das im Laufe der Zeit den anderen erkläre, aber mir wird schon etwas einfallen.« Er grinste. »Laß uns die Abmachung mit einem Händedruck besiegeln, wie es unter Männern üblich ist, obwohl du ein verdammtes Weib bist.«

Sein trockenes Grinsen und die tanzenden Lichter in seinen Augen nahmen Carla für ihn ein. Sie glaubte allmählich, daß es doch kein so großes Opfer sein würde, die Geliebte dieses Mannes zu sein. Während sie ihren Arbeiten an diesem Tag nachging, ertappte sie sich ein paarmal bei dem Gedanken, daß sie sich auf die Nacht freute. Sie hoffte, daß Piero zu ihr kommen würde – das erste Mal als Geliebter.

Als sie in die Werkstatt zu den anderen Lehrjungen trat, fühlte sie sich mehr noch als bisher als Betrügerin.

»Was war das denn für ein Brüllen, das wir oben gehört haben?« fragte Marco sie leise, als sie gemeinsam den Mittagstisch vorbereiteten.

»Ich habe Ultramarin verschüttet.«

Marco pfiff durch die Zähne. »Verdammt! Hast du eine Tracht Prügel erhalten?« Sie nickte. »Das hatte ich schon befürchtet, als du das Blattgold ruiniert hast. Jetzt habe ich dir leider nicht aus der Patsche helfen können, tut mir leid. Piero bietet seine Arbeiten immer sehr preiswert an, um die Wettbewerber aus dem Feld zu schlagen und um mehr Aufträge einzuheimsen. Deshalb kann er fuchsteufelswild werden, wenn man sein Material verschwendet.«

»Ich werde in Zukunft besser aufpassen.«

»Darauf wette ich«, sagte Marco grinsend und sah sie warm und freundlich an.

Carla hätte ihn am liebsten mit den Armen umschlungen und ihm ihre Gefühle erklärt, und dabei hätte sie ihm auch sofort ihr Geheimnis anvertraut, aber sie wußte, das war unmöglich. Jetzt, da Piero Bescheid wußte, würde es noch schlimmer sein, als Junge durchs Leben zu gehen. Warum hatte nicht Marco die Wahrheit herausfinden können? Sie hätte nicht gezögert, seine Geliebte zu werden – als Preis für sein Schweigen.

Carla versuchte, sich ganz normal zu verhalten, aber Herz und Verstand befanden sich im wilden

Tumult. Als es Zeit wurde, sich zurückzuziehen, ging sie wie gewöhnlich die Treppen hinauf und hielt ihre Toilette am Waschtisch. Dann zog sie das Nachthemd an und wartete. Piero saß noch unten und trank seinen Wein.

Schließlich konnte sie seine Schritte auf der Treppe hören. Sie lag still im Kerzenschein, und dann tauchte sein Schatten in der Tür auf. Er grinste über das ganze Gesicht, und sie betrachtete seine wuchtige, beeindruckende Gestalt und spürte ein leichtes Unbehagen, als ihr bewußt wurde, daß sie seiner Gnade ausgeliefert war.

Er zog sich aus, bis er völlig nackt war. Er trat auf ihr Bett zu, und sein Glied erhob sich zusehends.

»Zieh das Ding aus«, sagte er und zerrte an ihrem Nachthemd. »Jetzt, da ich weiß, daß du eine Frau bist, will ich deinen Körper genauer betrachten. Viel Frau kann ja nicht an dir dran sein, nehme ich an, sonst hättest du uns nicht so lange zum Narren halten können.«

Er brachte die Kerze näher ans Bett, und errötend zog sie das Nachthemd über den Kopf, bis ihr Körper völlig entblößt war. Er gab Kommentare ab, als wollte er ein Tier auf dem Pferdemarkt kaufen, aber die Situation war der in ihrem Traum so ähnlich, in dem sie sich vorgestellt hatte, für die Lehrjungen Modell zu stehen, daß Carla erregt wurde. Ihre Nippel stellten sich steil auf.

»Deine Brüste sind kaum eine Handvoll«, bemerkte Piero. »Aber mir gefällt dein Körper. Sehr schöne Kurven. Später würde ich dich gern malen.« Er grinste. »Ich könnte dich als Madonna malen. Wie würde dir das gefallen?«

Sie lächelte, sagte aber nichts. Sie fühlte sich schon als sein Besitz, als hätte sie keine eigenen Rechte. Er streichelte mit einer Hand über ihre Brüste, und Carla spürte die Schauer, die ihr über den Rücken liefen. »Du brauchst keine Angst zu haben«, sagte er. »Ich werde dir nicht weh tun. Du bist noch Jungfrau, nicht wahr?«

Carla war sich nicht sicher. Obwohl sie glaubte, daß Stefano ihre Jungfernschaft geraubt hatte, zählte das irgendwie nicht. Und weil sie Angst hatte, daß Piero sie nicht gewollt hätte, wenn sie schon bei einem anderen Mann gelegen hätte, nickte sie.

»Das habe ich mir gedacht. Ich wäre bestimmt nicht so grob geworden, als ich neulich in der Nacht zu dir gekommen bin, wenn ich damals schon gewußt hätte, wer du bist. Diesmal werde ich zärtlicher sein.«

Er spreizte ihre Beine und streichelte sie mit einer Hand. Carla spürte, wie sich ihr Körper öffnete, wie sie ihm ihre geheime Stelle darbot. Piero lachte still in sich hinein, und dann schob er einen Finger tiefer. Carla fühlte, wie naß sie war. So war es auch bei Stefano gewesen, dachte sie, und tief in ihr baute sich eine Spannung auf, als wollte sich ihr Körper für die kommende Lust vorbereiten.

Piero stülpte die Lippen über einen ihrer Nippel und intensivierte noch ihr Verlangen. Sie konnte seinen männlichen Geruch wahrnehmen, Schweiß und Moschus, und ihr Herz jubilierte ob der lustvollen Begegnung von Mann und Frau. Sein Eifer war ihr Lob und Anerkennung. Seine Zunge leckte über ihre Brust, und seine Finger pflügten durch ihre feuchte Furche. Sie schüttelte sich. Das ist es also, was es bedeutet, eine Frau zu sein, dachte Carla.

Bisher hatte sie geglaubt, daß es eine einseitige Angelegenheit sei, mit einem Mann zu schlafen, auch wenn sie bei Stefano schon einen Vorgeschmack auf die eigene Lust erhalten hatte. Aber von dem Tuscheln der Frauen in ihrem Dorf hatte sie den Eindruck gewonnen, daß die Männer was davon hatten, während die Frauen es eben über sich ergehen lassen müßten.

Die Flamme, die Stefano in ihr entzündet hatte, brannte jetzt lichterloh, und sie konnte es kaum erwarten, daß Piero in sie eindrang. Sie begann zu stöhnen und hob ihr Becken an, stieß es gegen seine forschenden Finger. Sie wollte, daß ihr Verlangen endlich gestillt wurde.

»Bist du wirklich noch eine Jungfrau?« fragte er grinsend. »Du scheinst mir verräterisch heiß zu sein.«

»Mm, es fühlt sich so gut an«, murmelte sie.

»Bald wird es sich noch besser anfühlen.«

Er kniete sich zwischen ihre gespreizten Schenkel und schob die Eichel zwischen die Labien. Carla spürte, wie es bei dem Gedanken in ihr zuckte, daß sie jeden Moment den harten Stab in sich spüren würde, der ihre Leere ausfüllen sollte. Er schob sich behutsam hinein, stöhnte wohlig, als er in die warme Grotte vordrang, und sie drückte ihre Brüste gegen seinen Brustkorb und spürte, wie die krausen Haare ihre Nippel kitzelten.

Sie stöhnte laut, als es an den Wänden ihrer Vagina zwickte, denn sein Schaft war viel größer und dicker als der Stefanos.

Sie biß sich auf die Lippen, um den Schmerz zurückzuhalten. Die ersten Bewegungen ihres Schoßes waren noch etwas ungeschickt. Aber als er tief in ihr drinnen war und sich langsam zu bewegen begann, versuchte sie instinktiv, mit ihm zu schwingen, um ihre eigene Lust zu verstärken.

Bald stieß Piero schneller zu, die anfängliche Rücksicht auf die vermeintliche Jungfrau war vergessen. Schwitzend und grunzend trieb er seinem Höhepunkt entgegen, wobei die schweren Hoden bei jedem Einfahren gegen Carlas Schenkel klatschten.

Carla frohlockte über seine Kraft, seine Energie. Seine ganze Konzentration richtete sich auf die Aufgabe, sie zur Frau zu machen. Sie kannte diesen besessenen Ausdruck auf seinem Gesicht, sie hatte ihn gesehen, wenn er vor der Leinwand stand. Dann zählte nur seine Arbeit, sonst nichts auf der Welt. Sie kannte diesen Zustand, sie war auch in ihm gefangen, wenn sie malte. Aber jetzt war er besessen von ihr und sie von ihm, und es fühlte sich wunderbar an. Zwei Körper und zwei Köpfe, die in Harmonie schwangen.

Aber dann, als sein Schnauben und Keuchen am lautesten wurde, zog Piero sich plötzlich aus ihr zurück und verströmte seine Saat über das Bettuch.

Carla war entsetzt. Es war, als hätte jemand kaltes Wasser über sie geschüttet. Alle ihre Sinne drehten sich um den plötzlichen Entzug ihrer Stimulans. Sie lag da und lauschte dem heftigen Pochen ihres Herzens, sie spürte den Schweiß ins Tal zwischen den Brüsten rinnen und eine große Traurigkeit, die sie überfiel. Was als wunderbare, lustvolle Vereinigung begonnen hatte, schien jetzt nur ein animalischer Akt gewesen zu sein, eine krude Begegnung zur Paarung, die nach ein paar Minuten so abrupt geendet hatte.

»Da, ich habe dir doch gesagt, daß du bei mir sicher bist«, sagte Piero befriedigt. Offenbar erwartete er, sie sollte froh darüber sein, daß er es geschafft hatte, sich rechtzeitig zurückzuziehen. Carla nickte, aber was sie innerlich fühlte, war zu überwältigend, als daß sie darüber hätte sprechen können. Sie hatte das Gefühl eines herben Verlustes, und plötzlich wurde ihr bewußt, auf was sie sich eingelassen hatte.

Sie hätte gern gehabt, daß Piero in ihrem Bett blieb und sich an sie kuschelte, aber sobald sich sein Atem wieder normalisiert hatte, erhob er sich und schlurfte hinüber zum Nachttopf. Nachdem er sich erleichtert hatte, ließ er sich auf sein Bett sinken.

In der Dunkelheit fühlte Carla, wie eine Träne über ihre Wange lief. Sie seufzte. Es war kein rechter Trost, als sie ihn sagen hörte: »Das wird schon gehen mit dir hier im Haus. Gute Nacht.«

Der nächste Tag war besonders hart für sie. Plötzlich war sie nicht mehr so unbefangen in der Gesellschaft der Lehrjungen. Bisher hatte sie ihr Geheimnis klug gehütet, aber nun, da Piero nicht nur wußte, daß sie eine Frau war, sondern sie auch wie eine behandelte, war aus ihrem Geheimnis eine Verschwörung geworden. Carla war ständig darauf aus, heimliche Blicke aufzufangen, und sie suchte in jedem Satz nach Doppeldeutungen. Jeden Augenblick rechnete sie damit, daß jemand die Schwellung ihrer Brüste bemerken würde oder den Geruch ihres Geschlechts, obwohl sie sich jeden Morgen fast wund scheuerte.

Es wurde noch schlimmer, als sie über das Spiel sprachen, das sie zum Karneval aufführen wollten. Sie neckten sie gnadenlos wegen ihrer Frauenrolle, wobei ihre witzigen Kommentare allzu oft in die Mitte trafen.

»Am Karnevalsabend solltest du dich vor Piero in acht nehmen«, sagte Giovanni. »Er könnte vergessen, daß du ein als Mädchen verkleideter Junge bist und dich als das nehmen, was du zu sein scheinst.«

»Ja, er wird dich nehmen, ganz egal wie«, sagte Matteo grinsend. »Wenn er genug getrunken hat, wird er bei dir vorn von hinten nicht mehr unterscheiden können – er wird es auch gar nicht unterscheiden wollen.«

»Hört auf, den Jungen zu erschrecken«, mischte sich Marco ein. »Wir sollten lieber über sein Kostüm nachdenken, statt ihm Angst einzujagen. Er braucht zu seiner Maske auch eine Perücke und eine Polsterung unter dem Kleid. Und wir sollten mit den Proben für unser Stück beginnen, denn es sind nur noch wenige Tage.«

»Er kann doch seine eigene Perücke fertigen«, knurrte Giovanni. »Wir sind alle zu sehr beschäftigt.«

So mußte Carla sich selbst daran geben, eine ›frauliche‹ Perücke zu gestalten. Marco half ihr beim Entwurf. Sie fertigten sie aus Flachs, der strahlend gelb gebleicht worden war, und Carla gestaltete aus den falschen Haaren eine kunstvolle Frisur, die sie mit falschen Perlen und Diamanten schmückte.

Als sie ihr Werk beendet hatte, betrachtete sie es kritisch. »Ich werde schrecklich darin aussehen«, murmelte sie.

»Das ist der Gedanke, der dahinter steckt«, antwortete Marco. »Wir alle werden wie übertriebene Karikaturen wirklicher Menschen aussehen. Das hilft den Zuschauern zu erkennen, welche Rollen wir spielen. Wenn du nur ein paar Minuten hast, um eine Geschichte zu erzählen, brauchst du große Gesten und ins Auge springende Effekte. Und du wirst sehr effektvoll sein, das weiß ich genau.«

Als sich der Abend näherte, spürte Carla eine für sie ungewöhnliche Ungeduld, die neu entdeckten Freuden des Betts wieder zu erleben. Obwohl ihre letzte Nacht mit Piero sie eher frustriert zurückgelassen hatte, konnte sie die Wiederholung kaum erwarten.

Auch Piero schien es kaum erwarten zu können, und schon bald nach dem Abendessen folgte er ihr unter irgendeinem fadenscheinigen Vorwand die Treppe hinauf. Sobald sie allein waren, fiel er über sie her und küßte ihren Hals, während er ihr die Kleider vom Leib riß.

»Du hast einen ungeheuren Appetit in mir geweckt«, gestand er. »Wenn ich dich den ganzen Tag über in Jungenkleidung sehe, werde ich verrückt, denn ich weiß ja jetzt, wie du darunter aussiehst.«

Diesmal führte er sie zu seinem Bett. Es war größer und bequemer, und sie sank seufzend darauf nieder. Bald hatte er sie auf der Matratze knien, während er sie von hinten nahm. Carla stöhnte und rieb die Brüste über das rauhe Bettlaken. Dann griff er mit den Händen an ihre Brüste und drückte sie.

»Oh, ich könnte mich wirklich daran gewöhnen«, grunzte Piero, während Carla ihr Becken im Rhythmus seiner Stöße bewegte. »Kann sein, daß du noch deine Unschuld hattest, vielleicht auch nicht. Jedenfalls stelle ich fest, daß du schnell lernst, wie du mir jede Menge Lust bescheren kannst. Ich liebe Frauen, die ihren Arsch so bewegen wie du.«

Seine Worte heizten sie noch weiter an, und die pochenden Gefühle in ihr wurden stärker. Sie verharrte am Rand einer jeden Augenblick berstenden Erleichterung, und sie war sicher, daß die nächsten harten Stöße Pieros sie über den Rand bringen würden, wonach ihr Körper sich sehnte, aber dann zog er sich abrupt wieder aus ihr heraus, es folgten seine gegrunzten Stöhnlaute, während er sich zitternd auf ihre nackten Backen verströmte.

»Himmel, beinahe hätte ich es diesmal nicht rechtzeitig gepackt!« rief er aus, während er sich erschöpft auf den Rücken fallen ließ.

Sie lag still da, während er sich am Bettuch säuberte und dann wieder zum Nachttopf ging. Das Licht des vollen Mondes flutete durch die Fenster, und Carla spürte die Kühle auf ihrer überhitzten Haut, aber sie reichte nicht aus, um das Gefühl der Enttäuschung zu kompensieren. Was war es, was sie wollte? Was fehlte ihr? Sie wußte es nicht genau, könnte es auch nicht beschreiben, aber sie hatte das Gefühl, daß sie unterwegs liegengelassen worden war.

Der Schlaf ließ in dieser Nacht lange auf sich warten. Stunden lag Carla im Mondschein wach und dachte über ihr Leben nach. Ein Teil von ihr fühlte sich in einer Falle, verpflichtet, ihrem Meister im Bett zu dienen, während ihr nicht gestattet wurde, sein Lehrling zu sein.

Es war immer schon ihr Traum und ihr Ziel gewesen, ein *bona fide* Künstler zu werden. Frauen waren zu solchen Arbeiten nicht zugelassen, und sie war eine Närrin, wenn sie geglaubt hatte, ihre Täuschung auf ewig aufrecht zu halten. Sie sollte sich glücklich preisen, daß sie jetzt unter Pieros Schutz leben konnte – und auch noch seine Geliebte war.

Carla hätte ihr Los bereitwillig angenommen, wenn Marco nicht im Haus gewesen wäre. Ihre Gefühle für ihn wurden mit jedem Tag stärker.

Ihre seltsamen Sehnsüchte konnte sie erst richtig deuten, seit Piero in ihr Bett kam. Wenn es doch nur Marco wäre, der mit ihr Liebe machte, dann wäre sie wunschlos glücklich. Seine Freundlichkeit und Rücksicht hatten ein tieferes Verlangen in ihr ausgelöst, als das rein körperliche Abreagieren eines lustvollen Empfindens, und wenn sie nur einmal die Gelegenheit hätte, war sie sicher, sich Marco mit Körper und Seele zu verschreiben.

Es war viel zu gefährlich, in diesen Bahnen zu denken, aber nichts konnte sie von ihren Phantasien fernhalten. Als sie endlich einschlief, bestimmten ihre Wunschvorstellungen ihre Träume, und sie spielte die Bettszenen, die sie mit Piero erlebt hatte, noch einmal durch – aber mit Marco. Die süßen Empfindungen verfolgten sie die ganze Nacht, und sie waren auch noch gegenwärtig, als sie am nächsten Morgen aufwachte.

Sie stand auf, wusch sich und ging hinunter, um beim Frühstück zu helfen. Der Anblick von Marco in seinem Nachthemd ließ sie erröten.

Er sah sie lange von der Seite an, dann nahm er sie bei der Hand. »Was ist los, Carlo? Du siehst nicht gut aus heute morgen. Hat Piero dir etwas getan?«

Carla schüttelte den Kopf, aber sie wußte, daß er nicht überzeugt war. Marco sah betroffen aus. »Er mißbraucht dich, nicht wahr?«

»Ich würde lieber nicht darüber reden.«

»Keine Sorge, ich bringe dich nicht in Schwierigkeiten. Aber heute abend nehme ich ihn mit ins Freudenhaus, dann wird er dich in Ruhe lassen. Vielleicht kann ich ihn überreden, dich in Zukunft hier unten schlafen zu lassen. Ich werde sehen, was ich für dich tun kann.«

Carla war ihm dankbar, aber sie wußte, daß seine Versuche fruchtlos sein würden. Piero hatte keine Hure mehr nötig, solange er sie hatte, und gewiß würde er nicht zulassen, daß sie woanders schlief. Sie schaute in Marcos dunkle, freundliche Augen und brannte darauf, ihm die ganze Wahrheit zu sagen, aber sie traute sich nicht.

Die Lehrjungen beschlossen, an dem Abend in die Stadt zu gehen, um sich den Weg des Karnevalsumzuges anzuschauen. Carla war verblüfft, als sie die blauen Baldachine zwischen den Häusern sah, überall liebevoll mit Sonnen, Monden und Sternen verziert.

Karneval war nur noch ein paar Tage entfernt, und eine beschwingte Heiterkeit lag in der Luft. An den Hauptplätzen entlang des Zugweges wurden Stände aufgebaut. Überall in den Hinterhöfen und schmalen Gassen arbeiteten die Leute an ihren bunt geschmückten Umzugswagen. Jongleure und Feuerschlucker probten ihr Geschick, Sänger, Musikanten und Schauspieler übten für ihren großen Auftritt vor all den erwarteten Menschenmassen.

Carla ließ sich von der allgemeinen Stimmung mitreißen. Es erfüllte sie mit Stolz, daß sie dabei sein durfte. Aber sie hatte auch Bedenken und Gewissensbisse. Was war, wenn die Leute fanden, daß sie als Mädchen ein bißchen zu überzeugend war? Würden sie die Wahrheit ahnen, oder würde man sie für einen dieser weibischen Kerle halten, die es vorziehen, bei anderen Männern zu liegen?

Ihre ärgste Angst war, daß sie Piero nicht trauen konnte, ihr Geheimnis zu hüten. Er hatte ihr gegenüber schon einige lässige Bemerkungen gemacht, die ihr nicht gefielen. Sie sollte sich wegen eines Kleids keine Sorgen machen, er würde ein Kleid von einer Hure ausleihen. Ob er auch anderen gegenüber solche Anzüglichkeiten fallenließ – »sie trägt nicht nur das Kleid einer Hure, sie ist auch eine?«

An diesem Abend gelang es Marco tatsächlich, Piero mit in die Stadt zu nehmen, und als er in der Nacht zurückkehrte, war er zu betrunken, um etwas anderes zu tun, als sich hinzulegen und zu schnarchen. Obwohl er sie dadurch wach hielt, war Carla erleichtert, daß ihr Körper eine Nacht lang Ruhe hatte. Die erregenden Gefühle, die er in ihr wachgerufen hatte, waren wie eine Droge: Sie konnte nicht genug davon bekommen, aber sie ließen sie unbefriedigt zurück – und doch sehnte sie sich nach mehr davon.

Manchmal war sie empört über sich selbst und wünschte, sie wäre geflohen, statt Pieros Sex-Sklavin zu werden. Er war nicht unfreundlich, aber er behandelte sie egoistisch. Nach ein paar tolpatschigen Tändeleien drang er in sie ein und rackerte sich ächzend auf ihr ab.

Sie sehnte sich nach seinen Küssen, ihre Brüste verlangten zärtliche Berührungen, und sie hätte gern Liebesgeflüster von ihm gehört statt seines grunzenden Schnaufens. Sie wußte, daß sie unrealistisch war, aber sie fürchtete, daß das animalische Kopulieren ihrer Seele Schaden zufügte.

Auch als sie jetzt in ihrem Bett lag, erleichtert darüber, daß er nicht zu ihr kommen konnte, verlangte ihr Körper nach ihm, blind und hungrig wie ein Tier, das seine Befriedigung haben muß. Sie begann zu fürchten, daß sie sich nie wieder von den Fesseln der Lust befreien konnte, die sie an ihn banden.

Fünftes Kapitel

Eines Morgens wachte Carla auf, weil sie Musik, Gesang und Lachen hörte. Zuerst war sie verwirrt, aber dann fiel ihr ein – heute war das Fest des Heiligen Johannes des Täufers, der lang erwartete Karnevalstag! Gestern abend hatten sie die Kerzenscheinprozession durch die Stadt zum Dom begleitet, sie waren hinter den Priestern hergegangen, die die heiligen Reliquien durch die Stadt trugen, darunter auch den Daumen des Heiligen Johannes. Es war ein zauberhafter Abend gewesen, angefüllt mit leichter, melodischer Musik. Und jetzt ging die Sonne auf, und der Tag versprach, wunderschön zu werden.

Carla sprang aus dem Bett und bemerkte, daß Piero schon aufgestanden war. Während sie gerade beim Waschen war, kam er herein, ein Bündel Kleider über dem Arm. »Hier sind deine Karnevalskleider – ein Schmuckstück für jede Dame«, sagte er grinsend. Er warf sie auf den Boden, dann hob er eine *cioppa* in dunklem Pink auf und hielt sie ihr hin.

»Das soll ich tragen?« rief sie.

Der Umhang war aus rosafarbenem Samt, abgesetzt mit grünem Brokat. Darunter sollte sie eine weiße Bluse mit weiten, bestickten Ärmeln tragen sowie einen blaßgrünen Unterrock. Piero hatte dazu passende grüne Samtschuhe mitgebracht. Das Kostüm war luxuriöser als alles, was sie bisher getragen hatte, und trotz ihrer Vorahnungen war Carla ganz aufgeregt, daß sie solche kostbaren Sachen tragen sollte. Zu den Utensilien gehörten auch Polster für die Hüften und ein Korsett. »Das hätte ich mit Watte ausgefüllt, wenn du ein Junge gewesen wärst«, sagte Piero grinsend.

Carla schwieg verlegen.

»Aber weil du kein Junge bist, kannst du es mit deinen eigenen Tittchen ausfüllen. Zum Glück sind sie nicht so groß, um unser Geheimnis zu verraten. So, jetzt zieh das alles an, aber du mußt dich beeilen.«

Er half ihr dabei.

Zu ihrem Erstaunen stellte sie fest, daß es noch seltsamer war, dieses Kostüm einer Dame anzuziehen, als in Jungenkleidung herumzulaufen – die modischen Kleider unterschieden sich drastisch von den weiten Kitteln und wollenen Jacken, die sie zu Hause getragen hatte. Der lange, schwere Rock verlangte gemessenes Schreiten, und das enge Korsett schränkte ihr Luftholen ein.

Aber am meisten beunruhigte sie die eindeutig frauliche Figur, die von diesen Kleidern betont wurde. Obwohl der Ausschnitt der Bluse nicht besonders tief war, zeigte er den schwellenden Ansatz ihrer kleinen Brüste sehr deutlich.

»Das kann ich nicht tragen!« rief sie protestierend. »Niemand wird glauben, daß ich nur ein Junge bin, der sich als Frau verkleidet hat.«

Piero starrte sie begierig an. »Doch, natürlich, denn ich werde es ihnen allen sagen. Und alle werden dich bewundern, weil du so eine feine Dame aus dir gemacht hast.«

»Aber ich werde entlarvt!« rief sie. »Laßt mich bitte etwas anderes anziehen, Meister! Oder verzichtet wenigstens auf das Korsett!«

»Das würdest du nicht sagen, wenn du wüßtest, welche Mühe es mich gekostet hat, diese kostbaren Dinge aufzutreiben.«

»Aber ich kann sie nicht anziehen!«

Sie war den Tränen nahe und sah sich im Geiste schon als Betrügerin entlarvt und verhaftet.

Piero wurde zunehmend ungeduldig. »Du wirst diese Kleider tragen, und du wirst sie gern tragen!« fuhr er sie an. »Hör jetzt auf mit deinen Quengeleien! Zieh deine Perücke an und sieh zu, daß du mit deiner Maske nach unten kommst! Der Wagen wird beladen, und du mußt noch ein wenig proben mit den anderen zusammen.«

Als sie im Erdgeschoß eintraf, waren die Lehrjungen gerade damit fertig geworden, den Wagen zu schmücken, der vor der Tür stand. Girlanden aus frischen Blumen hingen von den vier Pfosten des Wagens, und die Ladefläche war mit verschiedenen Schildern verziert, angefangen vom Symbol der Apotheker – ein Gefäß über zwei Löffeln – bis zum Symbol der Künstler, das aus einer Palette und mehreren Pinseln bestand. Das Pferd, das den Wagen durch die Stadt ziehen würde, war mit einer Schabracke geschmückt, auf der ein Bild der Madonna mit Kind eingestickt war.

Sie wurde mit großem Hallo begrüßt, aber ihr war nur an Marcos Meinung gelegen. Er kam ihr entgegen und betrachtete sie lange, und seine Augen wurden rund und runder, als er in ihren Ausschnitt starrte. »Ich würde nie glauben, daß du ein Junge bist«, murmelte er beeindruckt. »Du siehst so weiblich aus.« Grinsend fügte er hinzu: »Jetzt habe ich keine Schwierigkeiten, in unserem Maskenspiel dein Geliebter zu sein!«

Sie fühlte sich wie befreit nach seinem Lob. Hatte er nicht gesagt, daß er sie attraktiv fand? Wenn er nun wüßte, daß sie eine Frau war ... Was als schwere Prüfung begonnen hatte, schien ihr nun der Beginn eines möglichen Abenteuers zu sein.

Sie dachte über das Stück nach, in dem sie eine Rolle zu spielen hatte. Die junge Ehefrau, die an einen alten, impotenten Mann gekettet war und den Avancen eines gut aussehenden jungen Kavaliers nachgab – ein Künstler, der vom Ehemann engagiert worden war, die junge Frau zu porträtieren. Piero hatte dem Porträt noch an diesem Morgen die letzten Feinheiten gegeben, nachdem er Carla in ihrem Kostüm gesehen hatte.

Carla war davon überzeugt, daß sie ihre Rolle überzeugend spielen konnte, denn ihre Aufgabe bestand hauptsächlich darin, übertriebene Schreie auszustoßen und wild zu gestikulieren – Reaktion auf das, was ihre Mitspieler vortrugen. Ihr Gesicht würde hinter der grotesken Maske verborgen sein.

»Warte«, sagte Marco, »laß mich deine Lippen anmalen, damit sie zu den roten Lippen der Maske passen.«

Carla stand ganz still, während er behutsam Rouge auf ihre Lippen auftrug. Die Berührung seiner Fingerspitzen war sanft und sinnlich, und ihr ganzer Körper vibrierte erregt. Sie sah den warmen Schein in seinen braunen Augen, und ihre Seele bebte, als sie sich daran erinnerte, daß er sie in einer Szene des Maskenspiels küssen würde.

Sie nahmen ihre Positionen auf dem Wagen ein und vergewisserten sich, daß sie ihre Bewegungen ausführen konnten, ohne daß irgendwas im Wege stand oder hing. Dann wurde der Wagen an einen geheimen Ort gefahren, wo er bleiben würde, bis sie sich dem Umzug anschlossen.

Es gab viele andere ungewöhnliche Dinge zu sehen. In allen Straßen erklang Musik, und überall hörte man das Geklapper der Pferde. An diesem Tag gab es auch viele Hochzeiten, da Verliebte gern beide Feste miteinander verbanden. Auf dem Platz vor der Signoria hatten die Kerzenmacher riesige Kerzen ausgestellt, und jede Kerze symbolisierte eine Stadt, die Florenz unter seine Herrschaft gebracht hatte.

Carla spazierte mit Marco durch die Straßen, und mit ihnen waren Tausende unterwegs, alle in erwartungsfroher, heiterer Stimmung. Carla fühlte sich so glücklich, daß sie am liebsten gleichzeitig gelacht und geweint hätte. Wenigstens konnte sie jetzt zeigen, wie sie wirklich war, und wenn Marco auch glaubte, daß sie ein Junge war, fiel es ihr leicht, in ihnen beiden ein Liebespaar zu sehen – was auch die anderen glaubten, die ihnen unterwegs begegneten. Er legte sogar eine Hand unter ihren Ellenbogen, um sie durch den Trubel zu geleiten, und er machte sie auf Pfützen und Unebenheiten auf den Straßen aufmerksam, damit sie ihren Umhang heil nach Hause brachte.

Er behandelt mich wie eine richtige Dame, dachte sie, und ihr Herz glühte vor Stolz.

Mit Herzklopfen und voller Ungewißheit stieg Carla auf den Wagen. Forderte sie das Schicksal heraus, indem sie sich öffentlich zur Schau stellte? Sie nahmen ihre Positionen für das erste Tableau ein, das Giovanni als alten Ehemann mit langem Bart zeigte, über seinen Krückstock gebeugt, während Marco, modisch gekleidet im weinroten Wams und grauen Beinkleidern, die seine wohlgeformten Schenkel und Waden verrieten, die Hand der jungen Ehefrau küßte. Im Hintergrund gab es einen Chor klatschender Nachbarn, die von den anderen Lehrjungen dargestellt wurden, die später auch für die Musikuntermalung sorgen würden.

Piero saß auf dem Pferd, einem alten Klepper, den er von einem Freund geliehen hatte. Er lenkte den

Wagen zur Prozession und fügte ihn zwischen die anderen Wagen ein. Obwohl Carla sich bis zum Beginn des Maskenspiels nicht bewegen sollte, betrachtete sie neugierig die anderen Wagen, die vor und hinter ihnen fuhren.

Direkt vor ihnen war ein Wagen mit dem Schild der Barbiergilde geschmückt, und sie hatten auch ein passendes Motto gewählt – ›Samson und Delilah‹. Dahinter befand sich ein Wagen der Pelzhändler, auf dem sie ihre Waren zeigten, obwohl es Sommer war. Ihr Wagen stand unter dem Motto ›Orpheus zähmt die wilde Bestie‹. Einer spielte auf der Lyra, während ihm die anderen Spieler auf dem Wagen zu Füßen lagen, mit Tierpelzen bedeckt.

Die Wagen setzten sich rumpelnd in Bewegung, vorbei an den Zuschauern, die die Straßen säumten. Einige warfen Münzen oder Süßigkeiten auf die Wagen, und manche Leute auf den Wagen verteilten ihrerseits Geschenke an die Zuschauer. Die Bäcker warfen süßes Gebäck unter die Leute.

An bestimmten Punkten hielt die Prozession an, und einige der Tableaus auf den Wagen wurden lebendig, die Menschen zeigten kurze Stücke oder Sketche, während andere ein Lied vortrugen. Priester besprühten die Wagen und die Zuschauer mit Weihwasser oder sangen besondere Hymnen vor den kleinen Statuen der Heiligen Jungfrau.

Als sie den ersten Teil ihres Stücks spielen sollten, war Carla sehr nervös. Sie zitterte wie ein Blatt im Wind, als sie zu Giovanni trat und mit ihm zankte, während die ›Nachbarn‹ unanständige Reime sangen, die davon handelten, daß der alte Gatte keinen mehr hochbrachte. Dann winkte ihr ›Ehemann‹ Marco heran, und die Staffelei wurde aufgestellt. Während Giovanni hinter den Vorhang verschwand, den zwei der Nachbarn hielten, malte Marco am Porträt der ›Gattin‹, wobei er immer wieder unterbrach, um von seinem Modell ein paar Küsse zu stehlen.

Zuerst küßte er sie nur leicht auf die Lippen, aber je weiter das Spiel fortschritt, desto forscher wurde er. Carla war davon entzückt, wie eifrig er sie an sich zog. Er küßte sie mit einer angeblich vorgetäuschten Leidenschaft, aber Carla konnte nicht verhindern, daß sie erregt wurde. Marco streichelte sogar ihre Brüste, was die Menge mit lautem Johlen quittierte. Seine Lippen küßten die nackte Haut ihres Ausschnitts, und die Zuschauer begleiteten seine Küsse mit obszönen Aufforderungen.

»Nun mach schon, Draufgänger! Gib ihr, was ihr Alter nicht mehr schafft! Mach die Hübsche endlich glücklich und den Alten zum Hahnrei! Zeig ihr doch mal, was ein richtiger Mann in der Hose hat!«

Sie lebten die Szene immer mehr aus und genossen es beide. Carla hatte sich längst entspannt und war mit Eifer dabei. Das war vielleicht die einzige Chance, sagte sie sich, von Marco geküßt zu werden, und das wollte sie auskosten.

Ihre Lippen teilten sich, und durch die Öffnung der Maske nahm sie seine Zunge in ihrem Mund auf und schmeckte sie. Sie erforschte ihren Mund, und Carla spürte, wie ihre Knie weich wurden. Seine Hand drückte ihre rechte Brust, und Carlas Nippel wurden steif und hart vor Sehnsucht. Oh, wie sie diesen Mann begehrte!

Vor einer Zuschauermenge wilde Leidenschaft zu simulieren war eine Sache – sie wirklich zu empfinden war eine ganz andere. Sie war überrascht von der Wildheit seines Spiels, und sie begann sich zu fragen, ob er ihr Geheimnis vielleicht ahnte.

In diesem Moment waren seine Lippen dicht an

ihrem Ohr. »Deine gepolsterten Brüste sind gut gelungen, sie fühlen sich echt an, Carlo. Wirklich, ich könnte glauben, daß du echte Tittchen hast.«

Ihr Techtelmechtel wurde plötzlich gestört, als der gehörnte Ehemann erschien und von den Zuschauern ausgelacht wurde, während er in seiner Verzweiflung tobte und schrie. Carla fühlte Enttäuschung darüber, daß ihr kleines Spiel schon zu Ende sein sollte, aber sie wußte, daß sie es auf dem nächsten Platz wiederholen würden. Sie nahm wieder ihre statuenhafte Position ein, und der Wagen folgte den anderen zum nächsten Halt. Aber unter ihrer kühlen Erscheinung empfand Carla eine noch nie erlebte Hitze.

Insgesamt sollten sie das Spiel viermal aufführen, an vier verschiedenen Punkten der Stadt, und mit jedem Spiel wurde Marco zielstrebiger und ungestümer. Hatte er vergessen, daß sie nur ein verkleideter Junge sein sollte? Die Art, wie er sie küßte und umarmte, hätte überzeugender nicht sein können.

Ob er so erregt war wie sie? Wie wäre es wohl, wenn er ihre wahre Identität wüßte? Wäre er dann in sie verliebt? Sie wußte, daß sie in den kommenden Wochen und Monaten davon träumen würde, wenn Piero aus ihrem Bett verschwunden war. Marco gab ihr Futter für ihre Träume.

Piero folgte den anderen Wagen und munterte die Zuschauer zum Beifall auf, obwohl das gar nicht erforderlich gewesen wäre. Carla bemerkte, daß er sie mit wachsender Begeisterung beobachtete. Er trank stetig aus dem Weinschlauch, und sein Gesicht war gerötet von Alkohol und Frohsinn.

Noch während Carla davon träumte, was alles zwischen ihr und Marco geschehen könnte, wenn sie auch im wahren Leben ein Liebespaar wären und nicht nur in diesem Maskenspiel, quälte sie der

Gedanke an ihre Nächte mit Piero. Er hatte einen Hunger in ihr geweckt, den er nicht stillen konnte, und Carla glaubte von Tag zu Tag mehr, daß nur ihr Beinahe-Liebhaber Marco sie wirklich befriedigen könnte.

Der Karnevalsumzug erreichte seinen letzten Halt in der Nähe des Doms, und danach konnten die Lehrjungen den Wagen verlassen und die Taufkapelle besuchen, wo die geweihten Kerzen und andere Dinge ausgestellt waren.

Carla war enttäuscht, daß ihre Liebesszenen mit Marco zu einem Ende gekommen waren. Sie blieb bei ihm, als sie die vom Kerzenschein erfüllte Kirche betraten, und er blinzelte ihr zu und raunte in ihr Ohr: »Ich begreife immer noch nicht, wie sehr du wie ein Mädchen aussiehst, Carlo.«

»Und was ist, wenn ich ein Mädchen wäre?« fragte sie. »Würdest du mir dann den Hof machen?«

Er sah sie schüchtern an, was sie ungemein froh stimmte.

Die Feierlichkeiten dauerten bis weit in die Nacht; es gab Konzerte und viele verschiedene Darbietungen. Gegen Mitternacht mußten die Lehrjungen ihren Meister praktisch nach Hause tragen. Er behauptete zwar, daß er durchaus imstande wäre, den Weg zum Freudenhaus allein und ohne Hilfe zu finden, aber er schaffte es natürlich nicht, und schließlich blieb ihnen nichts anderes übrig, als ihn auf einen abgestellten Karren zu laden und nach Hause zu fahren.

Carla war erleichtert, daß sie in dieser Nacht nichts von ihm zu befürchten hatte. Den ganzen Tag über hatte sie davon geträumt, wie es wäre, mit Marco Liebe zu machen, sie hatte seine Küsse und Berührungen genossen, und es wäre schrecklich gewesen, wenn alle diese Eindrücke durch die fleischlichen Forderungen des Meisters weggewischt worden wären. Sie schaute amüsiert zu, wie Luigi und Matteo ihn durch die Nacht fuhren und über die schmale Treppe in die oberste Etage brachten.

In der Unterkunft der Lehrjungen wärmten Marco und Giovanni die kleinen Gebäckstücke auf, die sie vom Bächerwagen gefangen hatten, und dazu setzten sie einen Glühwein auf. Der junge Antonio schlief schon in seinem Bett, der Wein hatte seine Kraft geraubt.

Carla setzte sich in ihrem langen Kleid vor die Feuerstelle und freute sich auf das Abendessen, denn sie hatte den ganzen Tag über kaum etwas gegessen.

Dann bemerkte sie, daß Giovanni sie beobachtete. Seine Blicke waren hart und durchdringend, und sie spürte, wie ein kalter Schauer über ihren Rücken lief.

»Was hältst du denn von unserem jungen Betrüger hier?« sagte er aus heiterem Himmel zu Marco. »Wenn du nicht genau wüßtest, daß er ein Junge ist, würdest du dann nicht wetten, daß er genau das ist, was er zu sein scheint —ein scharfes Mädchen, das es nicht erwarten kann, endlich mal richtig durchgezogen zu werden?«

Marco lachte. »So ungefähr habe ich ihm das auch gesagt. Es ging mir den ganzen Tag nicht aus dem Kopf. Ich mußte mir in Erinnerung rufen, daß er unter diesem hübschen Rock einen Schwanz und zwei Eier hat.«

Was Giovanni dann sagte, entsetzte Carla noch viel mehr. »Vielleicht sollten wir uns lieber davon überzeugen. Mir gefiel nicht der Blick, mit dem Piero ihn von Zeit zu Zeit betrachtete, als wüßte er etwas, was wir nicht wissen. Glaubst du, er enthält uns was vor?«

Carlas Herz schlug wie verrückt. Sie starrte ins Feuer und gab vor, dem Gespräch nicht zu lauschen, aber dann kamen Luigi und Matteo herein, und Giovanni teilte ihnen seinen Verdacht auch noch mit.

»Was sagt ihr denn zu unserer Schwester hier? Es scheint, daß sie der Günstling unseres Meisters geworden ist, weil sie ihm offenbar kunstvoll einen geblasen hat. Ekelt euch das nicht an, Jungs? Also, ich finde es zum Kotzen.«

Die anderen hielten das für ein großartiges Thema, und sie fielen sofort begeistert ein. »Vielleicht bläst sie uns auch«, sagte Luigi grinsend. Er zog mit einem Rutsch seine Hose hinunter und schwenkte sein schlaffes Glied. »Kannst du ihm Leben einhauchen, kleine Schwester? Ich würde gern sehen, wie du es versuchst.«

»Laßt ihn in Ruhe«, sagte Marco, aber es war nur ein schwacher Protest.

Carla spürte die Stimmung im Raum und erschrak. Sie hatten alle mehr Wein als sonst getrunken, und die euphorischen Erlebnisse eines solchen Tages hatten sie alle in eine ausgelassene Stimmung versetzt. In ihren Augen war ein als Frau verkleideter Junge in ihrer Mitte ein ärmlicher Ersatz für die Huren, zu denen sie keine Verbindung hatten aufnehmen können, weil sie den ganzen Tag beschäftigt gewesen waren, und außerdem hatten es die käuflichen Mädchen auf betuchtere Kundschaft abgesehen. Die Lehrjungen waren angefüllt mit der hemmungslosen Lust betrunkener Männer, und Carla hatte keine Ahnung, was als nächstes geschehen würde.

»Warum spielen wir nicht Blindekuh?« fragte Luigi grinsend. »Es ist nicht einzusehen, warum Marco der einzige ist, der den ganzen Tag geküßt wird.«

Der Vorschlag wurde johlend aufgenommen, und bevor Carla wußte, wie ihr geschah, hatte man ihr ein Tuch vor die Augen gebunden. Zitternd vor Angst stand sie vor dem wärmenden Feuer und fragte sich, was sie jetzt mit ihr anstellen würden, da sie nichts mehr sehen konnte.

»Dreh sie dreimal um die eigene Achse!« rief Luigi.

Schwindlig und völlig desorientiert streckte Carla die Arme aus. Sie hörte trunkenes Kichern und rasche Schritte, weil die Lehrjungen die Plätze wechselten.

Das Spiel widerte sie an. Sie hatte Angst, ins Feuer zu fallen, Angst, brutal gepackt zu werden und allen möglichen entwürdigenden Dingen ausgeliefert zu sein. Die größte Angst hatte sie vor Entdeckung. Ihr Herz raste, als sie sich unsicher durchs Zimmer bewegte.

Jemand berührte sie, und sie schrie auf. »Leise, du Narr!« hörte sie Giovanni sagen. »Du weckst den Meister auf, und dann kriegen wir alle Ärger.«

»Wir können diese Gefahr bannen«, sagte Luigi.

Jemand hielt sie fest, während ein anderes Tuch in ihren Mund gesteckt wurde. Es mußte einer der Lappen sein, die sie in der Werkstatt brauchten, denn er stank nach Öl. Sie hielten ihre Arme fest, so daß sie nichts dagegen unternehmen konnte. Sie waren vier kräftige Burschen, und sie war ihnen hilflos ausgeliefert.

»Laßt sie los«, hörte sie Marco sagen.

»Gut, aber laßt uns sehen, wen sie diesmal fängt.« Das war Giovannis gehässige Stimme.

Sie wurde wieder dreimal herumgedreht, und im Zimmer wurde es still, als sie taumelnd die Arme ausstreckte und die Anwesenheit der vier jungen Männer spürte, auch wenn sie nichts sehen konnte. Immer wieder griffen ihre Finger ein Stück Stoff, faßten in Haare oder berührten Haut, aber ebenso oft wich man ihr aus, wobei sie eher glaubte, daß die anderen den jeweils ›Erwischten‹ aus ihrer Reichweite zerrten. Das

Spiel hatte eine sonderbare Wende genommen, da sie glaubten, daß sie ein Junge war. Es lag eine ungute Spannung in der Luft, Verlangen und Abneigung gleichermaßen.

Plötzlich dachte Carla: Was ist denn, wenn ich Marco ›erwische‹? Sie würde noch einmal die Gelegenheit haben, seine Küsse zu schmecken, aber dann wußte sie, daß es sich nur um ein Wunschdenken handelte, denn die anderen würden es nicht zulassen. Sie waren ja eifersüchtig auf Marco, weil er sie den ganzen Tag über hatte ›legal‹ küssen können.

Das Spiel wurde hektischer, die Kicherlaute nahmen zu, aber auch die Flüche, wenn derjenige, den sie anfaßte, nicht rasch genug auswich. Einmal berührte sie das unverkennbare Profil eines harten Glieds, und sie zog die Hand so rasch zurück, als hätte sie sich verbrannt.

Sie hörte schadenfrohes Lachen aus allen Kehlen. Jemand packte ihr Handgelenk und führte ihre Hand wieder zu der Stelle.

»Kannst du uns sagen, wessen Schwanz das ist?« hörte sie Luigi fragen.

Die anderen lachten schmutzig, als sie den Kopf schüttelte. Eine bekannte Stimme sagte: »Sie hat mich an meiner empfindlichsten Stelle gepackt. Ich beanspruche einen Kuß.«

Carla wußte, daß es Giovanni war, und ihre aufgestaute Sehnsucht zerrann, als ihr bewußt wurde, daß sie gehorchen mußte. Er nahm sie in seine kräftigen Arme und preßte sie an sich, befreite sie vom Knebel, drückte den Mund auf ihren und stieß seine dicke Zunge zwischen ihre Lippen.

Sie zitterte vor Angst und spürte, wie die grobe Kraft des Mannes sie vereinnahmte. Er war zu stark für sie, sie konnte sich nicht zur Wehr setzen.

Während er seine Zunge tief in ihren Mund stieß, als wäre sie eine Hure, die man rücksichtslos behandeln konnte, fuhren seine Hände zupackend und forschend über ihren Körper, daß Carla vor Entsetzen fast ohnmächtig wurde: Jeden Augenblick würde er die Wahrheit über sie herausfinden.

Endlich gab er ihren Mund frei. »Dieser Junge küßt wie eine Frau!« erklärte er, und in seiner Stimme schwang Haß mit. »Er fühlt sich auch an wie eine Frau. Was sagt ihr dazu, wenn wir diesen kleinen schwulen Kerl ausziehen, damit wir sehen, was er unter diesem Plunder zu bieten hat?«

Drei Händepaare packten und griffen sie, rissen ihr die Perücke vom Kopf, fummelten an ihren Röcken und zerrten an ihrem Korsett.

Carla stieß einen Schrei aus, aber der Lappen in ihrem Mund dämpfte ihn sofort, und heraus kam nur ein ächzendes Stöhnen. Sie wollte den plündernden Fingern ausweichen, und dabei verrutschte das Tuch vor ihren Augen. Die roten, grinsenden Gesichter von Luigi, Matteo und Giovanni verschwammen vor ihren Augen.

Marco stand an der Seite und sah ratlos aus. »Laßt ihn los!« rief er. »Laßt den Jungen endlich los!«

»Halt du dich da raus«, fuhr Giovanni ihn an. »Uns steht am Abend des Karneval ein bißchen Spaß zu.«

»Dann geh auf die Straße und finde deinen Spaß da. Wenn ihr den armen Kerl weiter quält, werde ich es morgen früh Piero sagen.«

Sie zögerten einen Augenblick lang, und dieser Augenblick reichte Carla, um zur Seite zu springen und sich neben Marco zu stellen. Sie suchte seinen Schutz. Er schob sie zur Tür, die nach oben führte.

»Lauf rasch, solange du noch die Gelegenheit dazu hast«, riet er ihr.

Ihr Abgang war nicht sehr elegant, denn sie stolperte über die Röcke und hoppelte auf allen Vieren die schmalen Treppen hoch, wie ein Hase, der vor hechelnden Jagdhunden Reißaus nimmt. Unten hörte sie die Männer streiten. Alle stellten sich gegen Marco, der ihnen die Beute in letzter Minute entrissen hatte. Carla hörte nicht weiter zu, sie atmete erst auf, als sie die Tür hinter sich zugedrückt hatte.

Piero schnarchte munter drauflos in seiner weinseligen Betäubung, er lag auf dem Bett und hatte noch seine Stiefel an. Carla wußte, daß sie von ihm nichts zu befürchten hatte. Erschöpft zog sie ihre eleganten Kleider aus und ließ sie auf dem Boden liegen, dann sank sie in ihr Bett. Sie konnte kaum die Stellen an ihrem Körper zählen, die von den Kniffen schmerzten, die sie bekommen hatte, und es dauerte eine Weile, bis sich ihr Puls beruhigt hatte.

Warum hatte Marco sie wieder einmal gerettet? Er riskierte, von den anderen geschnitten zu werden. Carla wollte glauben, daß er nur Mitleid für sie empfand – für den letzten Neuzugang im Haushalt. Aber sie konnte den Verdacht nicht abschütteln, daß er ihre wahre Identität doch vermutete. Er hatte sie intimer berührt als alle anderen – wenn jemand außer Piero ihrem Geheimnis auf der Spur war, dann mußte es Marco sein.

Die Tür ging plötzlich auf, und Carla versteckte sich rasch unter der Decke, aber dann sah sie Marco, einen Becher in der einen Hand, einen Kuchen in der anderen. Es war, als hätten ihre Gedanken ihn gerufen.

Er kniete sich leise neben ihr Bett, und Carla stützte sich mit einem erleichterten Grinsen auf einen Ellenbogen auf.

»Ich habe dir was zur Stärkung gebracht«, flüsterte

er. »Ich dachte mir, nach dem, was heute alles passiert ist, würde dir das gut tun.«

»Du bist so lieb, Marco.«

Ihre Augen sahen ihn in der Dunkelheit voller Liebe an, und er hielt ihrem Blick stand. »Ich kann es nicht einmal ertragen, wenn ein Tier gequält wird«, sagte er. »Aber wenn man sich an einer Frau oder einem Kind vergreift, hört jeder Spaß auf.« Es entstand eine längere Pause.

Er muß es wissen, dachte Carla.

Aber dann fuhr er fort: »Ich weiß, du bist kein Kind mehr, Carlo, aber manchmal legst du eine Naivität an den Tag, daß du mir jünger erscheinst als Antonio. Ich nehme an, es hängt damit zusammen, daß du dein ganzes Leben lang auf dem Land gelebt hast.«

Sie nickte und grinste verlegen, froh darüber, daß er offenbar keinen Verdacht geschöpft hatte.

»Du redest nicht über deine Familie«, sagte Marco. »Vermißt du sie nicht?«

»Manchmal.«

»Warum bist du weggegangen?«

Sie hob die Schultern. »Mir gefiel das Leben nicht, das sie mir vorgezeichnet hatten. Ich wollte immer ein Künstler werden, seit ich entdeckte, daß ich ein Zeichentalent habe. In meinem Dorf konnte ich das nicht verwirklichen, deshalb dachte ich, ich müßte meine Chance in Florenz suchen. Ich hatte viel Glück, daß ich dir begegnet bin, Marco.«

Er lächelte und reichte ihr den Becher Wein. »Dein Talent war sehr auffällig. Wenn Giovanni geht, nimmt Piero dich bestimmt als Lehrjunge.«

Carla lächelte wehmütig. Sie wußte, daß das unmöglich war, und ihr wurde schwer ums Herz, aber sie verdrängte dieses Gefühl und trank einen Schluck Wein. Erst als sie auch in den Kuchen gebissen hatte, wurde ihr bewußt, wie hungrig sie war. Rasch hatte sie den Kuchen verschlungen. Marco sah ihr grinsend zu und nahm ein weiteres Stück aus seiner Tasche.

»Ich weiß gar nicht, wie ich dir danken soll, Marco«, murmelte sie.

»Solange ich hier bin, werde ich für dich tun, was ich kann. Giovanni mäkelt an dir herum, und das gefällt mir nicht. Aber er wird irgendwann gehen, dann wird es leichter für dich sein. Trotzdem mußt du lernen, dich selbst zu verteidigen, du darfst dich nicht immer auf mich verlassen. Ich werde eines Tages auch gehen. Ich warte nur auf die richtige Gelegenheit.«

Er fuhr ihr mit einer Hand durchs Haar und beugte sich in der Dunkelheit über sie. Carla murmelte ihren Dank und sah ihm nach, wie er zur Tür ging. Sie preßte den Becher, den er gebracht hatte, an ihre Brust. Sie wußte nicht, ob sie froh und traurig darüber sein sollte, daß er ihr Geheimnis immer noch nicht entdeckt hatte. Ihr wäre es eine große Erleichterung gewesen, wenn er Bescheid gewußt hätte. Aber vielleicht war es besser so. Sie konnten unbefangen Freunde sein, und sie setzte Marco auch nicht der Gefahr aus, plötzlich der Rivale des Meisters zu sein.

Obwohl ihr Körper nach den Aufregungen des Tages völlig erschöpft war, kamen ihre Gedanken nicht zur Ruhe. Sie sah Marco immer noch neben ihrem Bett knien, auch als sie die Augen längst geschlossen hatte.

Was wäre wohl passiert, wenn sie die Decke zurückgeschlagen und er auf dem Bett neben ihr gekniet hätte? Wenn er ihre Brüste unter dem dünnen Nachthemd gesehen hätte? Sie wußte, daß er sie als verweichlichtes, unerfahrenes Kind betrachtete, aber wie er sie auf dem Wagen während des Umzugs geküßt hatte ...

Ein Lächeln umspielte ihre Lippen, als sie sich vorstellte, mit welcher Begeisterung er die Entdeckung gefeiert hätte, daß sie eine Frau war. Wie süß wären seine Liebesgeständnisse gewesen! Er wäre bestimmt auch erleichtert darüber gewesen, daß sein Verlangen nach ihr nicht Ausdruck irgendeiner perversen Anwandlung waren, nicht einer heimlichen Neigung zum eigenen Geschlecht entsprangen.

Sie wälzte sich im Bett herum, und ihr Nachthemd rutschte immer höher, bis ihre Schenkel entblößt waren. Sie stellte sich vor, wie Marco verwundert ihre Brüste streichelte und immer und immer sagte: »Du bist also doch eine Frau . . .«

Vielleicht wäre sie mutig genug gewesen, in seinen Schoß zu greifen und den Schaft zu fühlen. Schließlich hatte sie auch Giovannis berührt. Marco würde mit großen Augen zusehen, wie sie ihm die Hose hinunter zog und das Glied freilegte und damit spielte, und beide würden fasziniert zuschauen, wie es groß und stark wurde.

Was für eine Lust es wäre, seinen Penis zu saugen statt Pieros! Die Übung, die sie hatte, würde Marco zugute kommen, und Marco würde gar nicht mehr von ihr loskommen. Er würde zu ihr ins Bett steigen und sie in die Arme nehmen, würde sie leidenschaftlich küssen und immer wieder ihre Brüste streicheln, bis sie laut stöhnte, weil sie mit ihm verbunden sein wollte.

Und dann, langsam und behutsam, würde er in ihre für ihn geöffnete Scheide eindringen.

Was für ein Gefühl der Glückseligkeit! Wäre er doch nur ihr erster Geliebter gewesen! Nach ihm würde sie nie wieder einen anderen Mann wollen. Seine Gefühle für ihn würden die Vereinigung zu einem unvergeßlichen Erlebnis werden lassen.

Je länger Carla darüber nachdachte, desto heißer wurde ihr Schoß, in ihrem Innern pochte es vor grenzenloser Lust. Sie warf die Decke zurück und fühlte, wie die kühle Nachtluft ihre Haut streichelte, aber der Schmerz der Leere in ihr war eine Qual, die ihr niemand nehmen konnte. Wenn sie doch nur den Mut gehabt hätte, Marco ihr Geheimnis anzuvertrauen, als er neben ihrem Bett kniete. Sie hätten sich geküßt, und er hätte geschworen, sie niemals zu verraten.

Carla drückte ihre Brüste und schob eine Hand zwischen ihre Schenkel. Sie drückte die Schenkel fest zusammen, während zwei Finger tief in sie hineinstießen. Sie fühlte die Feuchtigkeit in ihr, und immer wieder murmelte sie den Namen des Mannes, der ihr Herz gewonnen hatte. Aber ihr Zauber wirkte nicht mehr – Marco kam nicht zurück.

Mit einem Schluchzer warf sie sich auf die Seite und wartete auf den Schlaf.

Sechstes Kapitel

Mit einem Gefühl der Beklommenheit ging Carla am nächsten Morgen hinunter. Sie war überzeugt davon, daß Giovanni etwas Gehässiges zu ihr sagen würde, aber er beachtete sie kaum, denn er war mit einem neuen Auftrag beschäftigt.

Marco bedachte sie mit einem freundlichen Lächeln, das sie rasch erwiderte, aber ihr Herz war in seiner Gegenwart zerrissen. Es war ein bittersüßes Gefühl, sein offenes Gesicht zu sehen, sich vorzustellen, wie er sich in ihren Armen anfühlen würde, und doch nicht zeigen zu dürfen, was sie für ihn empfand.

Karneval schien eine Wende in Carlas künstlerischer Laufbahn gebracht zu haben. Obwohl sie immer noch die Untergründe mit Gips oder Kreide bestrich, Pinsel fertigte und Farben mischte und rührte, vertraute ihr Piero immer mehr Arbeiten an. Vielleicht wollte er ihre Fähigkeiten testen und sich davon überzeugen, ob eine Frau so gut malen konnte wie ein Mann. Ganz egal, was sein Motiv war – Carla war über jede neue Arbeit glücklich, die sie für ihn beginnen konnte.

»Was hältst du davon, ein Porträt von mir zu malen?« fragte er sie eines Tages. Zuerst glaubte sie, er scherzte, aber dann bemerkte sie, daß er es ernst meinte. »Alle meine Lehrjungen haben mich im Laufe der Jahre als Modell eingesetzt«, fuhr er fort. »Und ich erinnere mich daran, daß du Leute auf der Straße gemalt hast, ehe Marco dich hergebracht hat. Ich möchte sehen, was du auf diesem Gebiet leisten kannst.«

Sie holte Kreide- und Kohlestifte und begab sich an die Arbeit, mit der sie sich die ersten Wochen in Florenz über Wasser gehalten hatte. Piero war ein unruhiges Modell, er konnte nicht still sitzen und fuhr mit seiner Arbeit fort, während sie ihn zeichnete. Sie mußte rasche Striche ziehen.

Eine Atmosphäre friedlicher Versunkenheit entstand, während sie sich auf ihre Aufgabe konzentrierte, immer wieder ihr Modell beobachtete und ihre Arbeit korrigierte, bis sie glaubte, das Beste erreicht zu haben.

Schließlich wollte er sehen, was sie geschaffen hatte. »Nicht schlecht, wirklich nicht schlecht«, sagte er und hielt das Papier auf Armeslänge, zog es dann dicht vor seine Augen. »Du hast mich gut getroffen. Willst du dich auch an einem Porträt mit Temperafarben versuchen?«

»Oh, ja, wirklich? Darf ich das, Meister?« Sie sah ihn sehnsüchtig an.

Er nickte brüsk. »Aber nicht von mir. Ich habe einen Auftrag, den Heiligen Sebastian zu malen, und ich habe keine Zeit, es selbst zu tun. Ich würde Giovanni fragen, aber er hat auch genug andere Arbeit. Aber ich müßte deine Arbeit als meine ausgeben – deshalb muß sie gut sein.«

»Wann kann ich beginnen?«

»Heute, wenn du willst.« Dann fügte er noch hinzu: »Ich dachte, Marco könnte dir Modell sitzen.«

Es war die beste Nachricht, die sie je gehört hatte. Piero schlug vor, daß sie aus der Schlafkammer vorübergehend ihr Atelier machen sollte. Flink stellte sie die Staffelei auf und umgab sich mit all den Dingen, die sie benötigte.

Während des Tages war das Licht gut, und im Schlafzimmer konnte sie ungestört arbeiten. Aber was hatte all das zu bedeuten im Vergleich dazu, daß sie Marco ganz für sich haben würde?

Auch Marco freute sich für sie. »Wenn das Porträt gut wird, nimmt Piero dich vielleicht als Lehrling auf«, sagte er. »Das hast du nämlich verdient. Mir würde das gefallen – das würde bedeuten, daß ich dir Glück gebracht habe.«

Piero bestand darauf, daß Marco nackt Modell stehen sollte. Carla spürte eine innere Anspannung. Sie ahnte, daß ihr Meister sich an ihrem Unbehagen weidete. Trotzdem mußte sie zugeben, daß er recht hatte. Sie mußte den Heiligen als Martyrer porträtieren, von einem Dutzend Pfeilen durchbohrt, deshalb mußte die Anatomie stimmen.

Sie konnte ihr Erröten nicht verhindern, als Marco sich ohne Scheu vor ihr auszog. Sie hatte auch schon gesehen, wie sich die anderen Jungen umzogen, hatte dabei ihre nackten Körper gesehen, aber sie hatte noch nie so engen Kontakt mit einem nackten Mann gehabt, den sie dann auch noch genau studieren mußte.

»Wie willst du mich haben?« fragte Marco, als er in voller Größe und Blöße vor ihr stand. Der dicke Penis baumelte zwischen den Beinen, und Carla mußte ein paarmal schlucken. Wellen des Verlangens pulsierten durch ihren Körper.

»Ich ... ich weiß nicht genau. Was schlägst du vor?«

»Nun, ich könnte mein Gewicht auf ein Bein verlagern, die Hände auf den Rücken, als wären sie gefesselt. Ich schlage vor, daß ich den Kopf ein wenig hebe, die Augen zum Himmel gerichtet. Soll die Szene darstellen, daß Sebastian an einen Pflock gebunden ist?«

»Ja, ich glaube schon.«

»Dann kommst du am besten zurecht, wenn ich die Hände auf dem Rücken habe.«

Er nahm alles sehr lässig, während es Carla schwerfiel, sich auf ihre Arbeit zu konzentrieren. Sie war zugleich verlegen und fasziniert, ihn das erste Mal völlig nackt zu sehen. Als er seine Pose eingenommen hatte, skizzierte sie ihn leicht, um die Abstände besser einschätzen zu können.

Sie schaute ihn unter gesenkten Lidern an, und immer nur kurz. Sie traute sich nicht, ihn lange anzustarren, was sie sonst tat, wenn sie Gesichter zeichnete.

Carla hatte nie darüber nachgedacht, daß der Körper eines Mannes schön sein könnte, aber als sie immer mehr in ihre Arbeit versank, wurde sie wagemutiger und starrte intensiv auf Marcos nackten Körper. Sie prägte sich die Form ein, den Einschnitt der Taille, den flachen Bauch, die muskulösen Oberschenkel, und sie fand diesen Mann mit jeder Minute, die verstrich, immer attraktiver.

Marco war kein großer Mann, aber sein Brustkorb war imposant, und auch die Muskeln der Oberarme waren gut ausgebildet. Man sah, daß er von klein auf gewöhnt war, schwere Lasten zu tragen.

Aber die meiste Beachtung schenkte Carla seinem schönen Glied. Selbst im schlaffen Zustand war es eine Wohltat für ihre Augen. Die pinkfarbene Spitze lugte neugierig aus der Vorhaut hervor. Darunter schwang der lange Beutel, der die beiden Hoden barg. Ein einladendes Trio, dachte Carla, das sie gern in die Hand genommen und geküßt hätte.

Oh, was mußte das für ein Erlebnis sein, aus nächster Nähe zu sehen, wie der noble Penis sich erhob und voller Stolz streckte. Sie glaubte, das Spiel der Hoden im Beutel fühlen zu können, und unwillkürlich mußte sie ein paarmal schlucken. Sie kannte Pieros Geschlecht aus ihren intimen Berührungen, und dessen brutale Kraft war nicht ohne Charme, aber

Marcos Genitalien schienen im Vergleich zu denen des Meisters eher Kunstwerk als Natur zu sein.

»Können wir eine Pause einlegen?« Marcos Stimme durchbrach ihre Gedanken.

»Natürlich.«

Er setzte sich an ihre Seite und betrachtete das, was sie bisher geleistet hatte. »Ah, das wird schon. Ich glaube, du hast den Winkel meines rechten Arms noch nicht ideal getroffen, aber das kommt schon. Ein Gemälde braucht Zeit, es geht nicht an, hastig voranzuschreiten. Und du hast gut begonnen. Ich bin froh, daß Piero dir dieses Vertrauen entgegenbringt, Carlo.«

»Ich auch.«

Carla konnte kaum sprechen, so sehr überwältigte es sie, daß ein nackter Marco neben ihr saß. Er schien seine Nacktheit gar nicht zu bemerken, und er faßte sein Glied an, als er sich setzte, damit er es nicht zwischen den Beinen einquetschte. Ihr Verlangen nach ihm stimmte sie traurig, denn sie wußte, wie hoffnungslos dieses Verlangen war. Sie war froh, als er sie mit anderen Themen ablenkte. Er sprach von Kunstwerken, die er in Florenz gesehen hatte.

»Lorenzo de Medici hat eine wunderbare Sammlung. Einige der Schätze habe ich gesehen, als Piero mich einmal mitgenommen hat. Ich wünschte, du hättest die antiken Medaillen, die kostbaren Edelsteine und Artefakte sehen können. Und seine einmalige Statue des David. Sie wurde von dem Bildhauer Donatello geschaffen. Sie zeigt David als jungen Mann, kaum älter als du selbst.«

»Ich wünschte, ich könnte die Sammlung auch sehen.«

Marco lächelte. »Vielleicht gelingt dir das eines Tages. Lorenzo de Medici ist ein Freund der Künstler. Es ist mein größtes Ziel, irgendwann einmal eine

Arbeit für ihn abzuliefern. Vielleicht ein Porträt eines Familienmitglieds oder ein Altarstück für eine seiner privaten Kapellen. Aber er beauftragt nur die besten Künstler.«

»Ich habe noch nicht viel von dir gesehen, Marco, aber ich bin sicher, daß deine Arbeiten gut sind.«

Er hob die Schultern und ließ sie wieder sinken. »Das meiste, was ich fertige, ist Schund. Ich möchte gern das ausdrücken, was mir auf der Seele liegt. Vielleicht werde ich eines Tages einmal etwas malen, worauf ich stolz bin.«

Sie saßen nah beieinander, sehr nah, und in der Hitze des Tages konnte Carla sich kaum zurückhalten. Sie schaute auf seine Lippen und wünschte, sie hätte den Mut, ihn zu küssen. Aber es gab nicht den Vorwand des Maskenspiels, und wenn sie ihn jetzt küßte, würde er sie für abartig halten, für pervers.

Plötzlich öffnete sich die Tür, und Piero trat ein. Er wollte sehen, wie Carla die Arbeit angegangen war. Er war zufrieden mit dem, was er sah, aber er brauchte Marco für eine Arbeit in der Werkstatt. »Kommst du ein paar Stunden ohne dein Modell aus?« fragte er Carla.

Sie nickte. Marco brauchte nicht die ganze Zeit anwesend zu sein. Sein Anblick hatte sich in ihre Netzhaut gebrannt, deshalb wußte sie, daß sie ihn aus der Erinnerung malen konnte.

Während des Nachmittags schritt ihr Bild zügig fort. Sie hatte die äußeren Umrisse festgelegt und übertrug sie nun auf den vorbereiteten Holzuntergrund. Morgen würde sie damit beginnen, die Farbe aufzutragen.

Drei Tage später glühte das Porträt in prächtigen Farben. Marcos Gesichtszüge verliehen dem Märtyrer ein lebendiges Aussehen, wenn es auch ein Ausdruck zwischen Leiden und Ekstase war. Wo die grausamen Pfeile die Haut durchbohrten, zeigten sich rubinrote Tropfen. Carla betrachtete ihre Arbeit und nickte zufrieden. Es war das erste Mal, daß sie an einem richtigen Bild mit Farbe gearbeitet hatte, und sie war entzückt vom Ergebnis.

Piero war ebenfalls entzückt. »Du hast mich nicht im Stich gelassen, Carlo!« rief er mit weicher Stimme, während er das Bild aus nächster Nähe begutachtete.

Marco stand dabei und umarmte Carla glücklich, und sie strahlte vor Stolz. Er hatte ihr schon gesagt, wie sehr er ihre Arbeit schätzte und bewunderte, und mehr Lob konnte es für sie nicht geben – obwohl Pieros Lob natürlich gewichtiger war und Konsequenzen nach sich zog.

Carla erfuhr bald schon eine der ersten Konsequenzen ihrer guten und von Piero geschätzten Arbeit. Piero gestand, daß dieses Porträt nur eine Probe war.

»Eine Adelsfrau möchte ihr Porträt gemalt haben«, sagte er zu Carla. »Wir sind alle so sehr beschäftigt, daß ich den Auftrag beinahe abgelehnt hätte, aber dann habe ich an dich gedacht, Carlo.«

»An mich?«

»Ja. Deshalb habe ich dich an dieser Probe arbeiten lassen. Ich mußte mich erst überzeugen, ob du dazu in der Lage bist. Jetzt glaube ich, daß du es schaffen wirst. Wenn du willst, gehört der Auftrag dir. Ich nehme nur die Hälfte des Honorars, und nach Abzug des Materials kannst du den Rest behalten. Hast du Interesse?«

»Was für eine wunderbare Gelegenheit für dich!« rief Marco begeistert.

Carla war sprachlos. Ein richtiger Auftrag, für den sie Geld erhielt! Aber wie konnte Piero es wagen, sie als Künstler in die Welt zu schicken, wenn er wußte, daß sie in Wirklichkeit eine Frau war? Zog er aus der Irreführung irgendeine perverse Befriedigung, die ihm wichtiger schien als das Risiko, das sie und auch er eingingen?

Sobald Marco den Raum verlassen hatte, sprach sie mit dem Meister über ihre Ängste. »Was ist, wenn ich entlarvt werde, Piero? Wenn mein Betrug der Gilde gemeldet wird? Geratet Ihr dann nicht auch in Schwierigkeiten?«

Er grinste. »Keine Bange, niemand wird etwas erfahren. Du hast es geschafft, uns alle unter meinem Dach in die Irre zu führen, dann wird dir das auch bei einer noblen Dame gelingen. Du mußt nur darauf achten, daß das Porträt ihr schmeichelt, dann kann nichts passieren.«

»Aber was ist, wenn ...«

»Oh, sei kein Angsthase! Was soll schon schiefgehen? Du sitzt vor deiner Staffelei, und sie sitzt dir Modell. Sage ihr, daß du dich auf deine Arbeit konzentrierst, dann brauchst du dich nicht mit ihr zu unterhalten. Es wird nur zwei Sitzungen geben, die Farbe kannst du hier in der Werkstatt auftragen. Wirklich, es ist keine große Affäre. Vertrau mir.«

Carla nahm den Auftrag mit glänzenden Augen an, wenn sie auch eine gewisse Vorahnung nicht unterdrücken konnte. Aber das Geld würde sie gut gebrauchen können. Niemand wußte, was die Zukunft für sie bringen würde, und wenn sie Geld zur Verfügung hatte, dann fühlte sie sich sicherer für den Fall, daß sie bei Nacht und Nebel verschwinden mußte, um einer Verhaftung zu entgehen.

Irgendwie traute sie Piero nicht über den Weg. Falls ihre wahre Identität entdeckt wurde, konnte er so tun, als wüßte er von nichts, und es gab genug Zeugen im Haus, die das bestätigen würden.

Außerdem verführte sie der Gedanke, daß sie wieder mit Farbe arbeiten konnte. Trotz Pieros Lob war ihre erste Arbeit noch mit vielen Mängeln behaftet gewesen; sie mußte noch viel lernen über das Spiel von Licht und Schatten, von Tönungen und Schattierungen, von winzig kleinen Pinselstrichen und der Technik bei größeren Flächen. Ja, sie hatte eine neue Gelegenheit erhalten, sich zu verbessern, und sie war dankbar dafür. Sie schwor, ihr ganzes Talent in das Porträt der Adelsdame einzubringen.

Monna Livia war die Gattin des Messer Bardarelli, eines reichen Wollkaufmanns, der einen prächtigen Palast unweit der Via Calimala besaß. Piero selbst brachte Carla hin, stellte sie dem hochnäsigen Verwalter als ›mein Lehrjunge‹ vor und zog sich rasch zurück, nachdem er Carla noch einmal grinsend angeschaut hatte.

Hinter dem Portal lag ein offener Innenhof mit einem Brunnen in der Mitte. Im Halbkreis war der Wohnbereich um den Innenhof gebaut. In den ebenerdigen Räumen herrschte viel Betrieb, es wurde gefeilscht und gehandelt, aber im ersten Stockwerk ging es ruhig zu.

Carla trug ihre Staffelei und das Material die Holztreppe hoch und warf kurze Blicke in die Zimmer. Was sie sah, beeindruckte sie sehr. Überall gab es Wandgemälde, und in mehreren Zimmern sah sie große offene Feuerstellen, über denen die Familienwappen prangten.

Schließlich wurde sie in ein Schlafzimmer im zweiten Stockwerk gebracht. Monna Livia erwartete sie schon. Carla stockte beim Eintreten der Atem. Die Wände waren so bemalt, daß sie wie ein exotischer

Garten aussahen, mit tropischen Früchten und bunten Vögeln. Selbst die Dachbalken waren blau und golden angemalt.

Das breite Bett, verziert mit kunstvollen Schnitzereien, stand mitten im Zimmer und wurde von passenden Kommoden gesäumt, und auf dem gefliesten Boden lagen kostbare Teppiche. Auf einer Kommode stand eine Vase mit pinkfarbenen Rosen, die ihren süßen Duft verströmten, und in der Notdurftecke dufteten Kräuter, während in der gegenüber liegenden Ecke zwei Turteltauben in einem vergoldeten Käfig gurrten.

Inmitten dieser sinnlichen Pracht stand Livia Bardarelli, nur mit einem weißen Unterhemd bekleidet. Ihr dunkelblondes Haar fiel locker bis auf die Schultern, und ihre Füße waren nackt, als wäre sie gerade erst aus dem Bett aufgestanden. Als sie lächelte, wurden ihre harschen Gesichtszüge weicher, und beinahe sah sie schön aus.

»Willkommen, junger Mann!« sagte sie, trat Carla mit ausgestreckten Armen entgegen und legte ihre Hände auf Carlas Schultern.

Unter dem dünnen Hemd waren die Nippel deutlich zu sehen, die ihre üppigen Brüste krönten. Die Frau schaute Carla ein paar Sekunden lang tief in die Augen, dann zog sie den angeblichen Malerlehrling in Richtung Bett. Livia ließ sich auf die Matratze fallen, während Carla sich mit einer Pobacke auf einer Kommode abstützte und sich fragte, warum sie sich in der Gegenwart dieser Frau so unbehaglich fühlte.

Lag es daran, daß die Adelsfrau so weit über ihr stand, was Reichtum und Herkunft anging? Nein, da war noch etwas anderes, aber Carla konnte es nicht deuten.

Monna Livia sprach mit leiser, betörender Stimme

und fragte zuerst nach dem Namen. Dann fuhr sie fort: »Nun, Carlo, dies soll ein ganz besonderes Porträt werden. Ich werde offen mit dir reden, aber was ich dir sage, darf nicht außerhalb dieses Zimmers gelangen. Verstehst du?«

Carla nickte, verwirrt und eingeschüchtert. Die Frau zog ihre langen Beine an und setzte sich darauf, dann lehnte sie sich in die Kissen zurück und gab sich völlig entspannt.

»Ich werde dir ein wenig über mich erzählen. Seit acht Jahren bin ich mit Messer Bardarelli verheiratet. Ich habe ihm zwei Söhne und eine Tochter geboren. Man sollte glauben, daß ich eine glückliche Frau bin, aber es fehlt etwas in meinem Leben. Seit der Geburt unserer Tochter kommt er nicht mehr in mein Bett. Er zieht die Gesellschaft anderer Frauen vor.« Sie schniefte verächtlich. »Er glaubt, daß ich meine Pflicht erfüllt habe und kann nicht verstehen, daß ich ihn auch zu meiner eigenen Lust empfangen möchte, nicht nur zur Fortpflanzung. Verstehst du, was ich meine?«

»Oh, ja, Madonna.«

Monna Livia seufzte. »Du bist jung und wahrscheinlich noch unschuldig. Was weißt du schon von den Sehnsüchten einer Frau?«

Carla hätte am liebsten gekichert, aber das traute sie sich nicht. Sie hob die Schultern und sagte nichts, fragte sich nur, wohin das Geständnis führen würde.

»Nun, ich will nur sagen, daß ich noch nicht bereit bin, eine alte vertrocknete Matrone zu sein. Ich habe einen Plan. Weißt du, welche planetare Konstellation bald eintritt?«

Carla runzelte die Stirn. »Von Astrologie verstehe ich nichts, Monna Livia.«

Die Frau lächelte geheimnisvoll. »Wir erwarten die

Stunde der Venus. Bald werde ich zu Ehren der Göttin Kerzen anzünden. Du wirst mein Porträt nach einer Statue der Venus anfertigen, die ich mir kopieren ließ. Gemeinsam werden wir einen Zauber vollbringen, Carlo. Eine Magie, mit der ich meinen Gatten wieder in mein Bett zurückhole.«

Carlas Unbehagen stieg. Was würde geschehen, wenn der Zauber keine Wirkung zeigte? Würde die Adelsfrau ihr die Schuld geben?

Die Frau erhob sich vom Bett und trippelte hinüber zu einem Wandschrank. Sie öffnete ihn und holte eine kleine Figur heraus, eine *Venus Pudens*, die auf einer großen Muschel stand. Die Figur aus Alabaster stand auf grüner Seide, eine Hand bedeckte ihre Scham, die andere ihre Brust, und doch schien ihr verführerisches Lächeln eher dazu angetan, die Blicke des Betrachters eher auf diese Regionen zu lenken als abzuwehren.

»Ist sie nicht wunderschön?« fragte Monna Livia. »Ich weiß, daß ich keine Schönheit bin, aber ich bin sicher, daß es deinem Talent gelingt, mich wie sie aussehen zu lassen. Und obwohl ich drei Kinder zur Welt gebracht habe, bin ich noch stolz auf meine Figur.«

Sie sprach ein paar Minuten lang Gebete zu der Göttin, ehe sie das Hemd über den Kopf zog und auf den Boden fallen ließ. Nackt stand sie vor Carla. Sie hatte eine viel stärkere Brust und ausgeprägtere Hüften als die schlanke Figur im Schrank, aber sie hatte einen wohlgeformten Körper. Lächelnd nahm sie die Pose der Statue ein. »Ist es so richtig?«

»Ich ... ja, ganz gut.«

»Dann baue deine Staffelei auf, damit wir beginnen können. Es ist wichtig, daß die Arbeit zur richtigen Planetenkonstellation beendet ist.«

Während Carla Leinwand und Palette vorbereitete und ihre Utensilien auf dem Tisch ausbreitete, der ihr zur Verfügung gestellt worden war, schmückte Livia Bardarelli die Statue mit einer winzigen goldenen Halskette und zündete Kerzen an, die sie rund um die Venus plazierte. Sie setzte eine Schale mit Weihrauch in Brand, der bald schon den Duft der Rosen überlagerte.

Als Carla ihre Vorbereitungen abgeschlossen hatte und aufschaute, sah sie, daß ihr Modell schon die Pose eingenommen hatte. Sie schien den vieldeutigen Blick der Statue oft geübt zu haben, denn er gelang ihr auf Anhieb.

Carla ahnte, daß ihr Erfolg oder Versagen in erster Linie davon abhing, ob sie dieses verführerische Lächeln einfangen konnte oder nicht. Es war zugleich scheu und listig. Carla nahm einen Pinsel und begann, die Umrisse der Frau in einem weichen Sepia festzuhalten.

Obwohl offensichtlich nicht mehr in der ersten Blüte der Jugend – die Brüste sackten unter ihrem Eigengewicht, und der Bauch war etwas zu sehr gerundet -, war Monna Livia noch eine gut aussehende Frau.

Carla arbeitete zu den gurrenden Rufen der Tauben, und der Duft der Rosen und die Betörung des Weihrauchs stiegen ihr in die Nase. Bald kam es ihr so vor, als stünde sie tatsächlich unter einem gewissen Bann. Ihre Augen waren selten auf die Leinwand gerichtet, die Hände schienen wie von selbst zu arbeiten. Eine geisterhafte Präsenz erfüllte die Luft des Zimmers, und alles, was außerhalb vor sich ging, schien in dieser Abgeschiedenheit keine Bedeutung zu haben.

Das Porträt entstand in einer Art Traum, und Carla glaubte nun auch, daß sie tatsächlich unter dem Einfluß irgendeiner Magie stand.

Als Monna Livia plötzlich die Arme bewegte, zuckte Carla erschrocken zusammen, als ob die Statue zum Leben erwacht wäre. Sie ließ den Pinsel fallen, und als sie sich bückte, um ihn aufzuheben, hörte sie die Frau sagen: »Ich glaube, das reicht für heute. Meine Arme und der Rücken sind steif, und mein Hals auch. Ich bin es nicht gewöhnt, stundenlang für Künstler zu posieren.«

Carla verdrängte ihre Enttäuschung, in die reale Welt zurückgeholt zu werden. Sie erhob sich und sah, wie ihr Modell sich die schmerzenden Glieder rieb. Carla betrachtete das Ergebnis ihrer Arbeit und fand, daß sie den Grundstock für ein erfolgreiches Porträt gelegt hatte. Aber bevor sie etwas sagen konnte, hörte sie Monna Livias befehlende Stimme.

»Zieh mal die Schublade der Kommode neben dir auf, Carlo, und hole das Fläschchen mit dem Öl heraus. Mein Apotheker hat es mir für schmerzende Glieder verschrieben, und jetzt brauche ich es dringend.«

Carla tat, wie geheißen, obwohl sie den gebieterischen Ton der Frau nicht ausstehen konnte. Ich bin ihr Maler, dachte sie, nicht ihr Dienstmädchen. Aber als sie das Ölfläschchen in der Hand hielt, folgten rasch weitere Befehle.

»Kannst du meinen Nacken damit einreiben? Warte, ich lege mich aufs Bett.«

Und so fand sie sich bald in der Rolle einer Masseuse wieder. Manchmal hatte sie Pieros Rücken mit einem Öl eingerieben, deshalb hatte sie eine gewisse Fertigkeit darin entwickelt, aber sie haßte es, als Dienstmagd mißbraucht zu werden. Doch was nutzten ihre stummen Klagen?

Sie mußte froh über diesen Auftrag sein, und wenn sie nicht zur völligen Zufriedenheit der Frau arbeitete, würde sie Vorwände finden, um sich aus der Abmachung zu stehlen. Carla wußte, daß das oft geschah, wenn Künstler sich nicht untergeordnet hatten oder ein realistisches Porträt ablieferten, das dem Auftraggeber nicht schmeichelte.

Carla kniete sich neben die blassen Beine der Frau, ließ Öl in ihre Handfläche träufeln und trug sie mit sanften Bewegungen auf Nacken und Schultern auf.

»Du kannst ruhig härter reiben«, sagte die Frau. »Und massiere auch meine Schenkel und Waden. Mir tut wirklich alles weh, von oben bis unten.«

Es fühlte sich eigenartig an, den Körper einer anderen Frau zu massieren und zu streicheln, aber Carla war fasziniert von den fleischigen Kurven und der sanften Haut ihrer Auftraggeberin. Als sie über die strammen Backen der Frau rieb, spreizte Monna Livia wohlig stöhnend die Schenkel, aber Carla dachte sich noch nichts dabei. Ihre geschickten Hände glitten hinunter zu Schenkeln und Waden.

Als sie die Waden kräftig eingerieben hatte, glaubte Carla, daß ihre Arbeit nun beendet war, aber Monna Livia drehte sich um, legte sich auf den Rücken und sagte seufzend: »Meine Füße ... Kannst du dir auch noch meine Füße vornehmen, die so lange gestanden haben?«

Carla war verlegen, als sie das Geschlecht einer anderen Frau sah, das sich ihr so schamlos präsentierte. Während sie die Füße mit Öl einrieb, glitten ihre Blicke immer wieder zu der dicken, fleischigen Vulva, die unter den spärlichen braunen Haaren deutlich sichtbar war. Geschwollen und feucht glänzend sahen die Lippen aus, fast wie eine Muschel oder wie eine reife exotische Frucht.

Carlas Blicke glitten höher, vom behaarten Venusberg über den leicht gerundeten Bauch zu den Zwillingskuppeln ihrer Brüste. Der frauliche Körper wurde zur sinnlichen Landschaft mit Tälern, Ebenen und Hügeln, und die Üppigkeit faszinierte Carla. Im Vergleich dazu sah sie selbst tatsächlich eher wie ein Junge aus.

Plötzlich bemerkte sie, daß Monna Livia die Augen geöffnet hatte und sie beobachtete. Carla errötete, und die Frau lachte.

»Was ist denn los, Carlo? Hast du noch nie eine nackte Frau gesehen?«

»Gesehen – ja«, stammelte Carla, »aber ich habe noch nie eine angefaßt ...«

»Ah, du hast also noch deine Unschuld! Das habe ich mir gleich gedacht. Wie alt bist du? Sechzehn? Siebzehn? Vielleicht sollte ich deiner Bildung auf die Sprünge helfen. Wie wäre es mit einer Lektion in Anatomie?«

Zu Carlas Entsetzen spreizte sie ihre Beine und stellte ohne Hauch von Verlegenheit die pinkfarbenen Konturen zur Schau, die sich dort anschmiegten. Trotz des Schamgefühls, das Carla heiß durchflutete, konnte sie den Blick nicht von der geheimen Stelle wenden.

»Wenn du ein großer Künstler werden willst, mußt du alle Formen kennen«, meinte Monna Livia. »Schließlich liege ich hier, wie von der Natur geschaffen. Wir Frauen mögen uns in Form und Größe und Gewicht unterscheiden, aber wir habe alle die gleiche Ausrüstung von der Natur erhalten. Und was für eine wunderbare Ausrüstung – sie schenkt Leben, und sie schenkt Lust.«

Carla traf auf ihren Blick und errötete noch tiefer. Der Gedanke, daß diese Adelsfrau beabsichtigte, den jungen Malerlehrling zu verführen, den sie in ihr Schlafzimmer eingeladen hatte, traf sie mit ungeheurer Wucht. Wenn das wirklich Monna Livias Absicht war, dann würde Carlas Geheimnis endgültig auffliegen.

»Ich ... eh ... ich muß jetzt gehen«, stammelte sie.

Aber die Frau hielt sie am Handgelenk fest und zwang sie, in ihrer Position auf dem Bett zu verharren. Langsam wurde Carlas Hand zur feuchten, pinkfarbenen Grotte geführt. Dann hörte Carla eine tiefe, lockende Stimme.

»Warum willst du nicht kennenlernen, wie sich eine Frau dort anfühlt, wo sie ganz Frau ist? Wenn du es noch nie getan hast, wird es Zeit für dich, Maler.«

Carla wollte protestieren, aber sie brachte keinen Laut heraus.

Ihre Finger wischten kurz über das krause Schamhaar und berührten die nasse Öffnung, glitten wie von selbst hinein. Sie spürte den harten Knopf des Kitzlers unter ihrer Fingerkuppe, und als die Finger in die Furche stießen, wurden sie naß von den üppig fließenden Säften.

Monna Livia stöhnte laut und lehnte sich zurück in die Kissen. »Ja, so ist es richtig«, murmelte sie. »Fühle alles genau an, mein Lieber. Und höre nicht auf, bis ich es dir sage.«

Obwohl ein Teil von Carla empört war über das, was sie zu tun gezwungen wurde, war ein anderer Teil von ihr fasziniert, erregt vom voyeuristischen Trieb, wie andere Frauen unter ihrer Kleidung aussahen. Sie streichelte die Vulva, und jedes Mal, wenn sie über den federnden Kitzler strich, hörte sie Monna Livias gepreßte Stimme.

»Oh, ja, ja, genau da!«

Carla erinnerte sich, daß dies auch bei ihr die Stelle war, die ihr die größte Lust brachte, und daß dieser fleischige Knopf pochte und bebte und brannte, wenn sie ihn lange genug rieb und zwickte. Sie spürte, wie der Knubben immer härter wurde und sich streckte wie ein Penis *en miniature.*

»Leck mich jetzt, genau da, wo du mich so wunderbar streichelst.«

Carla zögerte. Monna öffnete die Augen und starrte sie verzweifelt an. »Bitte«, flehte sie Carla an. »Du willst doch wissen, wie man einer Frau Lust bringt, nicht wahr? Wenn du eine Frau dort küßt, wird sie dir immer dankbar sein – du versicherst dir das Wohlwollen der Frau auf immer, glaube mir, mein Lieber.«

Trotz der Verwirrung über den bizarren Wunsch beugte sich Carla vor, der würzig duftenden Spalte entgegen. Sie hatte Piero schon oft mit dem Mund bedient, aber ihr war nie der Gedanke gekommen, daß Frauen diese Behandlung auch genießen könnten.

Sie lächelte, als sie sich daran erinnerte, daß sie diesen Auftrag angenommen hatte, weil sie sich in ihrer Kunst weiterbilden wollte – jetzt wurde sie auf einem ganz anderen Gebiet ausgebildet!

Der erste Geschmack einer anderen Frau war fremd, und Carla ging so zögerlich vor, wie sie eine unbekannte Frucht in den Mund nehmen würde. Neugierig nahm sie den Geschmack mit der Zunge auf, er kam ihr wie eine Köstlichkeit aus dem Meer vor. Sie leckte zuerst über das nasse, geschwollene Gewebe und stieß dann mit der Zungenspitze gegen den zitternden Stamm der Klitoris.

Monna Livia reagierte mit ekstatischen Seufzern und murmelte leise Ermutigungen, die Carla antrieben, die neu gelernte Art der Lustbescherung zu vertiefen. Sie setzte Lippen und Zunge ein und strich mit beiden Händen leicht über die Lenden der Frau, die sich wand und ihr Becken auf und ab schwang.

Immer wieder schaute Carla hoch, und durch das Tal der Brüste konnte sie die entrückte Konzentration auf dem Gesicht der Frau sehen. Carla erkannte das Fieber, das sie oft in Bann schlug, wenn sie nachts einsam in ihrem Bett lag und an Marco dachte, während sie sich streichelte, und langsam setzte ein neues Begreifen ein.

Geschah das mit allen Frauen, wenn sie verliebt waren? Wurden alle Frauen von Zeit zu Zeit von diesem entsetzlichen, herrlichen Verlangen gequält, das ihre Körper zu diesen unkontrollierbaren Zuckungen zwang?

Obwohl sie keine Ahnung hatte, wie lange sie sich in der sinnlichen Welt von Moschus und Saft befand, umgeben von den gepreßten, gestöhnten Lauten der Lust, bemerkte Carla, daß ihr Nacken verkrampfte und ihre Zunge wund wurde. Gerade, als sie sich fragte, wie lange ihre Dienste noch benötigt würden, stieß Monna Livia einen lauten Schrei aus, von dem Carla zuerst glaubte, daß er aus Schmerzen geboren war.

Die Frau ruckte die Hüften hoch, ihre Brüsten hoben und senkten sich, und der ganze Körper wurde so rot, als wäre er in Farbe getaucht worden.

Carla wollte schon Hilfe holen und glaubte, die Frau hätte vielleicht einen epileptischen Anfall erlitten, aber dann wurde ihr bewußt, daß etwas anderes geschah. Die Zuckungen, die Monna Livias Körper durchschüttelten, hatten nichts mit Schmerzen zu tun, sondern waren Ausdruck von höchster Lust.

»Oh, oh, oh!« Die spitzen Schreie ebbten langsam ab. »Es ist wunderbar«, stöhnte sie.

»Wunderbar?«

Carla beobachtete den bebenden Körper mit eigenartiger Distanz. War das so ein Anfall, vergleichbar mit Pieros Zuckungen, wenn er sich auf ihrem Körper verströmte? Ihr eigener Leib war auch heiß und erregt, aber sie zog sich zurück und schaute verwundert zu, wußte nicht so recht, was jetzt von ihr erwartet wurde.

Monna Livia streckte sich auf dem Bett aus, völlig erschöpft und benommen. Es dauerte eine Weile, bis ihr Atem sich normalisiert hatte. Allmählich wich die Röte aus den Wangen und nahmen wieder die vornehme Blässe an. Schließlich öffnete sie die Augen und lächelte Carla an.

»Ich danke dir, junger Mann. Das habe ich dringend gebraucht und lange vermißt. Wenn du nur wüßtest, welche Lust du mir beschert hast.«

»Ich bin froh, daß Madonna zufrieden ist.«

»Zufrieden? Oh, ja! Sogar befriedigt. Befriedigter als von meinem lieben Gatten, selbst früher, als er noch in der Blüte seiner Manneskraft stand. Aber packe jetzt deine Sachen und gehe. Wenn jemand hereinkäme und uns in dieser Situation erwischte, könnte es für uns beide böse Folgen haben.«

»Soll ich wiederkommen?«

Monna Livia gluckste listig. »Lieber ist es mir, wenn ich wieder komme«, sagte sie grinsend. Dann sah sie das Nichtbegreifen in Carlas Blick, und nüchterner fuhr sie fort: »Ja, natürlich. Das habe ich mit deinem Meister vereinbart. Die zweite Sitzung findet in drei Tagen statt. Sei jetzt ein braver Junge und gehe.«

Carla verließ das Haus in Eile, die Staffelei mit dem begonnenen Gemälde unter dem Arm.

Drei der Lehrjungen waren unterwegs, und Marco half Giovanni in der Werkstatt, deshalb ging Carla gleich in ihre Schlafkammer. Sie stellte die Staffelei auf und betrachtete das Bild, während sie sich aufs Bett legte.

Aber sie konnte sich nicht auf das Bild konzentrieren.

Immer wieder mußte sie an das seltsame Geschehen im Palazzo Bardarelli denken. Sie sah den zuckenden Körper der Adelsfrau vor sich, die Fülle der Weiblichkeit, hörte den hechelnden Atem, die Schreie der Lust.

Am meisten verwirrte es Carla, daß sie auf eine bestimmte Weise genossen hatte, was Monna Livia sie hatte tun lassen. Als ihr das bewußt wurde, glaubte sie zunächst, daß sie zur Frauenliebe neigte, was so verwunderlich nicht wäre, denn die ständige Gegenwart der fünf Männer, die sie als ihresgleichen betrachteten und nie aufhörten, über ihre sexuellen Vorlieben zu schwadronieren, hätte sie durchaus in die Arme von Frauen treiben können.

Aber sie brauchte nur an Marco zu denken, und schon wußte sie, daß sie lieber einen Mann im Bett hatte – auch wenn es Piero bisher nicht gelungen war, sie zu diesem Höhepunkt der Lust zu bringen, den sie heute bei Monna Livia erlebt hatte.

Sie kam überein, das Geschehen als eine Art Fest der Weiblichkeit zu betrachten. Auch wenn Monna Livia sie für einen Jungen hielt, hatte sich Carla insgeheim mit der Frau identifiziert.

Es war wirklich eine Stunde der Aufklärung für sie gewesen. Nie hätte sie gedacht, daß eine Frau so gewaltig erleben konnte wie ein Mann, zum Beispiel Piero. Das war wirklich unglaublich und öffnete ihr die Augen.

Ihre vagen Sehnsüchte und die fruchtlose hitzige Erregung, in die sie sich nachts versetzte, wenn Piero aus ihrem Bett aufgestanden war, schienen jetzt nicht mehr so vergebens zu sein, sondern versprachen ihr unerschöpfliche Lust.

Eines Tages würde sie einen Mann finden, der das für sie tat, was sie heute für Monna Livia getan hatte, und dann würde sie diese lustvollen Verzückungen empfinden. Oh, wenn doch Marco ihr erster richtiger Liebhaber sein könnte!

Siebtes Kapitel

Carla sah der zweiten Sitzung von Monna Livia mit gemischten Gefühlen entgegen. Sie war sehr zufrieden mit dem Fortgang des Porträts, war aber unsicher, wie sie selbst aufgenommen würde. Ob die frustrierte Adelsdame den gleichen Dienst wie beim ersten Mal verlangen würde?

Als Carla das Schlafgemach der Auftraggeberin betrat, war alles so arrangiert wie zuvor. Die Statue der Venus stand an ihrem Platz, von Kerzen umgeben, schon mit der Goldkette geschmückt, und im Zimmer duftete es nach Rosen und Sandelholz.

»Ich bin bereit für dich«, sagte die Dame lächelnd. Carla wußte sofort, daß sie nicht nur meinte, fürs Posieren bereit zu sein. Ihre Wangen glühten, und unter dem dünnen Hemd stießen die steifen Nippel gegen das Gewebe.

Carla spürte, wie es in ihrem Bauch zu brodeln begann. Würde sich Monna Livia mit einem Dienst wie beim letzten Mal begnügen, oder wollte sie diesmal mehr haben wollen? Wenn ja, riskierte Carla wieder eine schmachvolle Entlarvung.

Die Sitzung begann in aller Wohlanständigkeit. Monna Livia schien ein Musterexemplar weiblicher Würde zu sein, selbst im Zustand ihrer Nacktheit. Carla arbeitete an der Idealisierung ihrer Auftraggeberin, sie verbarg die Zeichen der Zeit und malte sie als jugendliche Göttin. Aber Monna Livia mußte natürlich erkennbar sein, deshalb mußte Carla ihr ganzes Geschick aufbieten, um die richtige Balance zwischen diesen beiden Zielen zu finden.

Schließlich war sie zufrieden, ihr Modell konnte sich wieder bewegen, und Carla betrachtete kritisch das Bild. »Ich glaube, ich kann den Rest im Atelier ausfüllen«, sagte sie. »Ihr braucht mir nicht länger Modell zu sitzen, Madonna.«

Carla hatte ein wenig darauf gehofft, gleich gehen zu können, aber dann sah sie das lüsterne Funkeln in den Augen der Adelsdame, und sie wußte, daß ihre Hoffnung nicht erfüllt werden würde.

»Oh, das ist eine gute Nachricht«, gurrte sie. »Dann können wir uns jetzt dem Spaß zuwenden.«

Der Augenblick, vor dem Carla sich die ganze Zeit gefürchtet hatte, war da. Sie legte den Pinsel hin und trat zum Bett, auf dem Monna Livia sich bereits räkelte.

»Du hast mich das letzte Mal vorzüglich bedient, junger Mann. Ich hoffe, du wirst das wieder tun. Wenn ja, wird es eine zusätzliche Belohnung für dich geben. Aber nur für dich, verstehst du? Ich möchte nicht, daß dein Meister etwas davon erfährt.«

Carla haßte die Vorstellung, für ihre sexuellen Dienste bezahlt zu werden.

Oft genug beschlich sie das Gefühl, daß sie für Piero mehr Hure als Lehrling war, und darunter litt sie sehr. Und nun wurde sie wieder auf diese Weise mißbraucht, und sie war nicht in der Lage, sich dagegen zur Wehr zu setzen.

»Nun sei mal nicht so scheu.« Monna Livia legte einen Finger unter Carlas Kinn und hob den Kopf an, so daß sie sich in die Augen blickten. »Du weißt, wonach ich hungrig bin, und du verstehst es, meinen Appetit zu stillen. Außerdem glaube ich, daß es dir das letzte Mal Spaß auch gemacht hat. Ich habe an der Röte in deinem Gesicht bemerkt, wie erregt du warst. Nein, streite es nicht ab! Diesmal wirst du den zweiten Teil der Lektion lernen, das kann ich dir versprechen.«

Die Frau zog Carla an sich und begann sie auf den Mund zu küssen. Panik stieg in Carla hoch. Was meinte sie mit ›dem zweiten Teil der Lektion‹?

»Streichle meine hungrige Muschel«, befahl Monna Livia. »Reibe sie, bis sie feucht und glitschig ist, dann kannst du mehr hinein schieben als nur deinen Finger.«

Carla wäre fast vor Schreck zurückgewichen, rief sich aber im letzten Augenblick in Erinnerung, daß solche Aussicht sie als Junge nicht schrecken dürfte. Sie streichelte die tropfnasse Vulva und zermarterte sich den Kopf nach einem Ausweg. Diese Frau erwartete, daß sie von einem Mann bedient wurde. Und das konnte Carla unmöglich leisten.

»Oh, wie ich mich danach sehne, gefüllt zu werden«, hörte sie die Frau stöhnen. »Ich bitte dich, mein junger Geliebter, nimm mich wie ein Mann!«

»Ich bin schüchtern«, sagte Carla. »Ich kann es nicht ausstehen, wenn andere meine Männlichkeit sehen. Wenn Ihr bereit seid, Eure Augen zu verbinden, werde ich Euer Ansinnen erfüllen, Madonna.«

Monna Livia richtete sich überrascht auf. »Dummer Junge! Glaubst du, du bist anders gebaut als irgendein anderer junger Mann? Ich versichere dir, daß mich nichts umwirft, ganz egal, wie du da unten aussiehst. Mein Verlangen ist zu groß, um wählerisch zu sein. Außerdem glaube ich, daß du ganz normal gebaut bist. Viele junge Männer glauben, daß sie zu klein oder zu krumm sind, aber das stimmt nie. Warum zeigst du mir dein Ding nicht?« Sie grinste, als sie hinzufügte: »Ich habe genug Exemplare gesehen, um kompetente Vergleiche anstellen zu können.«

Aber Carla wich zurück. »Nein, bitte! Ich ... ich

kann ... es ... einfach nicht tun, wenn ich Blicke auf mir spüre. Wenn Ihr Euch die Augen nicht verbinden wollt, muß ich es ablehnen, Euch diesen Dienst zu erweisen.«

Die Adelsdame schmollte. Ganz offensichtlich war sie es nicht gewohnt, daß ihre Diener Bedingungen stellten oder sich gar weigerten.

Plötzlich wurde Carla von Angst gepackt. Was sollte sie tun, wenn die Frau sie auspeitschen ließ? Sie brauchte sich nur irgendein an den Haaren herbeigezogenes Mißverhalten auszudenken. Oder was konnte sie tun, wenn die Frau aus Verärgerung an dem Porträt herummäkelte?

Carla war bewußt, in welcher mißlichen Lage sie sich befand. Warum fiel ihr kein anderer Ausweg ein? Warum hatte Piero sie überhaupt in diese Situation gebracht?

»Nun, wenn du darauf bestehst«, sagte Monna Livia dann einlenkend. »Komm schon, ich habe nicht den ganzen Tag Zeit. Meine Stimmung verraucht, wenn du mich noch länger hängen läßt. Gib mir ein Tuch aus der Schublade und verbinde meine Augen, wenn es unbedingt sein muß.«

In der schweren Eichenkommode fand Carla eine seidene Binde, die sie der Frau um den Kopf legte. Als sie überzeugt war, daß Monna Livia nichts mehr sehen konnte, huschte sie rasch zur Statue der Venus und nahm eine der Kerzen an sich.

Wenn das kein gleichwertiger Ersatz ist, bin ich verloren, dachte Carla.

Sie kniete sich zwischen die Schenkel der Frau und bereitete sie mit der Zunge auf die Penetration vor. Sie saugte mit dem Geschick, das sie sich letztes Mal erworben hatte, und Livia begann bald zu stöhnen und sich zu winden.

Carla rutschte höher hinauf, spreizte die weißen Schenkel der Frau noch weiter und gab vor, sie mit dem Penis zu durchdringen.

»Jetzt werde ich in Euch kommen«, sagte Carla und versuchte, Begeisterung mitklingen zu lassen. »Oh, was für eine glorreiche Aufgabe für einen Jungen wie mich! Ihr erweist mir eine große Ehre, Madonna.«

»Nein, du bist es, der mir einen Gefallen erweist«, sagte sie hechelnd. Dann hielt sie geräuschvoll die Luft an. »Oh, was für einen kalten Pinsel du hast, Malerjunge! Ach, egal, ich werde ihn dir rasch wärmen. Du wirst dich wundern. Ah! Jetzt habe ich ihn drinnen, mein kleiner Schatz. Wie hart er ist!« Sie hechelte wie ein junger Hund. »Ich werde ihn drücken und quetschen, das wird uns beiden gefallen!«

»Oh, ja, bitte«, sagte Carla freudig und versuchte, ein Kichern zu unterdrücken, als sie die Kerze hin und her wetzte. Mit einer Hand strich sie über die Klitoris der Frau. Monna Livias Schreie nahmen zu an Häufigkeit und Intensität, und Carla beobachtete, wie das Gesicht der Frau dunkelrot wurde, je mehr sie sich dem Höhepunkt näherte.

Ich lerne eine Menge in diesen Tagen, dachte Carla. Jetzt weiß ich sogar, wie ich mir selbst Lust verschaffen kann, wenn ich je eine Gelegenheit haben sollte, das auszuprobieren.

Noch ein paar Schübe und Stöße, dann war es um Monna Livia geschehen. Ihr Körper peitschte vom Bett hoch, sie wurde geschüttelt und jaulte wie ein wildes Tier. Hastig zog Carla die Kerze heraus, während sie selbst ächzte und stöhnte, um täuschend echt Pieros Verhalten nachzuahmen, wenn er seinen Höhepunkt erlebte.

Sie huschte rasch vom Bett und stellte die Kerze an

ihren Platz vor der Statue der Venus zurück. Als sie zum Bett zurückkehrte, lag Monna Livia keuchend da. Sie riß sich gerade die Binde von den Augen und betrachtete ihren ungewöhnlichen Geliebten mit verträumten Blicken.

»Du hast keinen Grund zur Sorge, mein Lieber«, sagte sie lächelnd. »Dein Organ mag nicht so groß sein wie einige, die ich erfahren habe, aber es ist durchaus in der Lage, einer Frau himmlische Lust zu bescheren, das kann ich dir versichern. Du solltest stolz darauf sein, wie der liebe Gott dich ausgestattet hat, und ich bin stolz auf dich.«

»Dann kann ich jetzt nur hoffen, daß Euer Gatte zurück in Euer Bett findet, Madonna«, erwiderte Carla ehrfürchtig. »Ich nehme das Porträt mit und werde ihm die letzten Feinheiten angedeihen lassen. In einer Woche bringe ich es vorbei, damit Ihr es begutachten könnt.«

»Ausgezeichnet. Aber bevor du gehst, möchte ich dir das geben, was ich dir versprochen habe.«

Sie holte ihre seidene Geldbörse unter dem Kissen hervor und nahm drei Silbermünzen heraus, die sie in Carlas Hand legte. »Die sind für dich«, sagte sie. »Aber glaube nicht, daß ich dich für deine großartige Leistung im Bett bezahle.« Sie zwinkerte ihr zu. »Das soll nur eine zusätzliche Belohnung für die Mühe sein, die du dir mit meinem Porträt machst. Du hast begriffen, daß alles unter einem gewissen Zauber steht, nicht wahr?«

»Ja, und danke Euch, Madonna.«

Carla hatte es sehr eilig, aus dem Palazzo zu verschwinden, bevor die Situation für sie beide noch peinlicher wurde. Sie hastete mit ihren Utensilien zurück zu Pieros Haus und hoffte, in ihrer Schlafkammer verschwinden zu können, um ungestört weiter an dem Porträt zu arbeiten. Aber Piero hatte offenbar auf sie gewartet.

»Carlo!« rief er. »Wie ist die heutige Sitzung verlaufen? Glaubst du, daß die beiden Sitzungen genügen?«

»Oh, ja«, sagte sie, ein bißchen zu rasch.

Piero sah sie stirnrunzelnd an, dann grinste er. »Bring deine Sachen in mein Zimmer, dann kannst du mir alles über die Sitzung erzählen.«

Carla wollte ihm nichts erzählen, aber sie hatte keine Wahl. Nachdem er das Porträt begutachtet hatte und Carla wegen der Ähnlichkeit lobte, fuhr er fort: »Du hast die alte Schlampe also nackt gemalt? Ich nehme an, daß sie es war, die darauf bestanden hat, nicht wahr? Hat sie versucht, dich zu verführen? Es heißt, daß sie einen unersättlichen Appetit auf junge Männer hat. Ich hoffe, daß du dein Geheimnis wahren konntest.« Er lachte grölend, und Carla befürchtete, daß die anderen sie hören konnten. Sie saß konstant auf glühenden Kohlen, was ihre Identität anging, und bei Pieros Unvorsichtigkeit mußte sie täglich damit rechnen, daß ihr Geheimnis aufflog. Manchmal haßte sie ihn, weil er Bescheid wußte und sie mit seinem Wissen neckte.

Piero bemerkte, wie Carla errötete, und zog sie hinüber auf sein Bett. »Komm schon, erzähle, was geschehen ist. Hat sie dich schon bei der ersten Sitzung verführt? Von wem kam der Gedanke, daß sie nackt posieren sollte? Von ihr, wette ich.«

»Sie posierte als Venus.«

»Hm. Sie hat nicht gerade die Figur einer Venus, oder? Aber erzähle weiter. Was hat sie von dir verlangt?«

»Sie war auf eine Art zauberische Stimmung aus«, sagte Carla. »Sie will ihren Ehemann verzaubern, damit er sich wieder in ihr Bett legt.«

»Und das hast du geglaubt? Das war doch nur ein Vorwand, um dich auf die Verführungsszene vorzubereiten. Ihr alter Mann ist nicht mehr als das – ein alter Mann. Er hat es hinter sich und kriegt schon seit Jahren keinen mehr hoch. Nachdem er seine Pflicht getan hatte und ihr zwei Söhne gemacht hat, war sein Rohr verstopft.«

»Woher wißt Ihr das alles?«

»Sie macht kein Geheimnis daraus, und er auch nicht. Ihre Affären werden von ihm sogar in die Wege geleitet. Als Bardarelli mich beauftragte, ein Porträt seiner Frau zu malen, wußte ich, daß er einen Freier für sie sucht.«

»Was?« Zornbebend starrte Carla ihn an. »Ihr habt mich in das Haus gehen lassen und wußtet, daß sie meinen Körper haben wollte? Wie konntet Ihr mir das antun? Was, wenn sie mein Geheimnis herausgefunden hätte?«

Piero lachte. Seine spöttischen Augen verstärkten Carlas Wut noch. »Ich wußte, daß du diskret sein würdest. Wichtiger noch – ich weiß, daß auch sie diskret ist. Niemals hätte sie jemanden erzählt, daß sie hereingelegt wurde. Und außerdem wußte ich, daß du mit einer lustigen Geschichte nach Hause kommen würdest – also rück schon raus mit der Sprache!«

»Ich bin nicht hingegangen, um Euch eine angenehme Unterhaltung bieten zu können«, zischte sie. Sie fühlte sich verletzt und mißbraucht, und alles in ihr drängte danach, ihn zu schlagen. »Ich bin hingegangen, weil ich eine Gelegenheit sah, meine Fähigkeiten zu verbessern.«

»Ich bin sicher, daß das auch der Fall ist«, sagte Piero in versöhnlichem Ton. »Du hast eine exzellente Arbeit geleistet. Aber du weißt auch, daß du nie als Künstler auftreten kannst. Du mußt lernen, damit zu leben. Komm, wir treiben ein bißchen Gymnastik. Ich habe die Tür schon abgeschlossen, damit man uns nicht stören kann. Und jetzt erzähle mir alles, was zwischen dir und Monna Livia geschehen ist.«

Carla fühlte sich wie in einer Falle. Sie verdankte Piero viel, und sie war abhängig geworden von der dunklen Sinnlichkeit, die er in ihr geweckt hatte. Sie brauchte ihn, und dafür begann sie ihn zu hassen. Sie wußte, wohin es führen würde, wenn sie ihre Erfahrungen mit der Adelsdame erzählte.

»Das erste Mal«, begann sie, »bat sie mich nach der Sitzung, sie zu untersuchen. Sie sagte, ein Künstler müßte jede Form des Körpers kennen.«

Piero gluckste. »Und weiter?«

»Ich sollte sie berühren. Zuerst fühlte es sich eigenartig an, einerseits wie mein eigener Körper, dann aber auch wieder ganz anders. Ihre untere Region ist weicher und weiter geöffnet als meine.«

»Nun, da war auch immer viel Betrieb«, kommentierte Piero. »Was ist dann geschehen?«

»Sie wollte, daß ich sie mit einem Finger ertaste. Es fühlte sich sehr heiß und naß an.«

»Genau wie bei dir«, sagte er grinsend. Er fummelte unter ihrem Hemd und schob eine Hand in ihre Hose. Ein Finger drang in sie ein, und Carla spürte ein heftiges Kribbeln. »Das gefällt dir, was?« Sein Grinsen wurde breiter. »Erzähle weiter, was du mit dieser Frau gemacht hast. Ich fühle mich jetzt schon wie ein hitziger Wolf.«

»Sie gab sich mit meinem Fühlen nicht zufrieden«, murmelte Carla. »Sie wollte, daß ich es ihr mit dem Mund mache . . .«

»Oh, dieses geile Hürchen! Und warst du ihr zu Gefallen? Wie hat es dir geschmeckt?«

»Ich erinnere mich nicht. Ich habe es ihr gemacht,

bis sie zu schreien und um sich zu schlagen begann, danach schien sie befriedigt zu sein.«

»Es heißt, daß es Frauen gibt, die leicht zu befriedigen sind, bei anderen dauert es länger. Aber ich befriedige dich doch auch immer, nicht wahr, Kätzchen?«

Carla wich seinem Blick aus und murmelte Zustimmung, aber in ihrem Herzen wußte sie, daß er sie nicht auf die Spitze jener Ekstase bringen würde, die sie ganz bestimmt mit Marco erreichen würde. Piero schaffte es auch deshalb nicht, weil sie es nicht zuließ. Wie sehr ihr Körper auch nach seinem dicken Schaft schmachtete, sie achtete darauf, daß Herz und Seele heil blieben.

»Und was ist heute nachmittag passiert?« fragte Piero heiser und ungeduldig. »Warte mal, laß uns erst einmal aus den Kleidern steigen.«

Er zog ihr Hose und Hemd aus, bis sie nackt auf dem Bett lag. Er strich mit den Händen über ihren warmen Körper, zwickte die Nippel und streichelte ihre Schenkel, bis sie spürte, wie sehr sie nach ihm hungerte – gegen ihren Willen. Manchmal haßte sie ihren Körper dafür, daß er anders reagierte, als ihr Herz es wollte.

Carla fuhr mit ihrer Geschichte fort, sie wollte sie rasch zum Abschluß bringen. »Diesmal wollte sie, daß ich in sie eindringe, aber da mir die richtige Ausrüstung dafür fehlt, mußte ich improvisieren.«

»Ha, ha! Laß mich raten – ein Pinselstiel. Nein, viel zu dünn. Das Bein der Staffelei? Nein, zu viereckig. He, was hast du benutzt, du verdorbenes Mädchen?«

Carla mußte kichern. »Eine Kerze.«

»Ah! Die oft mißbrauchte Hilfe aller einsamen Frauen! Aber wieso hat sie nichts bemerkt?«

»Ich sagte ihr, daß ich schüchtern sei und sie sich die Augen verbinden müßte.«

»Ha, das ist eine vorzügliche Ausrede! Und diese Närrin hat dir geglaubt! Nun ja, hart genug war die Kerze ja.«

»Ja, sie schien wieder sehr zufrieden mit mir zu sein.« Carla wollte ihm gerade etwas von der Belohnung erzählen, aber sie brach noch rechtzeitig ab. »Sie sagte mir, ich hätte sie besser befriedigt als ihr Mann.«

»Das überrascht mich nicht, wo er doch keinen mehr heben kann. Trotzdem: Mädchen, ich bin stolz auf dich. Und jetzt hast du mich in einen solchen Zustand versetzt, daß ich nicht länger warten kann. Ich muß in dich rein. Wir verzichten auf ein langes Vorspiel, ja?«

Er hievte sich auf sie und arbeitete sich rasch seinem Höhepunkt entgegen.

Carla lag da und dachte darüber nach, ob Monna Livia es genoß, wenn ihre Liebhaber in ihr steckten, ob sie dann auch so laut stöhnte, mit dem Becken wippte und um sich schlug.

Sie spürte eine Erregung, das Anschwellen der Labien, die Nässe im Innern, aber sie wußte genau, daß die Adelsfrau etwas ganz anderes gespürt haben mußte. Ihre Ekstase hatte etwas Gewalttätiges an sich gehabt. Carla hingegen spürte nur eine gewisse Taubheit, als Piero sich laut aufstöhnend aus ihr zurückzog.

»He, das war phantastisch!« hörte sie ihn ächzen, während er sich von ihr rollte. Sie blieb erschöpft liegen. »Es hat dir Appetit gemacht, darüber zu reden, was? Du bist so naß, daß ein Fisch in dir schwimmen könnte. Steh jetzt auf und bring mir Wein – bist ein braves Mädchen.«

Carla erhob sich vom Bett und säuberte sich kurz, bevor sie wieder in ihre Jungenkleidung stieg und die Treppe hinunter ging. Am späten Nachmittag war es in der Küche kühl und leer; die Lehrjungen nutzten die Siesta in ihren Betten aus.

Sie schüttete Wein in einen Krug, als Marco die Tür öffnete. »Oh, da bist du ja«, sagte er fröhlich. »Ich wollte dich fragen, wie dein Porträt fortschreitet. Darf ich es sehen?«

»Ja, natürlich«, sagte sie und lächelte froh. »Ich muß aber Piero erst den Wein bringen.«

Marco legte eine Hand auf ihren Arm. »Wie behandelt er dich in letzter Zeit?«

»Nicht so schlecht. Er meint es gut, auch wenn er manchmal grob ist, aber das ist immer nur, wenn er getrunken hat.«

Marco verzog das Gesicht. Er biß fast auf die Zähne, als er sagte: »Wenn er dir mal ernsthaft weh tut ...«

»Nicht, Marco«, unterbrach sie ihn rasch. Sie lächelte. »Außerdem bin ich viel zu schnell für ihn. Kommst du mit mir nach oben? Das Porträt steht auf meiner Staffelei.«

Nachdem sie Piero den Wein gebracht hatte, führte sie Marco zu ihrem Bild. Marco betrachtete es lange. Er drehte sich schließlich zu Piero um.

»Er ist sehr gut, nicht wahr?« sagte er. »Gebt Ihr Carlo meine Stelle, wenn Giovanni oder ich gehen? Ich meine, er hat eine Lehrlingsausbildung verdient.«

»Was ein Mann verdient hat, und was er bekommt im Leben, sind zwei Paar verschiedene Schuhe.«

»Aber solches Talent muß gefördert werden. Ihr werdet keinen fähigeren jungen Mann in Florenz finden – nicht einmal in der ganzen Toskana. Ihr wärt ein Narr, wenn Ihr ihn nicht nehmen würdet, Piero!«

Carla war während des Gesprächs unbehaglich zumute, außerdem stimmte es sie sehr traurig. Sie wußte, daß die Unterhaltung zu nichts führte, auch wenn Marco es gut mit ihr meinte. Aber sie fragte sich schon, was geschehen würde, wenn Giovanni oder Marco als Gesellen hinaus in die Welt gingen. Würde Piero dann einen neuen Lehrjungen nehmen? Und was würden die anderen denken, wenn sie von dieser Stelle ausgeschlossen wurde?

Marco betrachtete wieder das Porträt und lobte die lebhaften Augen und die strahlende Hautfarbe. »Du hast es geschafft, die Frau so zu malen, daß man mit ihr ins Bett gehen möchte«, sagte er schließlich, worauf Piero ein lautes Gelächter ausstieß.

»Sie würde sich nicht gegen dich wehren, Marco«, sagte Carla und grinste ihn an. »Und gegen Piero auch nicht.«

Nach einer Woche hatte Carla die Feinarbeiten an dem Porträt fertig. Piero hatte sie im Palazzo Bardarelli angemeldet. Sie wurde in eine große Halle im ersten Stockwerk geführt, und Carla riß staunend den Mund auf, als sie den Prunk sah. Einige Fenster waren mit Leintüchern verhangen, die das Sonnenlicht filterten, als wäre es flüssiges Gold. Wände und Decke waren mit prächtigen Gemälden geschmückt.

Auf einem langen Tisch mit reich verzierten Beinen standen viele Weinkrüge, Schalen mit Obst und Gebäck. Das Adelspaar saß auf Stühlen mit hohen Rücken, die Polster waren mit silberbestickter Seide überzogen. Vornehmer konnten auch der König und die Königin nicht sitzen, dachte Carla.

»Stell das Bild bitte auf die Staffelei, damit wir es beurteilen können«, sagte Messer Bardarelli.

Sie gehorchte und trat dann zurück. Eifrig und angespannt beobachtete sie das Gesicht des Mannes, um dort eine Reaktion lesen zu können. Eine Weile huschten seine listigen Blicke auf dem Bild hin und her, und seine Miene verriet nichts. Dann setzte er sich zurück, und ein Lächeln entspannte seine Gesichtszüge.

»Ausgezeichnet!« sagte er. »Du hast meiner Frau geschmeichelt, aber nicht zu sehr. Sie ist eine akzeptable Venus, nicht wahr?«

Carla verbeugte sich.

»Ganz gewiß, Signore.«

»Es gefällt mir sehr.« Carla bemerkte den ironischen Blick, den er seiner Frau zuwarf. »Hat der junge Mann deine Wünsche erfüllt? Mit dem Bild, meine ich.«

»Oh, ja, mein lieber Gatte, sehr sogar.« Monna Livia lächelte breit, und Carla spürte, wie ihr flau wurde. Das Paar spielte irgendein Spiel mit ihr, in das sie einbezogen war, ohne die Regeln zu kennen.

»Meine Gattin möchte dir persönlich danken«, fuhr Messer Bardarelli fort. »Sie hat in ihrem Gemach eine Belohnung für dich. Sollen wir uns zurückziehen?«

Carla schluckte, entsetzt von dem Gedanken, daß sie an den Ort der heimlichen Ausschweifung zurückkehren sollte. Sie hatte gehofft, ihren Lohn zu erhalten und gleich wieder zurück zu Piero gehen zu können. In ihren Gedanken war der Palazzo das Haus ihrer Schande. Und nun schien es, als ob ihre Prüfung noch nicht beendet war.

Im Schlafgemach hatte Monna Livia es überhaupt nicht eilig. Ihr Mann ließ sich schwer in einen Sessel fallen und trank Wein aus einem Becher, den ein Diener ihm gefüllt hatte. Er schickte den Diener hinaus und wies ihn an, die Tür hinter sich zuzuziehen.

»Also, Weib, dich hat die Arbeit dieses jungen Mannes befriedigt?«

Monna Livia lächelte. »Oh, ja! Auf jede Weise.«

Messer Bardarelli wandte sich Carla zu. »Ich möchte sehen, wie du meine Frau bedienst – auf die

Weise, die dir ja schon bekannt ist. Fürchte dich nicht, mein Junge, ich weiß über alles Bescheid.«

Carla glaubte, sie würde ohnmächtig, so schockiert war sie über das Ansinnen. In ihrem Kopf überschlugen sich die Gedanken. Welche Entschuldigung konnte sie vorbringen? Wo gab es einen Ausweg? Wie sollte sie sich denn jetzt noch vor Entdeckung retten? Wenn der Ehemann zuschaute, konnte sie keinen Ersatz für das Organ finden, das ihr fehlte.

Aber die Frau kam unerwarteter Weise zu ihrer Rettung. »Der junge Mann ist sehr scheu. Das letzte Mal hat er mich nur genommen, weil ich eine Augenbinde trug. Ich fürchte, wie würden ihn so sehr in Verlegenheit bringen, daß er mir zu nichts nütze sein würde, mein lieber Gatte.«

»Was schlägst du dann vor?« fragte der Mann brüsk. »Du hast mir eine Schau versprochen, Livia. Ich hatte mich gefreut, etwas zu erleben, was neues Leben in meine Lenden bringt. Und jetzt sagst du, daß die Schau nicht stattfindet?«

Sie trippelte hastig zu ihm, streichelte über seine Stirn und gurrte ihm zu: »Keine Bange, mein Liebster, du wirst deine Schau erhalten. Ich schlage vor, daß der Junge mich mit dem Mund bedient, wie er es schon einmal getan hat. Der Anblick wird dir in die Lenden fahren, mein Hengst, du wirst den Jungen beiseite schieben und mich in die See der Leidenschaft führen. Nun, wie hört sich das an?«

»Sehr gut!« sagte er strahlend. »Hast du das gehört, Junge? Du wirst meine Frau vorbereiten, dann trittst du zurück, und ich übernehme. Es tut mir leid, daß wir dich um die Früchte deiner Arbeit bringen, aber wir werden dir den Schmerz zu versüßen wissen.«

Carla hätte beinahe laut aufgelacht. Nichtsahnend hatte das Paar sie erlöst, ihr Schimpf und Schande erspart. Sie war Livia dankbar für den klugen Einfall. Sie bedachte die Frau sogar mit einem verschwörerischen Lächeln, als sie Hand in Hand zum Bett gingen.

»Siehst du?« flüsterte die Adelsdame in Carlas Ohr. »Wir holen ihn zurück in mein Bett, ob nun der Zauber der Venus mit im Spiel war oder nicht. Und jetzt bemühe dich, mich so richtig in Schwung zu bringen. Gib alles, was du hast.«

Sie verfügte jetzt schon über einige Erfahrung, wußte, wie Monna Livia reagierte, wenn Carla über den steifen Kitzler strich, wenn sie ihn mit der Zunge umspielte und in ihrem Speichel badete, oder wenn sie ihn mit der Zunge anstieß.

Immer wieder glitt eine Hand Carlas hoch zu den großen, weichen Brüsten der Frau und drückten und streichelten die harten Nippel, dann verstärkten sich ihre lauten Geräusche der Lust noch.

Hinter sich hörte Carla das Stöhnen des Ehemanns, der sich aus seinem Sessel erhoben hatte und neben das Bett trat, um einen besseren Blick zu haben.

»Ist sie nicht eine Schönheit, meine Livia?« fragte der alte Mann. »Aber du darfst sie nur anheizen, das richtige Feuer werde ich danach in ihr entfachen.

»Oh, er macht es mir so gut!« rief Monna Livia.

»Mir tut es auch gut«, antwortete der Ehemann glucksend. »Ich weiß nicht, warum wir nicht früher an dieses hübsche Spiel gedacht haben.«

Monna Livia stand kurz vor ihrem Höhepunkt, und Carla hätte gern gewußt, ob der Ehemann bereit war, seinen Part zu übernehmen. Sie schielte zur Seite und sah, daß er seinen Penis in der Hand hatte. Er sah noch nicht so aus, als wäre er schon verwendungsfähig.

»Mach weiter, Junge, hör nicht auf«, hörte sie ihn sagen. »So hart war er schon lange nicht mehr.«

Carla widmete sich wieder ganz ihrer Aufgabe, konzentrierte sich auf die harte Knospe der Klitoris, und Monna Livia hob Rücken und Becken an, stützte sich nur noch mit Schultern und Füßen auf der Matratze.

Die Hüften hoben und senkten sich, stießen rhythmisch gegen Carlas Kopf. Die Frau begann zu zittern, sie bebte am ganzen Körper, ihr Stöhnen klang schriller noch als eben, und nun hörte Carla auch Messer Bardarelli stöhnen.

Er stand dicht neben Carla, den halbharten Penis in der Hand. »Bist du bereit für mich, Weib?« fragte er voller Stolz. »Geh aus dem Weg, Junge, und laß dir von den Älteren zeigen, wie es gemacht wird. Da mag zwar Schnee auf dem Dach sein, aber es ist noch Feuer im Kamin!«

Carla machte ihm nur zu gern Platz, obwohl sie sich eingestehen mußte, daß ein Teil von ihr Vergnügen an der Aufgabe gewonnen hatte. Sie ließ sich in den Sessel fallen, von dem aus Bardarelli die Szene auf dem Bett verfolgt hatte, und war in der Rolle des Voyeurs ein wenig verlegen.

Aber noch bevor sie es sich gemütlich gemacht hatte, rief Bardarelli sie zurück. »Komm her, mein Junge«, keuchte er. Als Carla neben ihm auf dem Bett kniete, wies er sie an, den Penis in die Hand zu nehmen und dabei zu helfen, ihn in die Vagina seiner Frau einzuführen.

»Halt ihn fest, drück ihn ein paarmal und schieb ihn rein. Ja, so! Jetzt bleibt er hart.« Mit überraschendem Schwung stieß er zu, als ob sein Leben davon abhinge.

»Oh, mein Gatte, wie wunderbar agil du doch bist!« rief Monna Livia aus. »Wenn du das beibehältst, werde ich jeden Augenblick kommen.«

Es dauerte weniger als eine Minute, schätzte Carla,

bis Monna Livia gestenreich und geräuschvoll ihren Höhepunkt feierte.

Carla war nicht sicher, ob ihr übertriebenes Tun echt war, oder ob sie ihrem Mann etwas vorspielte. Mitten in ihr Toben hinein keuchte und grunzte ihr armer Ehemann, ehe er auf ihrem üppigen Körper zusammenbrach.

»Da ... meine Liebe ... da!« ächzte er. »Vielleicht ... habe ich ... dir heute ... wieder einen Sohn ... gemacht!«

»Das würde mich nicht überraschen«, sagte Monna Livia und blinzelte Carla zu, die von der schwülstigen Szene beinahe benommen war. »Du bist immer noch ein ganzer Kerl, mein Liebster, und nur ein Junge kann aus dieser überschüssigen Kraft eines Mannes entstehen.«

Bardarelli gluckste glücklich und schmiegte den Kopf an den Busen seiner Frau.

Carla wußte nicht so recht, was sie jetzt mit sich anfangen sollte.

Konnte sie gehen? Offenbar fiel auch Bardarelli wieder ein, warum Carla im Zimmer war. Er tastete unter dem Kissen und holte einen Beutel Silbergeld hervor, den er durch die Luft warf – Carla in die ausgestreckten Hände.

»Das ist für deine Arbeit, Junge. Auf dem Porträt sieht meine Livia noch lieblicher aus, als sie ist, und das wird mir helfen, das Feuer in meine Lenden zurückzubringen.« Er sah seine Frau an. »Stimmt es, Liebste?«

»Ja, mein Liebster«, sagte sie lächelnd, und wieder blinzelte sie Carla zu.

Das Paar schien glücklich, und als Carla sie verließ, war sie ein bißchen neidisch. Es mußte ein gutes Gefühl sein, einen Partner zu haben, mit dem man durch gute und schlechte Zeiten gehen konnte. Sie schmunzelte. Ja, es wäre schön, wenn sie noch einen Sohn bekämen.

»Oh, Marco«, murmelte sie. »Wie glücklich wäre ich, wenn wir beide ein Paar sein könnten.«

Achtes Kapitel

Piero war sehr angetan von dem Lohn, den er für das Porträt der Monna Livia erhielt. Er war sogar begeistert, als er hörte, daß es im Büro Bardarellis hing, wo alle Bank- und Kaufleute es sehen konnten. Natürlich würde seine Reputation noch bekannter werden, denn niemand würde von Carla sprechen, schließlich war sie nicht einmal ein Lehrling.

Zu den Menschen, die das Gemälde sahen, zählte auch ein Priester namens Pater Giacomo. Er war geschäftlich in den Palazzo Bardarelli gekommen, auf der Suche nach feinen Wandteppichen für die neue Kapelle seiner Kirche, und als sein Blick auf das Bild der Venus fiel, war es ihm, als würden bestimmte Akkorde in ihm gezupft.

Eines Morgens fand er den Weg zu Pieros Werkstatt und bat, sich weitere Bilder ansehen zu dürfen.

»Ich bin beeindruckt«, sagte er, nachdem er lange vor dem noch nicht vollendeten Bild des Heiligen Sebastian gestanden hatte und dann ein kleineres Auftragsbild des Heiligen Johannes des Täufers bewunderte. Ein Kloster der Dominikaner hatte es bestellt.

»Sagt, Meister, wie lange würdet Ihr benötigen, um eine Madonna für eine Privatkapelle zu malen?«

Pieros Blick huschte zu Carla. Sie wußte genau, was er dachte. Wenn der Priester durch ihre Arbeit auf Pieros Werkstatt aufmerksam geworden war, sollte sie es auch sein, die den Auftrag ausführte. Obwohl es ihr einen kleinen Stich ins Herz gab, daß sie nicht als Künstlerin anerkannt werden konnte, war sie sofort bereit, einen weiteren Auftrag zu übernehmen.

»Höchstens einen Monat«, antwortete Piero. »Vorausgesetzt, Ihr wollt keinen komplizierten Hintergrund haben oder sonst Dinge, die mir die Zeit rauben.«

»Oh, nein, es soll nur eine kleine Arbeit sein. Eine Verkündigungsszene. Aber ich lege mehr Wert auf Können als auf Gold und Ultramarin. Ich möchte, daß Ihr Eure Aufmerksamkeit besonders auf die Gesichtszüge der Jungfrau legt. Den ersten Augenblick der Beunruhigung nach der Verkündigung des Engels möchte ich festgehalten wissen. Es gibt einige Gemälde unserer Heiligen Mutter Maria, da sieht sie so aus, als wollte sie den Engel Gabriel aus dem Fenster werfen, so wütend ist ihr Blick.«

Carla unterdrückte ein Kichern, unsicher, ob es geziemend war, über die kuriose Beschreibung der Heiligen Jungfrau offen zu lachen.

Der Priester hatte genaue Vorstellungen über das Gemälde und beschrieb ausführlich die Kleider der Jungfrau.

»Ich möchte sie in einem dezenten Rot und einem bescheidenen Schwarz gewandet sehen, mit nur einem Hauch von unschuldigem Weiß, dazu ein wenig Gold für den Heiligenschein. Auf Blau könnt Ihr verzichten, abgesehen von wenigen Strichen auf Gabriels Flügeln. Die Jungfrau soll ein offenes Gebetbuch auf dem Schoß haben, und ich stelle mir ein Fenster mit einem Blick auf die Hügel der Toskana vor.« Der Priester lächelte Piero an. »Habt Ihr das alles? Dann könnt Ihr gern überlegen, welchen Lohn Ihr dafür haben wollt. Wenn wir uns auf einen Preis geeinigt haben, könnt Ihr eine Skizze anfertigen. Ein paar Tage später werde ich vorbeikommen und sie mir anschauen.«

Pater Giacomo wollte gerade gehen, als sein Blick

erstmals auf Carla fiel. Seine dunklen Augen waren auf ihr Gesicht fixiert, dann sagte er, ohne den Blick von Carla zu nehmen: »Dieser Junge hier könnte Euer Modell sein. Er hat etwas Unschuldiges im Blick, voller Anmut. So stelle ich mir das Antlitz Unserer Lieben Frau vor.«

Piero lachte trocken. »Unschuldig und voller Anmut, sagt Ihr? Nun, es heißt ja auch, daß der Teufel nicht so schwarz ist, wie man ihn malt.«

Als der Priester gegangen war, setzte sich Piero hin und begann zu rechnen. Die Materialien, die voraussichtliche Arbeitszeit. Er schlug noch einen Batzen drauf, dann verdoppelte er den errechneten Preis.

»Die Kirche hat genug Geld«, sagte er zu Carla. »Und die neue Kapelle kostet ein Vermögen, deshalb sehe ich nicht ein, warum wir nicht unseren Anteil daran haben sollten, wenn wir solide Arbeit liefern.« Dann seufzte er nachdenklich. »Wenn du mir Modell sitzen sollst, weiß ich nicht, wie du dich an der Arbeit beteiligen kannst.«

»Ich kann mich selbst malen, indem ich mich im Spiegel anschaue«, schlug Carla vor.

»Was für eine absurde Idee!«

»Nun, sonst fällt mir nichts ein.«

Piero runzelte die Stirn. »Mir auch nicht. Also gut, ich besorge einen guten Spiegel für dich. Du wirst den größten Teil der Arbeit machen müssen, Carla. Es ist dein Stil, der den armen Narren angezogen hat. Vielleicht kann er mit meiner Arbeit weniger anfangen.«

Was der Meister andeutete, klang ungeheuerlich in Carlas Ohren. Wollte Piero wirklich sagen, daß ihre Arbeit seiner eigenen unterlegen war?

Er schien ihre Gedanken lesen zu können und lachte kurz auf. »Ich habe nicht gesagt, daß deine Arbeit besser ist als meine. Ich weiß nur, daß es Leute gibt, und der Priester gehört zu ihnen, die einen mehr naiven Stil wie deinen bevorzugen. Und diesen Leuten soll man geben, was sie haben wollen.«

Die Arbeit erwies sich nicht als so befriedigend, wie Carla gehofft hatte. Sie durfte nur das Gesicht der Madonna – ihr eigenes Selbstbildnis – und eine Hintergrundszene malen. Piero übernahm es, den Engel zu malen, und Carla mußte zugeben, daß er ihm gut gelungen war.

»Engel sind meine Spezialität«, sagte er ihr. »Einmal habe ich die Decke einer privaten Kapelle mit einem Himmel voller Engel gemalt.«

Marco sah das Gemälde, als es fast vollendet war. Er erkannte Carlas Gesicht sofort. »Als Frau wirkst du wirklich überzeugend!« rief er staunend und lachend. »Genau wie beim Karneval. Wenn ich nicht wüßte, daß du männlich bist, müßte ich meine Zweifel haben.«

Carla lächelte schwach und mied Pieros Blick. Der Meister fand solche Gespräche höchst amüsant, und sie fürchtete, daß der Scherz eines Tages zu weit gehen würde.

Im August, zum Fest der Mariä Himmelfahrt, wurde den Lehrlingen erlaubt, in die Stadt zu gehen. Piero hatte ihnen geraten, die Gelegenheit zu nutzen, daß alle Kirchen geöffnet waren, und sich die Meisterwerke der berühmten Künstler anzuschauen und von ihnen zu lernen. Sie schlenderten am Flußufer entlang, bis sie die Kirche der Santa Maria erreicht hatten.

Im dunklen Innern der Kirche übermannte sie der schwere Duft des Weihrauchs. In mehreren Ecken brannten dicke, blumengeschmückte Kerzen. Die

Malerlehrlinge gingen weiter zu der Kapelle, und Carla blieb schon am Eingang wie gebannt stehen und betrachtete die bewegenden Fresken von Masaccio. Am besten gefiel ihr die Ausweisung aus dem Paradies. Adam hielt schamhaft eine Hand vors Gesicht, und Eva sah so aus, als schluchzte sie über ihre eigene Schwäche.

Die Figuren wirkten lebensecht und strahlten Menschlichkeit aus. Mehrere Minuten lang stand sie da und starrte auf die ausgezeichnete Studie von Licht und Form. Oh, wenn sie doch auch so malen könnte!

»Er war der erste, der zeigte, wie das Licht aus einer Quelle kommt«, sagte Marco zu ihr. »Für uns ist es heute selbstverständlich, da alles Licht von der Sonne kommt. Aber er war es, der diese Erkenntnis konsequent umgesetzt hat, und dadurch erhalten seine Bilder eine neue Realität – alles sieht so natürlich aus. Ich bin stolz, zu der Gilde eines solchen Meisters zu gehören.«

Nachdem sie meinten, genug in sich aufgesogen zu haben, traten die jungen Leute hinaus ins grelle Sonnenlicht. Überall herrschte heitere Feiertagsstimmung, die Straßen waren gesäumt von Buden und Verkaufsständen, auf den Straßen spielten Musikanten und Jongleure. Auf den großen Plätzen tanzten die jungen Leute.

Obwohl das Fest nicht so groß gefeiert wurde wie der Karneval am Johannistag, gab es für die Lehrjungen viel zu sehen. Nach dem Kirchgang gelang es einigen jungen Mädchen, sich der Bewachung ihrer Eltern zu entziehen, das nutzten sie dann aus, um mit den jungen Männern zu schäkern und sich vielleicht auch zu verabreden – falls die Eltern sie nicht vorher wieder eingefangen hatten.

Carla stand neben Marco, als eines der hübschen

jungen Mädchen zu ihm kam und ihn begrüßte. »Habe ich dich nicht schon mal in der Apotheke gesehen?« fragte sie ihn.

»Gut möglich«, antwortete Marco fröhlich. »Ich kaufe dort Farben für meinen Meister. Und was kaufst du in der Apotheke? Du siehst überaus gesund aus, und deiner Schönheit brauchst du bestimmt nicht nachzuhelfen.«

Er betrachtete das Mädchen ausgiebig, stand herausfordernd da, die Beine ein wenig gespreizt, eine Hand auf die Hüfte gestemmt.

Carla fühlte sich unbehaglich, und sie spürte leise Stiche der Eifersucht, als sie bemerkte, wie stark Marco sich für das Mädchen interessierte. Ihr Herz flatterte wie ein gefangener Schmetterling, und in ihrer Kehle saß ein dicker Kloß, den sie nicht schlucken konnte.

»Ich kaufe Parfüm da und Kämme für mein Haar«, sagte das Mädchen lächelnd, und sie drehte den Kopf, damit er sich von ihrer kunstvollen Frisur überzeugen konnte. Dann trat sie näher an ihn heran und hielt ihm die Wange an die Lippen. »Kannst du den Duft des Jasmins riechen?«

»Ich rieche Jasmin und auch deine Rose«, sagte Marco, die Stimme dunkel und verführerisch. »Wie heißt du denn, schönes Wesen?«

»Elena, wenn es beliebt, der Herr.« Sie lächelte ihn kokett an, und Carla mußte den Drang bezwingen, ihr nicht mitten ins schöne Gesicht zu schlagen. Vielleicht würde man ihre fünf Finger auf Elenas Wange rot abgebildet sehen. Sie konnte es kaum noch ertragen, der Unterhaltung beizuwohnen, und doch weigerten sich ihre Beine, sich von der Stelle zu rühren. Marco ignorierte sie völlig.

»Es beliebt mir sehr.« Marcos Stimme war jetzt nur

noch ein dunkles Flüstern, aber trotzdem verstand Carla jedes Wort. »Und es würde mir noch mehr belieben, liebreizende Elena, wenn du mich bei Mondaufgang im Garten der heiligen Margaretha treffen könntest.«

Das Mädchen kicherte und nickte, als wollte sie das Messer in Carlas Wunde noch einmal umdrehen. Carla wußte, daß die öffentlichen Gärten auf der anderen Flußseite der bevorzugte Ort für Liebespaare waren.

Elena verschwand in der Menge, und Marco schaute ihr noch lange nach. Carla verging vor Eifersucht und Neid. Oh, wie grausam konnte das Schicksal sein! *Sie* sollte es sein, die sich mit Marco heimlich traf. Sie liebte ihn doch viel mehr als dieses dumme Mädchen!

Auf dem Nachhauseweg war Carla so mürrisch und in sich zurückgezogen, daß es Marco auffiel.

»Wie ist los mit dir, Carlo?«

Giovanni, der die Frage hörte, lachte gehässig auf. »Der Neid frißt ihn auf, das ist mit ihm los. Du amüsierst dich mit einer Schnepfe, und Carlo geht wieder einmal leer aus.«

»Das hat nichts damit zu tun!« rief Carla verzweifelt, aber Giovanni lachte nur.

»Dann komm doch mit mir zu den Hütten runter. Ich werde ein saftiges Flittchen für dich finden. Ich habe sie alle schon ausprobiert und weiß genau, welche es am besten macht. Du brauchst mir nur zu sagen, wie du es am liebsten hast, dann empfehle ich dir die Spezialistin dafür.«

Carla hob die Schultern, sie wußte nicht, was sie darauf erwidern sollte. Wieder war es Marco, der für sie einsprang. »Laß den Jungen in Ruhe, Giovanni. Er wird sich um Mädchen kümmern, wenn er dazu bereit ist. Nicht alle Männer sind so geile Böcke wie du.«

Giovanni spuckte verächtlich aus und ging schneller, um zu Luigi, Antonio und Matteo aufzuschließen.

Marco wandte sich an Carla. »Je schneller er Piero verläßt, desto besser. Er sollte durch die Welt ziehen oder seine eigene Werkstatt aufmachen. Er ist unzufrieden mit sich selbst, deshalb spuckt er Galle. Natürlich braucht er Geld für die Werkstatt, aber er wird nie zu etwas kommen, weil er seinen Lohn schneller ausgibt, als er ihn verdient. Saufen und Huren. Ich glaube, er hat hohe Schulden.«

»Und was ist mit dir?« fragte Carla. »Welche Pläne hast du für die Zukunft?«

In der einsetzenden Dunkelheit sah Carla, wie seine Augen einen verträumten Ausdruck annahmen. »Ich möchte nichts lieber als meine eigene Werkstatt haben. Aber ich kann warten, bis sich die richtige Gelegenheit ergibt.«

Er brach ab, sah sie forschend an, überlegte offenbar, ob er ihr vertrauen konnte. Er senkte die Stimme. »Versprichst du mir, niemandem etwas zu sagen?« Sie nickte eifrig. »Also gut, ich werde es dir sagen. Ich habe von einem Haus gehört, das in der richtigen Gegend liegt, aber es kostet mehr, als ich mir im Augenblick noch erlauben kann. Ich versuche, Geld zu leihen, und wenn ich das schaffe, dann werde ich wohl nicht mehr viele Nächte unter Pieros Dach schlafen. Aber du darfst niemandem etwas davon sagen, sonst stehe ich dumm da, wenn meine Pläne sich zerschlagen.«

Es freute sie ungemein, daß Marco ihr seinen geheimen Plan anvertraut hatte, aber gleichzeitig war es doch ein Stich in ihr Herz. Die Aussicht, ohne Marco in Pieros Haus zu bleiben, fand sie entsetzlich. Lieber würde sie weglaufen und ihr Glück woanders versuchen, als bei Giovanni zu bleiben, der sie gnadenlos kujonierte, und als Pieros rücksichtslose Kopulationen weiter zu ertragen. Bis jetzt noch hatte sie Marco als Trost im Haus, der ihren Tag mit seiner Fürsorge aufhellte.

»Ich hoffe, du gehst nicht so bald«, sagte sie leise.

Marco lächelte nachsichtig. »Ich habe dich gewarnt, daß du dich nicht allzu sehr auf mich verlassen sollst, kleiner Carlo. Du mußt lernen, auf deinen eigenen Füßen zu stehen und dich durchzusetzen. Wir alle leben in einer harten Welt. Aber vielleicht kannst du ja für mich arbeiten. Ich brauche bestimmt einen Lehrling oder zwei.«

Er sagte es so dahin, als wenn diese Möglichkeit nur eine von vielen wäre, aber Carla klammerte sich an ihr fest. Diese Aussicht gab ihr neue Zuversicht. Jetzt hatte sie einen Traum, der eines Tages vielleicht Wirklichkeit würde. An diesem Traum würde sie sich aufrichten können, wenn sie niedergeschlagen und traurig war.

Am Abend aßen die Lehrjungen in einer Taverne, umgeben von lärmenden, singenden Zechern. Carla hatte nicht viel für die Atmosphäre übrig, und sie war froh, als Marco sich von der Bank erhob. Aber ihre Erleichterung währte nicht lange. Marco erinnerte die anderen daran, daß er eine Verabredung mit der schönen Elena hatte.

»Ich verlasse euch, Leute«, sagte er und schwankte ein wenig, als er sich vom Tisch weg bewegte, denn er hatte dem Wein reichlich zugesprochen. »Wir sehen uns am Morgen.«

»Steck einen für mich mit rein!« rief Matteo grinsend.

Luigi zeigte eine obszöne Geste, und dann erhob

sich auch Giovanni. »Ich mach mich auf den Weg zu den Hütten«, teilte er mit. »Wer noch?«

Nachdem Marco gegangen war, standen auch Luigi und Matteo auf, sie wollten hinunter zum Marktplatz gehen. Sie trugen Carla auf, Antonio, den ›Kleinen‹, nach Hause zu bringen, was sie widerwillig tat. Sie überzeugte sich ein paar Minuten später davon, daß Antonio schon eingeschlafen war, und auch Piero hockte schnarchend in seinem Sessel.

Carla fühlte sich ruhelos, sie hielt es im stillen Haus nicht aus und beschloß, noch einmal hinauszugehen. Sie nahm eine Lampe mit und überquerte eine Brücke über den Arno. Sie wußte, daß sie nur noch mehr Qualen auf sich lud, aber sie konnte dem Zwang nicht widerstehen, und ihre Füße schienen sie auf direktem Weg zu den Gärten der Heiligen Margaretha zu führen.

Die mit einer Mauer begrenzten Gärten hatten einmal zu einem Kloster gehört, das durch ein Feuer zerstört worden war. Als die Nonnen in ein größeres Haus umgezogen waren, übertrugen sie den Garten der Stadt, damit sich die Bürger von Florenz darin ergehen konnten.

An diesem Abend leuchtete der Mond, und die Gärten sahen wie eine verwunschene Wildnis aus. Bemooste Pfade schlängelten sich durch Büsche und Gestrüpp, an Blumenbeeten und Ziersträuchern vorbei.

Die Luft duftete nach Rosen und Kräutern. Carla lugte durch das schmiedeeiserne Tor, konnte aber niemanden sehen. Sie drückte gegen einen Flügel des Tors, der quietschend aufschwang. Carla atmete tief durch, löschte ihre Lampe und betrat den Garten.

Es dauerte nicht lange, bis sie wußte, wo sie waren. In der Mitte eines Gewirrs aus Büschen, gedrungenen

Bäumen und hohen Sträuchern befand sich eine kleine Grotte, in der eine Steinstatue der Jungfrau stand.

Zu einer Seite der Statue konnte sie zwei liegende Körper sehen, und dann hörte sie auch Geräusche – schweres Atmen, leises Flüstern, ab und zu ein unterdrücktes Kichern. Carla fühlte, wie ihr Puls raste. Schuldbewußtsein überkam sie, aber sie konnte trotzdem nicht umkehren. Sie wollte, nein, sie mußte sehen, was sich dort in der Grotte abspielte.

Langsam gewöhnten sich ihre Augen an die Dunkelheit, die dichter geworden war, seit der Mond sich hinter einer Wolke versteckt hatte. Aber dann zog die Wolke weiter, und der Mondschein fiel durch das dichte Gebüsch auf den Eingang der Grotte.

Carla hielt die Luft an, als der Mond die beiden Menschen in der Grotte aus der Dunkelheit riß, und drückte rasch eine Hand vor ihren Mund, als hätte sie Angst, sonst einen Schrei auszustoßen.

Marco kniete gebückt zwischen den angehobenen Knien des Mädchens, sein Mund offenbar auf Elenas Geschlecht. Carla spürte einen scharfen Stich in ihren Eingeweiden, als hätte jemand ein Messer in sie hineingestoßen. Marco gab einem anderen Mädchen dieses ganz besondere Vergnügen, nach dem sie so lechzte!

Sie klappte in den Hüften zusammen und hielt sich den Bauch vor Krämpfen, und gleichzeitig spürte sie, wie die Tränen ihre Wangen hinunter rannen.

»Das ist so ungeheuer dumm von mir«, murmelte sie selbstanklagend. »Ich quäle mich freiwillig. Wie kann ich nur so töricht sein?«

Und doch brachte sie es nicht fertig zu gehen. Die schreckliche Eifersucht gehörte zu dem Gemisch von Emotionen, das sie für Marco empfand. Sie gehörte dazu wie das Verlangen, die Liebe, die Freundschaft. Sie spürte den perversen Drang, ganz genau zu sehen, wie er mit einer anderen Frau Liebe machte, obwohl sie wußte, daß sie entsetzlich leiden würde.

Elena wand sich auf dem Boden hin und her, ihre Geräusche wurden lärmender. Der Rock war bis zur Körpermitte hoch gerutscht.

Carla sah, wie sich Marcos Kopf hob, und dann suchten seine Lippen die Hügel von Elenas Brüsten, während seine Finger mit ihrer Spalte spielten. Sie sagte etwas zu ihm, keuchend, hechelnd, und dann fummelte er mit fiebrigen Fingern an seiner Kleidung herum.

Ein paar Wimpernschläge lang sah Carla seine stolze Männlichkeit, dick und steif und bereit, und ihr wurde schlecht vor Neid, und doch konnte sie die wässerigen Augen nicht abwenden.

Ohne weiteres Zögern drang er in Elena ein, und sie stieß ihren bisher lautesten Schrei aus. Carla konnte ihre Verbitterung im Mund schmecken; tatsächlich hätte es sie nicht gewundert, wenn sie sich hätte erbrechen müssen.

Elena erwiderte die rhythmischen Stöße Marcos mit ihren eigenen Bewegungen. Ihr Becken schwang hin und her, auf und ab. Die Leichtigkeit, in seinen Rhythmus einzufallen, verriet, daß dies Spiel ihr nicht neu war.

Ihre gekeuchten Worte der Ermunterung trieben aus der Höhle und in die Stille der Nacht. »Oh, ja, ja, das ist es, *caro!* Flüssig und kräftig und richtig tief, so mag ich es. Stoß noch härter zu!«

Das Mädchen war schamlos in ihren Worten, und Carla war schockiert. Es schien erst kurze Zeit her zu sein, daß sie sexuellen Dingen völlig unschuldig gegenüber stand, und was sie in den letzten Monaten gelernt hatte, war ihr bis dahin unvorstellbar gewesen.

Keuchend, stöhnend, zitternd vollzogen die beiden den Akt, und dann blieben sie erschöpft liegen. Carla wußte, daß es nun an der Zeit war, den Rückzug anzutreten.

Als sie zu Hause eintraf, war Piero wach, und irgendwie schien seine Trunkenheit verflogen zu sein. Er begrüßte sie mit lüsternen Blicken, und Carla war seiner Gier diesmal nicht abgeneigt. Marco mit seinem Flittchen zu sehen hatte einen Appetit in ihr geweckt, und sie wußte, daß ihr Körper erregt und bereit war.

»Komm mit nach oben«, knurrte er heiser, gab ihr einen Klaps auf den Po und folgte ihr die Stufen hinauf.

In dem Augenblick, in dem sie in der Schlafkammer standen, fiel er mit schlabbernden Küssen über sie her. Carla haßte den Geruch schalen Weins in seinem Atem, deshalb wand sie sich in seinen Armen und drehte ihm den Po zu. Sie wußte, daß er sie gern von hinten nahm. Er drückte ihren Rücken hinunter, streifte ihre Hose ab und küßte und biß ihre Backen, während seine Hände nach ihren Brüsten griffen, ehe er mit einem Finger zwischen die feuchten Labien schlüpfte.

»In dieser Stellung gefällt es dir besonders, nicht wahr?« murmelte er hitzig, während sein dickes Glied in sie eindrang. »Überhaupt scheinst du richtig Geschmack an der Sache gewonnen zu haben. Was hältst du davon, wenn ich dich zu meiner Frau mache? Ich stelle es mir schön vor, ein paar Söhne von dir zu bekommen. Und dir würde das auch gefallen, oder etwa nicht? Du weißt, ich bin eine gute Partie.

Das Geschäft läuft prima. Vielleicht ziehe ich ihn heute abend nicht raus. Sehen wir mal, ob ich das Ziel treffe, eh? Würde dir das gefallen, meine kleine Betrügerin?«

Carla spürte, wie die Verzweiflung in ihr aufwallte. Sie fror bis auf die Knochen. Wenn er ihr ein Kind machte, blieb ihr nichts anderes übrig, als ihn zu heiraten, und dann wäre ihr Traum, eines Tages Marco zu lieben, zerplatzt.

Sie sagte nichts, aber sie hoffte inniglich, daß ihr ein solches Schicksal erspart blieb. Piero pumpte weiter in sie hinein, zog sie an den Hüften heran, damit er möglichst tief in sie hineinstoßen konnte, und sie wußte, daß er sie bald mit seinem Samen füllen würde.

Carla wackelte mit den Hüften und hörte an seinem Keuchen, daß er sich dem Höhepunkt näherte. In dem Augenblick, in dem sie glaubte, daß er es nicht mehr länger aushalten würde, warf sie sich nach vorn, und er schlüpfte aus ihr hinaus. Sie spürte Nässe auf den Rückseiten ihrer Schenkel, und gleichzeitig hörte sie seine Flüche – da wußte sie, daß sie den genau richtigen Zeitpunkt gewählt hatte.

Piero schlug die flache Hand hart auf ihren Po, daß ihre Haut brannte. »Du bist mir entwischt«, knurrte er. »Nun, es werden sich noch weitere Gelegenheiten ergeben, keine Bange. Ich werde dich schwängern, dann wirst du mir auch gehören, oder du mußt die Konsequenzen ziehen. Ich schätze, du wirst nicht lange überlegen müssen, wenn du zwischen einem Leben auf der Straße oder einem Leben als meine Frau wählen mußt.«

Aber insgeheim beschloß Carla in dieser Nacht, daß sie ihn lieber verlassen würde, als seine Frau zu werden und seine Kinder zu gebären. Sie hatte jetzt Geld, versteckt unter einem Dielenbrett unter ihrem Bett.

Keiner wußte davon. Es war kein Vermögen, aber es würde ihr den Anfang eines Lebens außerhalb von Pieros Haus erleichtern. Vielleicht würde sie schon gehen, wenn auch Marco den Meister verließ.

Am nächsten Morgen traf sie die anderen Lehrlinge beim Frühstück. Sie waren gerade dabei, sich gegenseitig die Erlebnisse der Nacht zu schildern. Giovanni pries lautstark die Talente einer Simonetta, einer besonders vollbusigen Hure, die ihrer Arbeit mit großer Freude nachging.

»Keine bläst besser, sage ich euch. Sie hat einen breiten Mund und eine kräftige, lange Zunge. Und wenn sie dich damit fertig gemacht hat, baut sie dich sofort wieder auf. Sie ist so eng wie ein Katzenarsch, sage ich euch. Du kannst es ihr auch zwischen den Brüsten machen, das mag sie besonders. Sie schluckt alles, was du ihr zu geben hast, sie kann nicht genug davon kriegen.«

Während er redete, warf er Carla versteckte Blicke zu, als wollte er ihr mit seinen Erlebnissen imponieren. Dann wandte er sich an Marco. »Wie ist es denn bei dir gelaufen? Hatte dein Mädchen Erfahrung, oder mußtest du sie erst noch anlernen? Hast du sie bezahlen müssen?«

Marco lachte. »Nein, es hat mich nichts gekostet. Ich nehme an, sie war ebenso heiß wie ich, und außerdem gefiel ich ihr. Es war auch nicht das erste Mal, daß sie es getan hat, wenn sie auch nicht so viele Tricks drauf hat wie deine Simonetta. Aber manchmal erfreut man sich an einem Mädchen wie Elena mehr als an einer, die mit allen Wassern gewaschen ist. Ganz gewiß hat es ihr mehr Spaß gemacht als einer Frau, die du dafür bezahlen mußt.«

»Ich bin mehr für Huren«, warf Luigi dazwischen. »Sie wissen, was sie zu tun haben, und sie laufen dir hinterher nicht nach, weil sie sich in dich verknallt haben. Wenn du auf der Straße eine Zufallsbekanntschaft triffst, weißt du nie, worauf du dich einläßt.«

»Erinnerst du dich an Lodovico?« fragte Matteo. »Er hatte eine Affäre mit einer Frau, von der sich später herausstellte, daß sie ein Mann war. Er brauchte drei Monate, ehe er das entdeckte, so lange hat sie – er – ihn nicht herangelassen.«

»Was ist passiert, als er es herausgefunden hat?« fragte Giovanni.

»Frag lieber nicht.«

Carla wurde während der freimütigen Diskussion plötzlich bewußt, daß sie Dinge hörte und erfuhr, die sich andere Frauen nicht einmal erträumen könnten. Weil sie als Junge von den anderen akzeptiert war, nahmen sie vor ihr kein Blatt vor den Mund.

Aber wie würden sie wohl reagieren, wenn sie die Wahrheit erfuhren? Wahrscheinlich würden sie außer sich sein, daß eine Frau den Männergeheimnissen gelauscht hatte. Vielleicht wäre sogar Marco entsetzt darüber, daß er in ihrer Gegenwart so unverblümt über seine sexuellen Erlebnisse erzählt hatte. Sie stieß einen lauten Seufzer aus, den alle hörten.

Giovanni wandte sich mit einem Grinsen an sie. »Was ist denn los, Kleiner? Dir ist wohl nicht danach, unsere Geschichten übers Rammeln zu hören, wenn du noch keinen weggesteckt hast? Aber du weißt, daß ich dich zu einer Hure mitnehmen wollte, doch du hast abgelehnt.«

»Laß ihn in Ruhe«, sagte Marco.

Aber Giovanni gab nicht auf. Er stellte sich dicht vor Carla hin und sah ihr spöttisch in die Augen. »Was ist denn los mit dir?« fragte er. »Du gehörst doch nicht zu diesen perversen Typen, die ihn lieber einem Mann in den Arsch schieben?«

»Er schläft bei Piero«, erinnerte Matteo grinsend. »Und wir alle wissen, was für ein geiler Bock unser Meister ist. Er steckt ihn in alles, was warm und feucht ist.«

»Nun?« Giovannis Ton war gehässig, verletzend. »Was hast du dazu zu sagen, schöner Jüngling? Seid ihr da oben jede Nacht zugange, oder was?«

Carla wich ängstlich vor ihm zurück. Sie wußte nicht, was sie sagen sollte. Giovanni starrte sie boshaft an. Sie hatte Angst, daß er sich körperlich an ihr vergreifen könnte.

Aber dann zog Marco ihn am Ärmel.

»Komm schon, Giovanni«, sagte er lachend. »Meiner Meinung nach kann ein Mann Sex haben, mit wem er will, und außerdem ist es seine Privatsache. Was hat Carlo dir eigentlich getan, daß du immer auf ihm herumhackst?«

Giovanni stieß einen dumpfen Laut aus, der tief aus seinem Innern kam. »Es sind diese Schwulen ... ich kann sie nicht ausstehen. Wenn ich genau wüßte, daß ich mit einem von ihnen unter einem Dach lebte, dann ...«

»Was würdest du dann tun, Giovanni?«

Alle Augen wandten sich zur Tür, in der Piero stand, die Fäuste in die Hüften gestemmt. Er hatte offenbar die letzten Sätze gehört. Hatte er auch gehört, daß Giovanni ihm und ihr ein perverses Verhältnis unterstellt hatte?

Piero trat dicht vor seinen ältesten Lehrjungen heran, reckte sein Kinn vor, daß es Giovannis Wange berührte.

»N ... nichts«, stammelte Giovanni, der ganz blaß geworden war. Er wich zurück, bis er gegen die Wand stieß. »Ich ... ich habe ... das doch nur als Scherz gemeint.«

»Mir hat dein Humor noch nie gefallen. Du weißt, Giovanni, wenn es dir bei mir nicht mehr gefällt, steht es dir frei zu gehen. Du hast deine Lehrzeit überschritten, und du bist nur noch hier, weil ich dich dulde. Das ist dir doch klar, oder?«

»Ja«, antwortete er kleinlaut, die Augen niedergeschlagen.

»Gut. Nun, ich stelle an dein Bleiben die Bedingung, daß du doppelt soviel arbeitest wie die anderen und nur noch halb so laut bist wie bisher. Ist das klar? Sonst werfe ich dich raus.«

Carla hatte bisher noch nie erlebt, daß Piero so bestimmend auftrat. Sie war beeindruckt. Er hatte sie aus einer mißlichen Situation gerettet, und sie war ihm dankbar dafür. Und doch zeigte ein Blick in Giovannis Augen, daß sie sich immer noch vor ihm in acht nehmen mußte.

Während der folgenden Woche setzten Carla und Piero ihre Arbeiten an dem Bild der Verkündigung fort. Carla lernte eine Menge, als sie Piero zusah, wie er dem Engel eine ätherische Schönheit verlieh. Er setzte den Pinsel mit wunderbar leichten Strichen an, als er die Feinheiten des verklärten Gesichts malte. Ihre eigene Arbeit wurde auch gelobt, nicht nur von Piero, sondern auch von den anderen Lehrjungen, die sich das Bild anschauen mußten, denn der Meister achtete darauf, daß jeder vom anderen lernte.

»Du hast der Jungfrau dein Gesicht gegeben!« rief Matteo aus, als er den ersten Blick auf das Gemälde warf. »Wenn das nicht außergewöhnlich ist!«

»Pater Giacomo hat es so gewünscht«, sagte Carla,

als wollte sie sich dafür entschuldigen. »Es war ganz einfach – ich habe mein Spiegelbild gemalt.«

Danach wurden Selbstbildnisse die große Mode. Der Spiegel wanderte von einem zum anderen, während alle Lehrjungen versuchten, sich selbst zu malen. Bald gab es eine große Ähnlichkeit der Porträts von Engeln, Heiligen und klassischen Figuren, die aus Pieros Werkstatt kamen.

Es dauerte nicht lange, bis der Meister verkündete: »Genug ist genug! Wir schmeicheln unseren Auftraggebern mehr, wenn wir ihre Gesichter malen statt der unsrigen.«

Neuntes Kapitel

In der Werkstatt ging es an diesem Morgen friedlich und fröhlich zu, bis sich die Neuigkeit wie ein Lauffeuer verbreitete, daß Carlo schon wieder einen bedeutenden Auftrag mit Piero gemeinsam ausführen durfte – ein Fresko in einer der Kapellen der Santa Maria Immaculata. Nach der Verkündigungsszene für Pater Giacomo, für die Carlo viel Lob erhalten hatte, war das eine neue Möglichkeit, sich auszuzeichnen.

Aber als Giovanni davon hörte, wurden seine dunklen Augen noch dunkler, und ein giftiges Feuer funkelte in ihnen. Carla fürchtete sich vor diesem Ausdruck.

Er fauchte Piero an: »Dieser Auftrag gehört rechtmäßig mir, Piero! Ich bin der älteste von uns, und ich habe meine Lehrzeit schon hinter mir. Und doch habt Ihr mich wieder übergangen, habt einen Neuling damit betraut, der nicht mal ein Lehrjunge ist. Was geht hier eigentlich vor? Ist er Euer Günstling, daß Ihr ihn so bevorzugt?«

Piero versuchte, ihn zu beruhigen. Er legte eine Hand auf Giovannis Arm, aber in seiner Wut riß er sich los.

»Nun zürne nicht weiter, Giovanni, denn es gibt gute Gründe für meine Entscheidung. Ich werde sie dir sagen. Du arbeitest an dem Porträt Belloni, und das muß bis zur Hochzeit vollendet sein. Ich habe mich davon überzeugt, daß du sehr gute Arbeit daran leistest, und wenn das Paar das Porträt sieht, wird es dir weitere Aufträge geben. Bis dahin hast du vielleicht schon deine eigene Werkstatt, und du kannst das ganze Honorar einstreichen. Das Fresko ist auch eine eilige Sache, deshalb bietet sich sonst niemand an außer Carlo.«

»Was ist mit Marco und Luigi?« fragte Giovanni, immer noch nicht überzeugt.

»Sie sind beide mit dem Ciari-Auftrag beschäftigt, und Antonio und Matteo haben noch nicht genug Erfahrung. Ich versichere dir, daß ich meine Entscheidung nicht leichtfertig getroffen habe. Wenn du Zeit hättest, wärst du meine erste Wahl für das Fresko gewesen, aber für Carlo wird die Erfahrung auch sehr nützlich sein.«

Giovanni murmelte irgend etwas, das sich wie eine Verwünschung anhörte, aber Piero hatte ihm mit der taktvollen Begründung den Wind aus den Segeln genommen. Trotzdem bemerkte Carla, daß Giovanni innerlich kochte. So sehr sie sich auch auf die Arbeit am Fresko freute, sie wußte, daß der Senior in der Werkstatt sie jetzt noch mehr haßte.

Das Fresko in der Kapelle Verazzi sollte Szenen aus dem Leben der Jungfrau darstellen, von der Unbefleckten Empfängnis über die Verkündigung und die Hochzeit zu Kanaan bis zur Pietà.

Ein hohes Gerüst war an der Wand aufgebaut, die sie bemalen sollten. Nachdem sie eine dünne Kalkschicht auf die Wand aufgetragen hatten, zeichnete Piero die Umrisse der Szenen mit Kohle, während Carla Gips anmengte, um den Teil der Wand zu bestreichen, an dem sie an diesem Tag arbeiten würden. Dann mußte sie hastig die Farben zerstoßen, mischen und anmachen. Sie gab Wasser und Eiweiß dazu. Sie mußten rasch arbeiten, bevor der Gips trocken war, deshalb konnten sie sich immer nur eine kleine Fläche vornehmen.

Während Piero seine Umrisse noch einmal nachzeichnete, trug Carla an den dafür bestimmten Stellen Rot und gelbes Ocker auf, und bald schon strahlten die glühenden Farben ein eigenes Leben aus.

Es war ein wunderbares Arbeiten. Kerzenschein und die Stille der Kapelle. Nur ab und zu hörten sie das Rascheln eines Priestergewands oder das leise Murmeln eines Gebets. Piero arbeitete mit stiller Konzentration auf dem nassen Gips, und wenn er von Carla etwas wollte, machte er sich eher durch Gesten als mit Worten verständlich.

Am Abend des ersten Tages war die Szene mit der Heiligen Anna beendet. Sie nahm höchstens den sechsten Teil der ganzen Wand ein.

»Sehr gut.« Piero lächelte, als sie gemeinsam vom Gerüst abstiegen. »Es ist mir selten gelungen, ein Fresko am ersten Tag so weit zu bringen.«

»Kann ich morgen etwas mehr tun?« fragte Carla. »Ich meine, mehr als nur Farben anrühren und mischen und sie flächig auftragen. Ich würde gern an den Details arbeiten.«

Er lächelte freundlich. »Ja, warum nicht? Ich traue es dir zu, und es wird eine gute Erfahrung für dich sein. Aber du wirst bald merken, daß nasser Gips ein erbarmungsloser Untergrund ist. Du mußt mit breiten Strichen arbeiten, nicht mit feinen, und trotzdem muß die Wirkung auch aus der Nähe gut sein. Ja, du sollst es versuchen.«

Carla fühlte sich geehrt. Sie erhielt eine volle Lehrlingsausbildung, ohne ein Lehrling zu sein. Giovanni vermutete, daß der Meister sie begünstigte, weil er unterstellte, daß Piero mit ihr ins Bett ging, aber Carla glaubte, daß er sie auch bedeutende Arbeiten ausführen ließ, weil er ihr ungewöhnliches Talent erkannt hatte.

Als sie ins Haus zurückkehrten, herrschte eine aufgeregte Stimmung unter den anderen. Carla war zuerst verdutzt, aber sie fand bald heraus, was für die gute Laune verantwortlich war: Marco trat vor den Meister und teilte ihm mit glühenden Augen mit, daß er seine eigene Werkstatt eröffnen würde; er hatte ein Haus unweit der Via Calimala erworben und würde bald sein eigener Herr sein.

Es war Carla, als würde ihr Herz zu Stein, obwohl sie alles tat, um ihre Enttäuschung zu vertuschen. Sie gab vor, sich für Marco zu freuen, aber sie wußte, daß der Augenblick gekommen war, vor dem sie sich schon so lange gefürchtet hatte. Marco würde sie verlassen. Was wurde nun aus ihren Träumen? Wer würde sie beschützen, wenn Giovannis Haß in körperliche Gewalt ausartete?

Auch Piero nahm die überraschende Veränderung mit finsterer Miene auf. »Du hättest mir Zeit geben sollen, mich darauf vorzubereiten«, knurrte er. »Wie soll ich so schnell einen Ersatz für dich finden?«

»Ihr habt doch Carlo.«

»Er ist im Augenblick kein Kandidat für die Lehrstelle«, sagte Piero brüsk und zerstörte ihre schwachen Hoffnungen, die sie trotz allem gehegt hatte. »Ich brauche jemanden, der die Gebühren zahlen kann.«

»Das heißt, Ihr wollt ihn weiterhin als Sklavenarbeiter benutzen?«

»Wie kannst du es wagen?«

Piero wollte die Hand gegen Marco erheben, begriff aber im letzten Moment, daß der junge Mann nicht mehr unter seiner Herrschaft stand.

Carla hörte sich ihren Disput voller Verdruß an. Ihre Position im Haushalt würde von nun an noch wackliger sein.

Die Lehrjungen wollten die gute Nachricht feiern, um sich besser mit Marco freuen zu können. Piero hatte zuerst etwas dagegen, aber als er hörte, daß alle sich an den Kosten beteiligen würden, konnte er schlecht nein sagen.

Carla fragte sich, wie sie die Feier zu Marcos Abschied durchstehen könnte. Jeder erwartete, daß auch sie sich freute, aber sie war sicher, daß man ihr bald schon ansehen würde, daß ihr Herz beinahe brach.

An Marcos letztem Tag nahm er sie am Morgen beiseite, bevor sie mit Piero zur Kirche ging, und sagte etwas, das ihr Herz wieder zum Schwingen brachte. »Ich habe dir gesagt, daß ich ein oder zwei Lehrjungen brauche. Also, wenn du willst, bist du schon angenommen. Aber ich brauche ein paar Wochen, bis ich alles geregelt habe.«

»Oh, Marco, willst du wirklich ...?«

Carla schaute in seine fröhlichen braunen Augen. Sie geriet in Hochstimmung. Der Gedanke, bald schon auf engstem Raum mit ihm zusammen zu sein! Mit ihm, dem Mann, den sie liebte, mit dem sie Haus und Tisch teilen würde.

Er legte einen Arm um sie und drückte sie kurz an sich. »Natürlich will ich es wirklich. Du verschwendest dich hier bei Piero. Ich könnte dich richtig ausbilden, du kannst Aufträge übernehmen, bei denen du die ganzen Kniffe der Kunst kennenlernst. Und ich würde mich auch nicht mit deinen Lorbeeren schmücken, wie er es tut.«

Es hörte sich wie ein wahr gewordener Traum an, aber Carla hatte gelernt, daß sie ihren Träumen nicht trauen konnte. Trotzdem wollte sie nicht daran zweifeln. Marco hatte gesagt, daß er sie haben wollte, und das genügte ihr. Jetzt würde sie gern an der Abschiedsfeier teilnehmen.

Als sie und Piero von der Arbeit in der Kapelle zurückkehrten, hatten die anderen schon mit den Vorbereitungen der Feier begonnen. Die Jungen hatten Fähnchen und Girlanden aufgehängt, um die Werkstatt zu schmücken. Die Staffeleien waren in eine Ecke gerückt worden, so daß sie in der Mitte Platz geschaffen hatten.

Sie hatten mehrere Flaschen toskanischen Weins gekauft, auf dem langen Tisch lagen Karrenräder aus Brot, Oliven und kleine Bällchen aus frischem Ziegenkäse, eingerollt in Weinblätter. Es waren auch Lehrlinge anderer Meister da, Freunde und Nachbarn, und Carla fiel gleich auf, daß auch einige Frauen darunter waren.

In den vergangenen Monaten hatte sie kaum weibliche Gesellschaft gehabt, und plötzlich empfand sie Unbehagen in ihrer Gegenwart. Eine innere Stimme sagte ihr, daß eine Frau sie leichter durchschauen und als Betrügerin entlarven könnte. Es war ein immer wiederkehrender Alptraum.

Aber als die Feier im Gange war, vergaß sie ihre Ängste.

Die Lehrjungen eiferten mit lustigen Anekdoten und schmutzigen Witzen um die Wette, jeder wollte die Aufmerksamkeit der übrigen gewinnen. Es wurde gesungen und getanzt, und am meisten wurde gelacht. Die meisten Witze mußte Marco über sich ergehen lassen, Marco, der morgen nicht mehr zu ihnen gehören würde.

Eigentlich hätte Giovanni als Senior unter den Lehrjungen das Haus zuerst verlassen sollen, um als Geselle weiterzuziehen, aber er hatte Schulden, während Marcos Familie in der Lage war, die Einstandgebühr in die Gilde zu zahlen.

Es überraschte Carla nicht, daß Giovanni als erster von allen betrunken war, er trank mehr und schneller als die anderen. Es war wohl seine Art, mit der Blamage zu leben, daß ein jüngerer vor ihm aus dem Haus ging. Er grölte ein gehässiges Lied über den Teufel, der ein junges Mädchen vergewaltigte, und Carla schrak vor seinen geilen, intensiven Blicken zurück.

Gegen Mitternacht öffnete sich die Tür, und drei Huren traten ein, und mit ihnen kam auch Elena. Die Männer schrien jubelnd durcheinander, während sich die meisten weiblichen Gäste diskret zurückzogen. Carla wäre am liebsten auch gegangen, aber Piero versperrte ihr den Aufgang zur Treppe.

»Tanzt für uns, ihr Frauen!« rief Marco aufgedreht und hielt seinen Becher hoch. »Zeigt uns, wie sich eure Körper drehen. Tanzt wie die drei Grazien vor Hermes, und laßt die Liebe durch eure Bewegungen sprechen!«

Sie gehorchten, legten ihre grellen Kleider ab und präsentierten sich in ihren dünnen Hemdchen, unter denen man die Nippel auf den runden Brüsten und auch das dunkle Dreieck zwischen den Beinen sehen konnte.

Carla schaute ihrem langsamen Tanz fasziniert zu. Sie bewegten sich zum Klang von Luigis Flöte und Antonios kleiner Trommel. Sie wanden ihre Körper, schlüpften aneinander vorbei, tanzten im Kreis, drehten Pirouetten und fielen sich gegenseitig in die Arme.

»Das ist ein uralter Tanz«, sagte Marco ihr. Seine Stimme klang lallend. »So alt wie die Hügel der Toskana.«

Er lachte über seine Bemerkung, ein schrilles, fast

hysterisches Lachen, das Carla kalte Schauer über den Rücken laufen ließ. Sie schaute ihn von der Seite an. Er konnte den Kopf nicht mehr aufrecht halten, der Blick war verhangen. Plötzlich schwankte er gegen sie, warf einen Arm um ihren Nacken, um bei ihr Halt zu finden. Carla empfand eine so starke Sehnsucht nach ihm, daß sie sich kaum noch beherrschen konnte.

Elena kam zu ihrer Rettung. Sie brach aus dem Kreis der Tänzerinnen aus und zog Marco in ihre Arme. »Komm, Süßer, du willst mich und nicht diesen Jungen da«, sagte sie leise und küßte ihn auf die Wange. »Warum bringe ich dich nicht zu Bett? Ich habe den Eindruck, daß du genug hast.«

Carla wollte sie wegschicken, wollte Marco für sich beanspruchen, aber sie wußte, daß sie damit alles verderben würde. Es war so schwer, einfach dazusitzen und mit anzuschauen, wie Marco von Elena und Luigi weggebracht wurde, und zu wissen, daß das andere Mädchen in dieser Nacht sein Lager teilen würde. Sie schaute ihm sehnsüchtig hinterher, bis sie bemerkte, daß Piero sie beobachtete. Sie errötete. Er kam auf sie zu und tupfte ihr auf die Schulter.

»Gehen wir nach oben. Die Feier wird die ganze Nacht andauern, wenn nicht einer den Anfang macht.«

Sie schaute ihn an und haßte ihn in diesem Augenblick, denn sie wußte ganz genau, was er von ihr haben wollte. Ihr war nur danach, um Marco zu weinen.

Bedrückt folgte sie dem Meister, aber als sie durch die Tür ging, sah sie die ganze Zeit den finsteren Blick Giovannis, der sie bis zur Treppe verfolgte. Ahnte er ihre Sehnsucht nach Marco? Oder freute er sich schon darauf, daß er sie jetzt ungehemmt quälen konnte?

Sobald sie in der Schlafkammer unter dem Dach waren, riß Piero ihr beinahe die Kleider vom Leib. Mit kräftigen Griffen packte er ihren müden Körper. Carla ließ es geschehen, sie war zu erschöpft, um sich zu wehren oder um aktiv am Geschehen teilzunehmen.

Sie lag auf seinem Bett, die Beine gespreizt, während er versuchte, seinen Penis einsatzbereit zu reiben. Schließlich gelang es ihm, ihn einzuführen. Carla, geistig abwesend, spürte, daß ihr Körper in der gewohnten Weise reagierte, sie wurde weich und feucht, obwohl ihr Verstand weit weg war.

Während Piero sich auf ihr abmühte, wurde ihr bewußt, wie rasch dieses nächtliche Treiben zur Gewohnheit geworden war. Aber bald würde sich alles ändern. Marco würde nach ihr rufen, und sie würde unter seinem Dach wohnen und sein Lehrling sein. Was danach geschah, wußte sie nicht.

Sie wollte nicht darüber nachdenken, daß sie eines Tages eine Entscheidung zu treffen hatte: Entweder hütete sie ihr Geheimnis und blieb sein Lehrling, oder sie legte ein Bekenntnis ab und mußte versuchen, seine Liebe zu gewinnen. Wenn sie den letzteren Weg ging, mußte sie ihren Traum begraben, eine Künstlerin zu werden.

Pieros Mühen kamen mit einem dumpfen Schrei und einem wilden Schütteln an ein Ende, und der Penis fiel fast sofort in sich zusammen und rutschte aus ihr hinaus. Carla hoffte, daß dadurch die Gefahr einer Schwangerschaft gemindert wurde. Das war die andere große Bedrohung für ihr ganzes Leben – daß Piero ihr ein Kind machte und dann sein Versprechen vergaß, sie zur Frau zu nehmen. Sie würde auf der Straße stehen.

Sie schob Pieros Kopf zur Seite. Sie haßte den schalen Weingeruch in seinem Atem. Er rollte auf den

Rücken. Da war ein Geräusch an der Tür, und Carla setzte sich erschrocken auf. Eine Ratte? Sie lauschte angestrengt, aber sie konnte nichts mehr hören.

Behutsam befreite sie sich aus der Umarmung des Meisters, ohne ihn zu stören. Sie trippelte zu ihrem Bett und kuschelte sich in die Decke, allein mit ihren Gedanken und Gefühlen. Sie mußte wieder an Marco denken, der die Nacht in den Armen einer anderen Frau verbrachte.

Natürlich war Carla eifersüchtig, aber sie war auch optimistisch. Wenn sie ihr Geständnis abgelegt und ihre Gefühle ihm gegenüber offenbart hatte, würden sie wundervolle Nächte der Liebe verbringen, und es würde noch schöner werden, weil sie beide schon über Erfahrungen verfügten. Was für ein Unterschied zu dem kruden Akt, den Piero auf ihr ausführte! Selbst ein simpler Kuß zwischen ihr und Marco würde ihr mehr bedeuten, weil er ein Ausdruck ihrer Liebe war.

Trotz der vielen wirren Gedanken holte irgendwann der Schlaf sie ein. Am Morgen wachte sie mit Kopfschmerzen auf. Ihr erster Gedanke galt Marco. Hatte er das Haus schon verlassen? Er hatte ihr gesagt, daß er möglichst früh weg wollte, weil er lange Abschiedsszenen haßte.

Sie kroch aus dem Bett, zog sich hastig an und ging über die knarrenden Treppenstufen hinunter.

In der Küche war niemand. Aber als sie in der Glut des Ofens herumstocherte, hörte sie jemanden den Raum neben der Küche betreten. Sie glaubte, es wäre Marco, und drehte sich lächelnd um, aber das Lächeln gefror, als sie in das mürrische Gesicht Giovannis blickte. Er war unrasiert, und sein Nachthemd stand bis zum Bauchnabel offen und gab den Blick auf die schwarze Haarmatte auf der Brust frei. Trotz seiner offensichtlichen Müdigkeit sah er sie mit listigen Augen an, und sein Mund verzog sich zu einem boshaften Grinsen.

»Oh, unser kleiner Betrüger ist schon auf. Was führst du jetzt schon wieder im Schilde? Oder sollte ich nicht besser Betrüger*in* sagen?«

Carla starrte ihn konsterniert an. Er wußte es! Gott helfe ihr.

Jetzt steckte sie in üblen Schwierigkeiten. Der selbstgefällige Blick verriet ihr, daß er sein Wissen ausnutzen und jeden Vorteil daraus ziehen würde.

»Wie ... woher weißt du es?«

Er ging auf sie zu, blieb dicht vor ihr stehen, stützte sich mit einer Hand an der Wand ab, direkt neben ihrem Kopf. Carla wurde noch ein bißchen kleiner. Tief und leise sagte er: »Mir ist etwas an der Art aufgefallen, wie Piero dich behandelt. Gestern abend wurde es mir besonders deutlich, obwohl ich schon länger den Verdacht hatte. Da habe ich beschlossen, mir endlich Klarheit zu verschaffen.« Sein Grinsen wurde breiter. »Es war nicht schwer. Piero war so betrunken, daß er vergaß, die Tür abzuschließen.«

»Du hast ... es gesehen?«

Carlas Stimme war nur ein Flüstern. Sie schämte sich, daß jemand gesehen hatte, wie Piero über sie hergefallen war ... *es* mit ihr getan hatte.

Giovanni nickte. »Ja, mein kleines Hürchen, ich habe alles gesehen. Aber es scheint dir nicht viel gebracht zu haben. Was hast du gedacht, als du da gelegen hast? Daß es unter diesem Dach vielleicht jemanden gibt, von dem du dich lieber durchziehen läßt? Das waren deine Gedanken, gib's zu.«

Im ersten Augenblick befürchtete sie, er könnte auch von ihren Gefühlen zu Marco wissen, aber dann sah sie, wie sich seine Gesichtszüge ein wenig entspannten. Er streichelte über ihr Haar und sah sie fast freundlich an.

»Ich weiß, daß du scharf auf mich bist, meine Kleine. Deshalb hast du immer so getan, als könntest du mich nicht ausstehen. Aber ich weiß, daß du heiß auf mich bist – es steht dir im Gesicht geschrieben.«

Carla war wie vom Donner gerührt. Einerseits war sie froh, daß er falsch geraten hatte, andererseits würde sie sich in noch größere Schwierigkeiten bringen, wenn sie abstritt, ›scharf‹ auf Giovanni zu sein.

»Hab keine Angst«, flüsterte Giovanni, sein Gesicht dicht vor ihrem. »Ich bin ein viel besserer Liebhaber als der Kerl da oben. Wir bewahren unser kleines Geheimnis, ja? Ich meine, du bist ja Meisterin im Geheimnishüten.« Wieder grinste er. »Ich bin der einzige von uns, der Verdacht geschöpft hat.«

Er preßte seinen Mund auf ihren, und der Kuß dauerte so lange, daß ihr schwindlig wurde. Er küßte sie mit roher Wildheit, voller Leidenschaft, und sie spürte, wie ihre Sinne darauf reagierten. Sie hätte sich nicht wehren können gegen seinen Überfall, dafür war er viel zu stark. Also, beschloß sie, würde sie ihn machen lassen.

Schließlich brach er den Kuß ab und zog sie quer durch den Raum. »Komm, hier können wir nicht bleiben, sonst entdeckt man uns noch. Ich kenne den idealen Platz für uns.«

Da wußte Carla, daß er seine Lust sofort befriedigen wollte, und dumpfe Verzweiflung machte sich in ihr breit.

Würde sie sich nie von der rücksichtslosen Gier der Männer befreien können? Jetzt hatten zwei Männer sie in ihrer Gewalt, und der einzige, der sie hätte beschützen können, war nicht mehr da. Sie stolperte aus der Küche und spürte ihre Knie schwach werden.

Er führte sie hinunter in den Keller, der als Vorratsraum genutzt wurde. Er war klamm und roch modrig, und es stank nach Ratten- und Katzendreck. Als sie hinunter in die Dunkelheit gingen, hörte Carla voller Entsetzen ein Huschen und Rascheln und Zischen, und sie spürte, wie ihr übel wurde. Was war das für ein Ort, um Liebe zu machen?

Du kannst es nicht Liebe nennen, rief sie sich verbittert in Erinnerung. Es würde ein tierischer Paarungsakt werden, und dafür war ein dunkler, feuchter Keller so gut wie jeder andere Platz. Giovanni zündete eine Kerze an, die er mitgebracht hatte, und mit der Kerze setzte er zwei Lampen in der Mauer in Brand. Überall lagen Fässer und Bündel herum, und alles war mit Spinngeweben überzogen.

»Das ist nicht die ideale Umgebung für unsere erste intime Begegnung«, sagte Giovanni entschuldigend. »Aber auf die Schnelle habe ich nichts Besseres auftreiben können.«

Carla wappnete sich, sie erwartete, daß er jetzt über sie herfiel. Aber das geschah nicht. Er warf ein paar Säcke auf den Boden, setzte sich darauf und zog sie zu sich. Er entkleidete sie, und sein Lächeln wurde breiter, als er ihre kleinen Brüste sah und die dunkle Stelle zwischen den Schenkeln.

»Wenn ich mir vorstelle, daß all das unter deinen Männerlumpen versteckt war! Du solltest in Samt und Seide gekleidet sein, meine Liebe, damit man deine phantastische Figur bewundern kann.«

Das war beinahe das Gegenteil von dem, was Carla erwartet hatte, und sie war erstaunt und verwirrt. War das der grausame, gehässige, haßerfüllte Giovanni, dessen Blicke sie so lange in Angst und Schrecken versetzt hatten? Sie vermutete, daß er seine freundliche Art nicht lange beibehalten würde.

Er legte jetzt Hand an seine eigene Kleidung, und dann hielt er sein Glied zwischen den kräftigen Fingern, und Carla hielt verblüfft die Luft an, als sie es sah.

Es war der größte und dickste Penis, den sie bisher gesehen hatte. Sie konnte sich unmöglich vorstellen, wie es in sie eindringen sollte, und der Gedanke daran ließ sie zusammenzucken.

Er bemerkte ihr Zucken mit einiger Genugtuung und streichelte sein Glied wie ein Schoßhündchen.

»Viele Mädchen sind erstaunt, wenn sie die Größe und das Kaliber meines Dings sehen. Einige haben ihm spontan Tribut gezollt – und zwar auf die entzückendste Art und Weise, die man sich vorstellen kann. Ich hoffe, du bist nicht zu scheu dazu. Ich weiß, daß du den Meister auf diese Weise bedient hast. Komm, ich habe schon viel zu lange darauf gewartet. Deine Lippen werden reichlich zu tun haben.«

Er drückte ihren Kopf hinunter, der zuckenden Erektion entgegen. Sie schaffte es kaum, die Eichel zwischen die Lippen zu nehmen. Als er tiefer in sie hineinstoßen wollte, würgte sie kurz. Sie bewegte die Zunge, aber im Mund war nur wenig Spielraum. Ihre Finger fuhren an dem kräftigen Stamm auf und ab.

Eine Weile schien er damit zufrieden zu sein. Ab und zu streichelte er über die Haare, was sie dankbar registrierte. Sie konnte immer noch nicht ihre Angst vor ihm abschütteln.

»Genug!« sagte er schließlich und hob ihren Kopf an. Sie starrte in seine dunklen Augen. »Grätsche über mich, damit ich mit deiner Feige spielen kann. Sie muß schön saftig sein, damit sie mein Ding aufnehmen kann.«

Carla war benommen vor Angst. Dieses gewaltige Glied würde sie zerreißen, aber sie wußte nicht, wie sie ihn am Eindringen hindern konnte. Giovanni kam ihr wie ein wildes Tier vor, das für den Augenblick gezähmt schien, aber danach wieder Beute reißen konnte. Nein, sie traute ihm nicht über den Weg.

»Komm, laß mich dir helfen.«

Er zog sie über sich, setzte sie auf seinen breiten, flachen Bauch und schob einen seiner langen Finger in ihre Vulva. Zuerst wehrte sie sich und klammerte sich an die vage Hoffnung, daß er gar nicht erst versuchen würde, in sie einzudringen, wenn sie trocken und verschlossen blieb. Aber bald schon verriet ihr Körper sie, er reagierte, wie er es bei Stefano und Piero getan hatte. Irgendwie war es erniedrigend, dachte sie, daß jeder diese Wirkung auf sie haben konnte, aber zugleich war es auch erregend. Noch bevor sie hätte bis hundert zählen können, sehnte sich ihr Körper nach dem großen, fleischigen Glied. Sie wollte von ihm gefüllt werden.

Giovanni rieb mit der freien Hand über ihre kleinen Brüste und zwickte sie leicht in die steifen Warzen. »Oh, du bist ein scharfes kleines Mädchen, nicht wahr?« raunte er, und es klang beinahe liebevoll und anerkennend. »Die anderen hatten Mitleid mit dir, weil sie glaubten, daß Piero deinen Hintern nagelt. Aber du hast deinen Spaß bei ihm gehabt, ja? Komm, knie dich jetzt hin, dann wollen wir mal sehen, wieviel wir davon in deine gierige Höhle füttern können.«

Sie gehorchte und brachte ihr Geschlecht über die glänzende Kuppe seines Schafts. Giovanni nahm ihn in die Hand und rieb ihn gegen den Eingang, der sich langsam spreizte. Als sie zuckte, redete er beruhigend auf sie ein. »Du mußt dich ganz entspannen, Kleine«, raunte er und schob die Eichel noch ein kleines Stückchen tiefer.

»Immer mit der Ruhe«, murmelte er, und die Kuppe glitt tiefer hinein. Giovanni glaubte, in einem Klemmeisen zu stecken. Es war bemerkenswert, wie rasch Carla in der Lage war, mehr und mehr des kolossalen Schafts in sich aufzunehmen.

Carla hatte noch nie das Gefühl gehabt, bis zum Bersten ausgefüllt zu sein, und zum erstenmal begriff sie, wie unterschiedlich Männer bestückt sein konnten. Aber sie war enttäuscht, daß sie nur eine Handbreit des pochenden Schafts in sich aufnehmen konnte.

Giovanni ließ sie den Rhythmus bestimmen, er fiel bereitwillig ein. Sie konnte sich nicht zu schnell bewegen, weil der Schaft schmerzlich gegen ihre inneren Wände schabte. Außerdem geriet sie immer wieder aus dem Rhythmus, weil sie daran denken mußte, wie wunderbar es wäre, wenn sie jetzt Marco haben könnte. Plötzlich spürte sie, wie Tränen aus ihren Augen schossen. Sie kullerten über ihre Wangen und fielen von dort auf ihre Brust.

Zum Glück konnte Giovanni die langsamen Bewegungen nicht länger aushalten. Er drückte von unten gegen sie, und sie starrte in sein Gesicht. Sie wollte wissen, ob er die Beherrschung verlieren würde, wenn er seinen Höhepunkt erlebte.

Sie wurde enttäuscht. Als es ihm kam, sah sie zwar ein kurzes Aufblitzen in den weit aufgerissenen Augen und hörte auch einen Seufzer der Entspannung, aber mehr Anzeichen seines Höhepunkts waren ihm nicht zu entlocken.

Carla hatte auch bei ihm nicht die Erfüllung gefunden – sie hätte es auch nicht gewollt. Sie empfand nur eine tiefe Erleichterung, daß es vorbei war.

Sie ließ sich nach einer Seite kippen, fing sich mit Händen und Knien auf und sah ihn an. Er stand auf und hielt sich mit einem ausgestreckten Arm am Kellergewölbe fest. Er grinste breit. »Bin ich nicht der Beste? Einige Leute behaupten frech, daß die Größe keine Rolle spielt, aber jetzt weißt du, daß das gelogen ist, nicht wahr?«

Sie nickte aus Angst, ihn zu reizen, aber innerlich haßte sie seine dümmliche Eitelkeit. Was wirklich zählte, waren die Gefühle, die man für den Mann hegte, mit dem man schlief, dessen war sie ganz sicher. Giovanni konnte sie körperlich erregen, aber er würde nie ihr Herz berühren.

Während er fortfuhr, mit seiner Männlichkeit zu prahlen, lächelte sie still in sich hinein. Nein, dieser Mann hatte keine Macht mehr über sie. Er war ein Narr, dem sein dicker Schwanz zu Kopf gestiegen war und nun glaubte, das wäre alles, was in der Welt eine Rolle spielte.

Aber es gab andere Wege zum Herzen einer Frau, und Männer wie Giovanni würden diese Wege nie betreten.

Zehntes Kapitel

Marco war gegangen, als Carla aus dem Keller kam. Giovanni war zuerst aus dem Keller hochgestiegen, um einen Verdacht zu vermeiden. Carla sah den leeren Platz am Frühstückstisch, und ihr wurde schwer ums Herz, und als dann noch Piero verkündete, daß er einen neuen Lehrjungen hätte, der sofort kommen würde, mußte sie mühsam um Fassung ringen.

»Wie heißt er?« fragte Luigi. »Wie alt ist er?«

»Er heißt Domenico, und er ist dreizehn Jahre alt. Ein vielversprechender Junge aus gutem Haus. Ich bin sicher, daß er gut zu uns paßt.«

»Wo wird er schlafen?« fragte Luigi und zwinkerte Matteo zu.

»Ah, ja«, sagte Piero und wandte sich lächelnd an Carla. »Er wird oben deinen Platz einnehmen. Ich muß ihn im Auge behalten und darauf achten, daß er sich richtig eingewöhnt und sich nicht vor der Arbeit drückt.«

Sie war entsetzt. »Und wo soll ich schlafen?«

»Bei den anderen natürlich. Du kannst Marcos Bett haben. Und du wirst auch wieder zu den vorbereitenden Arbeiten zurückfinden müssen. Ich habe nicht die Zeit, dich und den neuen Lehrjungen anzuleiten, außerdem brauchen Matteo und Luigi mehr Erfahrung. Wenn Giovanni mal weg ist, sind die beiden meine ältesten Lehrjungen, dann müssen sie selbständig arbeiten können.«

Jedes Wort hörte sich wie das Läuten einer Totenglocke für all ihre Hoffnungen und Träume an. Carla biß sich auf die Lippe. Sie wußte, daß es keinen

Zweck hatte, sich gegen Pieros Entscheidung aufzulehnen. Ihre Tage als ›Günstling‹ waren vorbei.

Giovanni wich ihr an diesem Morgen aus, aber sie bemerkte seine Blicke, wenn sie die Farben zerstieß und mischte oder die Untergründe mit Gips bestrich. Wenn sie für ihn arbeitete, war er auffallend höflich, aber sie sah den wissenden Blick in seinen Augen, und seine Finger berührten ihre Hand ein wenig zu lange, wenn sie ihm einen Pinsel reichte. Sein neues Verhalten war ihr rätselhaft, und sie hätte gern gewußt, was hinter seiner Stirn vorging.

Sobald sie ihre Aufgaben erledigt hatte, wollte sie draußen ein bißchen Luft schnappen. Sie hatte keine Lust, dabei zu sein, wenn der neue Lehrjunge eintraf. Es war erniedrigend, sich von dem Jüngeren etwas sagen zu lassen. Ihre geringe Habe hatte sie schon aus der Schlafkammer geholt und auf eine Kommode neben Marcos Bett gestellt. Sie fürchtete sich vor der Nacht. Carla schritt durch die Straßen, erreichte den Fluß und ging am Ufer entlang, bis sie das offene Land erreichte. Sie spürte einen Druck auf ihrer Brust, der ihr fast den Atem nahm. Sie mußte gründlich über ihre neue Situation nachdenken. Sie durchquerte ein Sumpfgebiet, achtete aber nicht auf ihre Umgebung. Welche Wahl habe ich? fragte sie sich. Was ist das Beste für mich?

Eines war sicher: Sie konnte es nicht ertragen, länger in Pieros Haushalt zu bleiben und sich dort mit den minderen Aufgaben zu begnügen, während ihr der Zugang zum künstlerischen Arbeiten versperrt wurde. Das Fresko in der Kapelle war vollendet, und es im milden Licht der Kerzen zu betrachten, erfüllte sie mit Stolz und Freude. Nein, sie konnte jetzt nicht mehr zurücktreten und zusehen, wie die anderen die besten und herausforderndsten Arbeiten erhielten.

Hinzu kam noch, daß sich nicht vorhersagen ließ, wie Giovanni sich ihr gegenüber verhalten würde. Es konnte sein, daß er den anderen ihr Geheimnis verriet, und was würde dann aus ihr werden? Vielleicht würde man sie von Bett zu Bett reichen, schon aus Vergeltung, denn sie hatte stets bemerkt, wie neidisch die Lehrjungen auf Piero gewesen waren.

Aber es gab ja noch Marco.

Wenn sie als Lehrjunge zu ihm ging, wäre alles in Ordnung, oder? Mußte sie ihm sagen, daß sie ein Mädchen war? Sie hatte keine Ahnung, wie er darauf reagieren würde. Vielleicht gewann sie seine Liebe – aber das bedeutete unweigerlich, daß sie ihre Ambitionen als Künstlerin vergessen konnte. Oder, wenn sie das Geheimnis um ihr Geschlecht beibehielt, mußte sie die Qualen der Eifersucht ertragen, wenn er sich mit anderen Frauen abgab. Beide Möglichkeiten verlangten schreckliche Entscheidungen von ihr.

Es gab einen dritten Ausweg. Sie konnte sich wieder allein durchschlagen. Das war kein verführerischer Gedanke, aber sie hatte es schon einmal geschafft, und sie würde es auch wieder schaffen. Sie dachte an die Künstler unter der *loggia*. Sie schüttelte sich. Es war so schwer, ihr jetziges Leben gegen das auf der Straße einzutauschen.

Zuerst, beschloß sie, würde sie Marco besuchen, um zu sehen, wie es ihm erging. Voller Hoffnung wandte sie sich um und ging zurück in die Stadt. Sie fragte sich zur Via Calimala durch. Es war still auf den Straßen, denn die Mittagssonne hielt die Menschen in ihren Häusern. Auch an Marcos Haus waren die Fensterläden geschlossen. Sie versuchte die Tür, sie ließ sich öffnen. Carla schlüpfte hinein.

Das Zimmer war dunkel, und eine Weile konnte sie nichts erkennen, aber allmählich lösten sich Umrisse aus der Dunkelheit. Bündel und Packen und Körbe lagen in einem Teil des Zimmers, offenbar Dinge, die darauf warteten, aussortiert zu werden.

Dann erkannte sie eine Schlafstatt in einer Ecke, und Marco lag dort – nackt. Carla betrachtete den schlanken Körper, sah auch den blassen Penis, der aus einem Busch kleiner schwarzer Haare wuchs. Es war ein schönes, rührendes Bild, ihn so friedlich schlummern zu sehen, und Carla seufzte unbewußt. Ein dicker Kloß steckte in ihrem Hals, und ein paar Tränen liefen ihr über die Wangen.

Aber Marco war nicht allein. Neben ihm lag Elena, ebenso nackt. Die vollen Brüste wurde von braunen Warzen gekrönt. Sie hatte ein Bein über seins gelegt. Carla ahnte, daß die beiden sich erst vor kurzem miteinander vergnügt hatten. Die Luft roch noch nach Moschus und Schweiß, und auf der Decke bemerkte sie feuchte Flecken.

Elena bewegte sich und stöhnte im Schlaf. Erschrocken wich Carla zurück. Sie zog die Tür leise hinter sich zu, und ob sie wollte oder nicht, die Tränen rannen über ihr Gesicht. In diesem Haus gab es keinen Platz für sie. Sie konnte es nicht ertragen, Marcos Lehrling zu sein und mit ansehen zu müssen, wie er sein Mädchen küßte und neckte. Er konnte ja nicht ahnen, wie weh ihr das tat. Sie konnte auch nicht riskieren, ihm alles zu gestehen, auch ihre Liebe nicht – nur um dann zurückgewiesen zu werden, weil er Elena bevorzugte.

»Jetzt weiß ich wenigstens, was ich tun muß«, murmelte sie auf dem Rückweg zu Pieros Haus.

Domenico, der neue Junge, war schon da. Er war klein und dünn, aber seine hellen, klaren Augen blickten mit einem Eifer, der von Siegeswillen kündete. Piero kümmerte sich übertrieben liebevoll um ihn, und Carla fragte sich, ob er ihn ebenso mißbrauchen würde, wie er bisher alle seine Lehrjungen mißbraucht hatte. Warum sollte er nicht, dachte sie dann.

Den Rest des Tages hielt sie sich unauffällig im Hintergrund. Während sie Farbpulver zerstieß und Pinsel für den neuen Jungen wickelte, ging sie ihre Fluchtpläne durch. Sie wußte jetzt, daß sie so schnell wie möglich gehen mußte.

Am späten Nachmittag fand sie sich ein paar Minuten lang mit Giovanni allein in der Werkstatt. Er trat hinter sie und umfaßte ihre Brüste. Dabei kicherte er in ihr Ohr und drückte seinen harten Penis zwischen ihre Backen, während sie den Stößel im Mörser schabte.

»Ja, gut, stoße nur zu«, murmelte er. »Das gefällt dir wohl, mit dem Stößel umzugehen, was?« Er grinste. »Ich kann dir auch meinen Stößel in die Hand geben. Wie wär's, wenn wir rasch runter in den Keller gehen? Die zehn Minuten wird uns kaum einer vermissen. Ich bin den ganzen Tag schon heiß auf dich gewesen.«

Sie zitterte am ganzen Körper und schüttelte den Kopf. »Ich muß die Farbe anrühren für Domenico.«

Die Tür öffnete sich, und Luigi trat ein. Statt rasch von ihr wegzutreten, wie sie es erwartet hatte, gab Giovanni ihr einen Klaps auf den Hintern und meinte: »Er hat wirklich den Arsch einer Frau, findest du nicht auch?«

Luigi kicherte. »Vielleicht hat Piero ihn deshalb so oft als Ersatz für eine Frau benutzt.«

»Ich könnte auch mal wieder eine Frau gebrauchen«, sagte Giovanni. »Vielleicht finden wir heute abend eine, die wir uns teilen können.«

Carlas Hand zitterte so sehr, daß der Mörser auf den Boden fiel. Die rotbraune Farbe sprenkelte die Holzdielen. Glücklicherweise war es nur Ocker, keine der kostbaren Farben. Sie wischte das Pulver auf, wobei ihr bewußt war, daß die beiden Männer sie anstarrten. Als das Tuch mit der rotbraunen Farbe beschmiert war, mußte sie an ihre Periode denken, und sie errötete. Wie, um alles in der Welt, sollte sie ihre Periode in Zukunft geheimhalten, wenn sie im gemeinsamen Schlafraum war? Ein zusätzlicher Grund, so schnell wie möglich zu verschwinden.

Von nun an wartete sie auf einen günstigen Augenblick, um unbemerkt gehen zu können. Sie wollte sich von keinem verabschieden.

Als sie alle um den Abendtisch saßen, schaute sie in die vertrauten Gesichter, und sie spürte eine aufkommende Unsicherheit. War sie zu ungeduldig? Diese Menschen waren ihr zur Familie geworden. Aber der gierige Blick in Giovannis Augen bestätigte ihr, daß die Entscheidung richtig war.

Es würde nicht leicht sein, ihre Flucht in der Dunkelheit anzutreten, aber wenigstens hatte sie einen vollen Bauch. Carla sammelte in einem unbewachten Augenblick ihr Geld ein und schnürte das kleine Bündel. Am kostbarsten waren ihr die drei Pinsel, ihre Kreide und die kleinen Päckchen mit Farbe, die sie heimlich an sich genommen hatte.

Sie schlüpfte durch die Seitentür aus dem Haus, und dann lief sie hastig die Straße hinunter. Sie erwartete einen Schrei und rennende Schritte hinter sich, aber alles blieb ruhig. Ihr Gang verlangsamte sich erst, als sie das Gewirr von Nebenstraßen hinter dem Dom erreicht hatte.

Es schien kein Mond, und sie hatte Mühe, sich auf den Beinen zu halten, wenn sie wieder über Unrat auf den holperigen Straßen stolperte. Zuerst hatte noch ein gelegentliches Kerzenlicht, das durch ein Fenster fiel, für Beleuchtung gesorgt, kärglich genug, aber dann hörte sie ein grollendes Donnern in der Ferne, ein gelegentlicher Blitz folgte, und schon fielen die ersten Regentropfen.

Carla fand Schutz im Rundbogenportal einer Kirche an der Straße nach San Domenico. Zitternd und erschöpft kauerte sie sich in eine Ecke des Eingangs, und bald schon war sie fest eingeschlafen. In den frühen Morgenstunden wachte sie auf. Ihre Knochen schmerzten, und dieser Schmerz vervollständigte ihr Elend.

Es war verführerisch, zurück in Marcos altes Bett zu schleichen, aber sie schüttelte energisch den Kopf und zwang sich, tiefer ins Ungewisse hineinzugehen.

Die Stadt wachte auf. In den Randgebieten krähten die Hähne den neuen Tag herbei, und die Ziegen waren die ersten, die darauf mit munterem Meckern reagierten. Carla lächelte. Das war fast wie zu Hause, dachte sie, und sie wunderte sich, wie gut ihr die ländliche Umgebung tat. Sie hatte geglaubt, das Landmädchen in ihr sei längst gestorben.

Sie schritt entschlossener aus, und als sie an der Straße einen Feigenbaum sah, hielt sie ein und nahm ihr Frühstück zu sich. Der Fleisch der Feigen war weich und saftig.

»Hallo!« rief ihr eine Frau von einem nahegelegenen Stall zu. Carla zuckte zusammen und wollte schon weglaufen, denn die Frau hatte sie beim Stehlen erwischt. Aber die Frau rief: »Ich habe Brot und Butter, wenn du hungrig bist.«

Rasch lief sie über die Wiese. Die Frau lud Carla ins

Haus, und dann saß sie auch schon am Tisch, vor sich eine Tasse heiße Ziegenmilch, in die sie ein Stück Brot tunkte.

»Wie lange bist du denn schon auf der Straße?« fragte die Frau.

»Erst seit gestern abend.«

»Du siehst wie ein Junge aus, aber du sprichst wie ein Mädchen«, bemerkte die Bäuerin. »Was bist du nun?«

Carla lächelte. »Ich bin ein Mädchen. Ich habe mich zu meinem Schutz in Jungenkleidung gesteckt.«

»Sehr vernünftig. Aber warum bist du nicht bei deiner Familie?«

»Das ist eine lange Geschichte. Ich suche Arbeit. Habt Ihr einen Vorschlag, wo ich mit meiner Suche beginnen soll?«

Die Frau dachte nach. »Wenn du Erfolg haben willst, dann am ehesten in Fiesole, auf dem Hügel. Dort stehen ein paar große Villen, und die Leute dort haben einen großen Verschleiß an Küchenhilfen und dergleichen.«

Carla nickte. Viele andere Möglichkeiten würde sie nicht haben. »Ich glaube, ich müßte Mädchenkleidung tragen«, murmelte sie und schaute an sich hinab. »Ich kann auch dafür bezahlen ... auch für mein Essen.«

Sie kramte in ihrem Bündel herum, aber die Frau hob abwehrend die Hände. »Behalte dein Geld. Ich kann ein fremdes Mädchen beköstigen, ohne gleich am Hungertuch zu nagen. Kann sein, daß ich ein paar Kleider für dich habe, Sachen, aus denen meine Tochter herausgewachsen ist. Warte mal ein paar Minuten.«

Sie verschwand in einem Hinterzimmer und kehrte nach einer Weile mit einem einfachen dunkelgrünen Kleid zurück. Der Halsausschnitt war viereckig, sehr züchtig. »Ist das was für dich? Ich kann dir nur keinen Unterrock dazu geben«, sagte die Bäuerin freundlich.

»Wunderbar!« Carla hielt das Kleid gegen ihren Körper. Die Ärmel waren ein bißchen zu lang, und das Oberteil würde sie nicht ausfüllen können, aber das spielte keine Rolle. Sie würde endlich wieder wie eine Frau aussehen, und darauf freute sie sich. Erst jetzt wurde ihr bewußt, wie sehr es sie unter Druck gesetzt hatte, in Jungenkleidung zu stecken, immer mit der Gefahr zu leben, als Betrügerin entlarvt zu werden.

Draußen war eine Pumpe, und Carla wusch sich erst einmal gründlich, ehe sie das Kleid anzog. Oh, was für ein Gefühl der Erleichterung!

»Bitte, ich möchte Euch was geben für Eure Freundlichkeit«, sagte sie, aber die Bäuerin wollte nichts davon hören. Dann hatte Carla eine Idee. »Wartet, gute Frau, ich weiß, was ich Euch geben kann!«

Sie nahm die Kreide aus dem Bündel und sah sich nach einer geeigneten Fläche um, auf die sie malen konnte. In einer Ecke fiel ihr eine weiß gekalkte Wand auf, die geradezu ideal für ihre Zwecke war. Sie zog sich einen Hocker heran und begann, ihre Wohltäterin zu porträtieren.

Die Bäuerin lachte, als sie sah, was Carla malte, aber es schien sie zu freuen, und sie blieb sitzen, ein leises Lächeln im Gesicht. Während Carla arbeitete, fiel ihr ein, daß diese Bauersfrau sich ihr gegenüber großzügiger verhalten hatte als alle hochgestellten Persönlichkeiten, die sie in den vergangenen Monaten kennengelernt hatte. Uneigennützig hatte die einfache Frau ihr aus einer Not geholfen.

Das hastig ausgeführte Porträt war trotzdem gelungen, man erkannte die Bäuerin sofort. Sie war begeistert. »Das muß man sich mal vorstellen – ein

Mädchen, und dann so ein Talent! Was für eine Schande, daß du nicht als Junge geboren bist. Du würdest weit kommen.«

Die Worte waren gut gemeint, aber sie vertieften Carlas Verzweiflung. Wie oft mußte man ihr noch sagen, daß sie als Künstlerin keinen Erfolg haben würde, weil sie das falsche Geschlecht hatte? Als ob es ihre Schuld sei, wie die Natur sie gemacht hatte!

Sie schluckte ihren Stolz, dankte der Frau noch einmal für ihre Güte und begab sich auf den Weg nach Fiesole.

Die Sonne stand schon ziemlich hoch am Himmel und badete die grüne Landschaft in mildes Gold. Neben der staubigen Straße wuchsen bunte wilde Blumen, und die Luft war erfüllt vom Geruch der Kräuter.

In den Weinhängen und Olivenhainen hingen die reifen Früchte und verströmten einen Duft, der Carlas Seele atmen ließ. Hohe Zypressen und breite Pinien bestimmten den Anblick des Hügels, und das Blau des Himmels wurde nur unterbrochen von den dunklen Punkten der Vögel, die hoch über Carlas Kopf kreisten und zu Ehren Phoebus' munter zwitscherten.

Es war unmöglich, an einem so schönen Tag, in einer so wunderbaren Umgebung, niedergeschlagen zu sein, und Carla spürte, wie die Sorgen von ihr abfielen, wie sie das Schicksal verdrängte, das hinter ihr lag.

Fiesole lag auf dem Hügel, und in den Hängen standen viele sehr schöne Villen. Bei der ersten hielt Carla ein, sie blieb vor dem reich verzierten Eisentor stehen, das in eine hohe Mauer eingelassen war. Es gab einen Glockenstrang, aber sie zögerte noch, ihn zu ziehen. Sie blinzelte zwischen den Gitterstäben hindurch in den Garten. Niedrige Hecken markierten quadratische Beete mit geometrischer Präzision. Carla sah bunte Blumen, üppige Sträucher und in der Gartenmitte einen quirlenden Brunnen.

»In einem solchen Haus müßte man leben«, sagte sie seufzend, ehe sie am Glockenstrang zog.

Nachdem sie ein paarmal gezogen hatte, tauchte ein mürrischer Diener auf, der den Pfad entlang trottete und ein paar Schritte vor dem Tor stehenblieb. Er schien verärgert über die Störung zu sein, und Carla hatte wenig Hoffnung, bei ihm eine Anstellung zu finden. Trotzdem begrüßte sie ihn freundlich und fragte, ob man Arbeit für sie hätte.

Zu ihrer Überraschung lehnte er nicht sofort ab. »Kann sein, daß wir jemanden in der Küche benötigen«, sagte er. »Hast du irgendwelche Erfahrung?«

»Ich habe für einige Künstler in Florenz gearbeitet«, antwortete sie. »Ich habe oft für sie die Mahlzeiten bereiten und hinter ihnen aufräumen müssen.«

Das war nicht weit von der Wahrheit entfernt, dachte sie. Der Diener betrachtete sie von oben bis unten, bemerkte, daß sie offensichtlich sauber und adrett gekleidet war, und öffnete das Tor. »Komm herein und folge mir.«

Die Tür, durch die sie gingen, führte in eine geräumige Küche, wo mehrere Leute bei der Arbeit waren. Eine dicke Frau mit gerötetem runden Gesicht rührte in einem breiten Faß, das auf dem Feuer stand. Der Mann, der Carla eingelassen hatte, rief sie an. »He, Marta! Ich habe hier ein Mädchen, das nach Arbeit fragt. Hast du was für sie zu tun?«

»Das will ich meinen«, gab die Frau grinsend zurück. »Das Fest rückt immer näher, und zwei sind krank. Ich weiß nicht, ob ich auf Dauer noch jemanden brauchen kann, aber einen Monat lang ist sie höchst willkommen.«

Carla lächelte froh, aber bevor sie sich bedanken konnte, sagte die grauhaarige Frau barsch: »Lege dein Bündel in die Ecke da und hilf Lisa bei den Tischen. Sie wird dir zeigen, was du zu tun hast.«

Das Mädchen mit dem Namen Lisa war klein und hübsch, hatte glänzende schwarze Haare und Augen. Sie bedachte Carla mit einem trockenen Grinsen, reichte ihr ein Schälmesser und ein Bündel grüner Bohnen.

»Warum willst du ausgerechnet hier arbeiten?« murmelte sie leise, damit die alte Frau sie nicht hören konnte. »Hier bist du in einem Irrenhaus, glaub es mir.«

»Aber hier ist es besser als auf der Straße, oder?«

Lisa nickte. »Ja, das ist es. Aber paß auf, daß dich keiner ausnutzt. Wenn jemand dir dumm kommt, sagst du mir Bescheid, ich werde mich drum kümmern.«

Carla wußte die freundliche Aufnahme zu schätzen. Es war ein großer Haushalt mit vielen Dienstboten. Ein neues Abenteuer hatte begonnen. Sie hoffte, daß ihre neue Aufgabe sie von Marco und den Gedanken an die anderen ablenkte.

In den nächsten Tagen erfuhr Lisa eine Menge über die Familie Panzani, bei der sie jetzt wohnte. Das meiste erzählte Lisa ihr, mit der sie ein Bett teilte. Lisa schien sich als Beschützerin der Neuen zu fühlen und beriet sie auf vielen Gebieten, einschließlich ihres Aussehens.

»Du solltest deine Haare mit dem Saft des Tausendgüldenkrauts spülen«, sagte sie. »Dein Haar wird heller, und das wird dir bestimmt gut stehen. Du würdest noch hübscher aussehen.«

Carla ließ sich darauf ein und sah verwundert der Verwandlung zu. Sie wurde blond, was zu ihren braunen Augen und auch zu ihrem Hautton viel besser paßte. Dankbar akzeptierte sie kleine Schleifen und Bändchen aus Spitze, die Lisa von den Damen des Hauses erhalten hatte. Carla nähte sie an ihre einfachen Kleider, um sie ein bißchen mehr zu schmücken. Bald schon zog sie die Blicke der Männer im Haushalt an.

Und davon gab es viele. Männer kamen und gingen, und es dauerte eine Weile, bis Carla in Erfahrung gebracht hatte, wer zur Familie gehörte. Der Kopf der Familie war der alte Giorgio, ein Witwer. Seine Mätresse lebte mit ihren beiden kleinen Kindern im Haus, seinen Bastarden. Hinzu kamen seine legitimen Erben, zwei Junggesellen, sowie zwei verheiratete Töchter. Weil das Haus sehr groß war und viele Zimmer hatte, brauchte niemand Platzangst zu bekommen, und offenbar kamen die einzelnen Familienmitglieder gut miteinander aus.

Das Fest, von dem Marta bei Carlas Einstellung gesprochen hatte, wurde anläßlich der Volljährigkeit des ältesten Sohns von Giorgio gefeiert, Tommaso. Aber Carla mochte den jüngeren Sohn, Bruno, lieber. Seine wachen, intelligenten Augen suchten ihre Blicke, wann immer sie in der Nähe war, und ein paarmal ertappte sie ihn auch, wie er am Fenster stand und ihr nachsah, wenn sie durch den Garten ging.

Am Geburtstagsfest lernten sie sich ein wenig besser kennen, da Carla zu denen gehörte, die sich um die Gäste zu kümmern hatten. Sie wusch das eine Kleid, das sie hatte, bis fast alle Flecken verblaßt waren, und flocht einen Zopf aus ihrem Haar, den sie mit Perlen verzierte, die Lisa ihr gab. Sie betupfte sich mit Lavendelwasser, kniff in ihre Wangen und biß auf die Lippen, damit sie schön rot wurden, bevor sie sich den Gästen im Speisesaal zeigte.

Zuerst war es recht verwirrend, so viele fremde Menschen zu sehen, ihr fast ohrenbetäubendes Geschnatter sowie das Klirren der Silbergedecke zu hören, wobei die Hintergrundmusik noch mehr in den Hintergrund trat, als eigentlich beabsichtigt war, dachte Carla.

Es waren etwa fünfzig Gäste da, sie saßen an einem langen Tisch, der mit feinem, weißen Damast ausgelegt war, dazu lagen passende Servietten auf jedem Platz.

In der Mitte des Tisches stand ein Schiff aus Silber, das die Gewürze barg, und dann standen auch noch mehrere Silberschalen mit Früchten da. Girlanden aus frischen Blumen schmückten den Saal und erfüllten die Luft mit einem betörenden Duft. Unter dem Tisch lauerten die Hunde und warteten auf den einen oder anderen Schnapp.

Carla folgte Lisa zu einer langen Anrichte, wo die Platten und Schalen standen, die sie anbieten sollten. »Du nimmst den unteren Teil des Tisches und bietest die Aalpastete an, und ich beginne am anderen Ende mit der geräucherten Forelle«, schlug Lisa vor. »Danach machen wir die Runde mit den Fingerschüsseln.«

Als Carla neben Bruno stand und ihm das Tablett hinhielt, warf er ihr ein bezauberndes Lächeln zu und legte eine Hand auf ihren Arm. Sie schaute in seine braunen Augen unter den buschig gebogenen Brauen und spürte, wie ihre Knie schwach wurden. Bruno war wohl der bestaussehende Mann im Saal. Sein schwarzes Haar fiel in glänzenden Locken auf die breiten Schultern. Er trug ein scharlachrotes Wams aus Seide, verziert mit goldenen Stickereien und leuchtenden Perlen.

»Nicht so viel von der Aalpastete«, sagte er und lächelte sie an. »Man sagt, daß Aal das Blut aufheizt, und mein Blut ist schon heiß genug.«

Carla errötete und legte einen Löffel voll Pastete auf seinen Teller. Ohne sie aus den Augen zu lassen, nahm er eine Scheibe Brot, tunkte sie in die Pastete und schob das Brot in seinen Mund. »Mm, köstlich«, sagte er. »Ich wünschte, du könntest meinen Aal probieren, meine Hübsche, aber vielleicht ein andermal. Wie heißt du?« Sie machte einen Knicks und nannte ihren Namen. »Schön, Carla, dann bring mir eine Fingerschüssel.«

Sie eilte und holte das Schüsselchen mit Rosenwasser. Er tunkte seine Finger hinein und bespritzte ihr Handgelenk. »Oh, wie ungeschickt von mir, ich habe dich bespritzt.«

»Das macht nichts, mein Herr«, sagte sie und wich zurück.

»Warte, ich will nur deine Hand trocknen.« Er nahm seine Serviette und tupfte den Spritzer ab, wobei er mit der anderen Hand ihre Finger hielt. Carlas Wangen waren von einer tiefen Röte überzogen, und ihr Puls raste so sehr, daß sie glaubte, Bruno müßte ihn unter seinen Fingern spüren. Er streichelte kurz über ihre zitternde Hand und schenkte ihr wieder ein strahlendes Lächeln.

Dann sagte er mit leiser, tiefer Stimme: »Geh jetzt zu den anderen, aber vergiß nicht, mir auch wieder die eine oder andere Köstlichkeit zu bringen, ausgewählt von deiner eigenen süßen Hand.«

Als sie neben Lisa stand, erfuhr sie, daß die Begegnung mit Bruno nicht unbemerkt geblieben war. »Er ist scharf auf dich«, flüsterte Lisa ihr zu und kicherte leise. »Schlag einen weiten Bogen um ihn, wenn du die Sache nicht zu weit treiben willst.«

»Unsinn, er war nur freundlich.«

»Wenn Männer wie Bruno freundlich zu einer Frau sind, haben sie ein ganz bestimmtes Motiv, das kannst du mir glauben. Du bist neu in diesem Haus, Carla, und ich kann dir nur raten, auf andere zu hören. Einige von uns sind lange genug hier, um zu wissen, wie es hier läuft. Himmel, ich könnte dir Geschichten erzählen ... gerade auch über Bruno.«

»Dann tu's, bitte«, sagte Carla grinsend. »Am Abend, wenn wir unser Tagwerk vollbracht haben. Ja, ich möchte alle deine Geschichten hören.«

Lisa bedachte sie mit einem tadelnden Blick, aber sie sagte nicht nein. Carla bediente die anderen Gäste, und die Arbeit fiel ihr leicht. Sie freute sich schon auf die saftigen Gerüchte und Geschichten, die Lisa ihr erzählen würde. Sie hatte bisher das fröhliche Plaudern vermißt, das die Atmosphäre in Pieros Haus ausgezeichnet hatte. Das mochte freilich daran liegen, daß sie von den anderen Dienstboten im Haushalt Panzani noch nicht voll akzeptiert war. Nur Lisa hatte sie freundlich aufgenommen, die anderen hielten sich noch zurück.

Die meiste Zeit des Abends behielt Carla den jüngeren Panzani-Sohn im Auge. Er flirtete fast ununterbrochen mit den beiden Damen, die ihm gegenüber saßen. Er unterhielt sie mit lustigen und wohl auch derben Geschichten, denn oft sah Carla sie erröten. Verwundert stellte sie fest, daß er ihr alles andere als gleichgültig war. Sie begriff zwar, daß er niemand war, auf den sie sich für eine längere Zeit verlassen konnte, aber sein blendendes Aussehen faszinierte sie.

Seit über einer Woche hatte sie keinen Partner mehr gehabt, und sie spürte einen Hunger nach Sex. Sie selbst war am meisten von diesem Hunger überrascht, denn ihr war nicht bewußt gewesen, daß sie ihre Begegnungen mit Piero und Giovanni genossen hatte. Doch jetzt, da sie der Vergangenheit angehörten, sehnte sie sich danach.

Es boten sich noch zwei weitere Gelegenheiten, Bruno nahe zu sein, und sie nutzte beide aus. Als die Schalen mit den Früchten gereicht wurden, wählte sie eine besonders feine Aprikose und hielt sie ihm auf einem kleinen Silberteller hin. Er nahm sie lächelnd an und winkte sie näher heran.

Sie beugte sich zu ihm, und er flüsterte ihr zu: »Du hast eine sehr gute Wahl getroffen. Die Haut dieser Frucht glüht wie die Haut deiner Wangen. Ich möchte dich noch mehr zum Erröten bringen, liebe Carla, ehe die Nacht vorbei ist. Wählst du mir auch noch eine reife Erdbeere aus?«

Sie kicherte und spürte, wie die Hitze ihr in den Kopf stieg, und darüber mußte er lachen, während er seine Zähne in das saftige Fruchtfleisch biß. Der Saft lief ihm übers Kinn, und er leckte die Lippen ab und zwinkerte ihr dabei zu. Dann wischte er sich das Kinn mit der Serviette ab und drückte sie ihr in die Hand. »Bringst du mir eine frische, Carla? Und noch einmal ein Fingerschüsselchen.«

Sie war sofort wieder bei ihm und schaute zu, wie er die Finger ins Wasser tauchte. Sie stand so nahe bei ihm, daß sie die sinnliche Hitze spürte, die er ausströmte. Es war, als würden ihre Sinne betört, und bevor sie etwas sagte, was sie später bereuen würde, kehrte sie rasch um und lief zurück in die Küche.

»Carla, du siehst aus wie eine läufige Hündin. Was hast du angestellt?« fragte Lisa sofort. »Es ist Bruno, nicht wahr? Was hat er dir gesagt? Komm schon, mir kannst du es sagen.«

»Oh, er ist ja so sinnlich, Lisa! Es ist nicht so sehr das, was er sagt, sondern die Art, wie er mich anschaut. Als ob seine Blicke Löcher in mein Kleid brennen, damit er sehen kann, was darunter ist.«

»Es sind seine Hände, auf die du aufpassen mußt. Sie grapschen und fummeln an allen Stellen, und ehe du dich umgedreht hast, nuckelt er an deinen Brüsten.«

»Hat er das mit dir schon gemacht?«

Lisa sah sie an, die Brauen hochgezogen. »Vielleicht.«

»Du wirst es mir sagen, ja? Heute abend, wenn wir im Bett liegen.«

»Vielleicht.«

Lisas grüne Augen funkelten und sahen sie neckend an, aber Carla wußte, daß sie ihr bald alles über Bruno berichten würde. Lisa konnte nicht lange ein Geheimnis für sich behalten, aber bis dahin neckte sie gern, wenn sie bemerkte, daß jemand so neugierig war wie Carla.

Carla war enttäuscht, als sie hörte, daß die männlichen Diener die Tische abräumten und dann hinaustrugen, um Platz zu schaffen. Man hörte auch schon, daß die Musikanten ihre Instrumente stimmten, bevor sie zum Tanz aufspielten. Zu diesem Zeitpunkt standen Carla und Lisa in der Küche und mußten spülen und abtrocknen.

Carla hätte gern einen Blick in den Saal geworfen, um Bruno beim Tanzen zuzusehen. Sie war sicher, daß er eine elegante Figur abgeben würde, wenn er die feinen Damen über die Tanzfläche führte. Bald schon stellte sie sich verträumt vor, wie er sie in den Armen hielt. Ihre Hände wurden langsamer, die Konzentration schwand, und erst die scharfe Ermahnung Martas holte sie in die Wirklichkeit zurück.

Die Nacht zog sich endlos hin. Die Klänge der Musik und das ausgelassene Lachen der Gäste waren bis in die Küche zu hören. Die Mädchen hatten bis weit nach Mitternacht zu tun, und als sie endlich auf ihr Zimmer gehen durften, fürchtete Carla, Lisa könnte zu müde zum Erzählen sein.

Aber als sie sich in ihr Bett gelegt hatten, nur mit dünnen Hemdchen bekleidet, legte Lisa einen Arm um Carla und zog sie näher an sich heran.

»Du willst doch von Bruno hören«, sagte sie. »Ich will es dir rasch erzählen, bevor die anderen auch ins Bett gehen.«

»Ja, bitte.« Carla kuschelte sich seufzend an den Körper der Freundin. »Ich will alles hören.«

»Ich werde dir alles sagen, was ich weiß. Als ich in den Haushalt kam, flirtete Bruno mit mir genauso, wie er es heute mit dir gemacht hat. Ich konnte keinen Schritt gehen, ohne von ihm angestarrt zu werden.«

»Und wie hast du reagiert?« fragte Carla eifrig.

»Oh, ich habe mich geziert. Ich gehöre nicht zu der Sorte, die sich an einen Mann wirft, mußt du wissen. Außerdem habe ich einen Liebsten. Er heißt Federico. Er ist ein *condottiere* und kämpft für den Herzog von Mailand. Wenn er von seinem Feldzug zurückkehrt, wird er mich heiraten. Das hat er mir versprochen.«

»Oh, davon hast du mir noch nie etwas erzählt!«

»Du hast auch nie danach gefragt. Aber ich werde ein andermal über Federico erzählen. Jetzt bist du doch mehr an Bruno interessiert, oder?«

»Ja. Du hast also seinen Nachstellungen widerstanden?«

»Ich habe ihn zuerst ein bißchen gekitzelt, das bringt großen Spaß, findest du nicht auch? Einmal hat er mich im Obstgarten geküßt, da habe ich ihm eine Ohrfeige gegeben. Du hättest seinen Gesichtsausdruck sehen müssen! Ich denke mal, daß nicht viele Mädchen ihm widerstehen. Er sieht viel zu gut aus. Ich weiß mit Sicherheit von drei Mädchen, die er geschwängert hat.«

»Drei?« Carla schluckte ein paarmal. »Waren sie alles Dienstmädchen wie wir?«

»Wo denkst du hin? Nur eine war ein Dienstmädchen, ein fröhliches Ding aus Neapel. Er hat sie eines Nachmittags in der Vorratskammer überrascht und es gleich dort mit ihr getrieben – das hat sie mir selbst gesagt. Und dann sah ich ein paar Monate später, wie ihr Bauch immer dicker wurde. Als das dem alten Giorgio auffiel, ist sie sofort entlassen worden.«

»Was ist aus ihr geworden?«

Lisa hob die Schultern. »Ich weiß es nicht, wir haben uns aus den Augen verloren. Eine andere seiner Geliebten war die Gattin eines Adelsmannes, mit der Bruno über ein Jahr lang eine Affäre gehabt hat. Sie hat einen Sohn bekommen und ihn ihrem Gatten untergeschoben, obwohl der alte Dummkopf schon lange nicht mehr kann.«

»Wie haben sie es geschafft, die Affäre geheimzuhalten?« fragte Carla neugierig.

»Sie haben sich bei einem Abendempfang in der Villa des Ehemanns kennengelernt. Sie hat ihrem Mann erzählt, der Doktor hätte ihr dringend empfohlen, dreimal in der Woche lange Landspaziergänge zu unternehmen. Sie hat Bruno immer in einer alten Scheune getroffen. Oft genug hat eine von uns ihnen dabei zugeschaut.«

»Du auch?«

»Ein paarmal«, gab Lisa zu. »Ich sah sie auf allen Vieren, und Bruno hat sie von hinten bestiegen, wie der Rüde die Hündin besteigt. Er hat eine riesige Ausdauer, sage ich dir, und ich wette, daß es ihr bestimmt dreimal gekommen ist. Sie waren beide so heiß wie Ziegen im Frühjahr.«

Carla spürte einen albernen Stich der Eifersucht. Ihr Verstand sagte ihr, daß es Unsinn war, daß Bruno keine Bedeutung für sie haben durfte, und daß sie die Frau des Adelsmannes nicht einmal kannte. Aber der Gedanke, daß er mit einer anderen Frau so viel Lust haben konnte, weckte nagenden Neid in ihr. Ihr wurde bewußt, daß sie die ultimative Lust mit einem Mann bisher noch nicht erlebt hatte, und je mehr sie über das Ausmaß der Leidenschaft hörte, die eine Frau empfinden konnte, desto mehr wollte sie diese Erfahrung genießen.

»Du sagtest, daß es drei Frauen gibt, die er geschwängert hat«, erinnerte sie die Freundin.

»Ah, ja. Die dritte war ein junges Ding aus dem Dorf. Bruno war mit anderen auf der Jagd, als er sich in die Büsche schlug und sie traf. Sie zeigte ihm, wo er sein Pferd tränken konnte, und während das Pferd seinen Durst stillte, verführte er das Mädchen.«

»An Ort und Stelle?«

»Ja, und es war wohl auch nur dieses eine Mal. Niemand hätte etwas erfahren, wenn das Mädchen nicht mit einem dicken Bauch an die Tür gekommen wäre. Natürlich leugnete Bruno, und das Mädchen wurde fortgeschickt, das arme Ding. Aber ich bin sicher, daß er es war. Sie hätte sich nicht getraut, zum Haus der Panzanis zu gehen, wenn sie nicht genau gewußt hätte, wer der Vater ihres Kindes war.«

»Wie schrecklich! Und sie mußte sich allein mit dem Kind durchschlagen, ohne jede Hilfe?«

»Nein. Ich habe eine Cousine, die in der Nähe des Mädchens wohnt, und sie hat mir gesagt, daß die Familie ein paar Wochen nach dem Besuch des

Mädchens bei den Panzanis ein Bündel Geld vor der Haustür gefunden hat.«

Carla atmete auf. »Er hat also ein Gewissen.«

»Bis zu einem gewissen Grad. Aber jetzt weißt du auch, warum ich dir rate, einen weiten Bogen um ihn zu machen. Nicht nur, daß er offenbar ein Sklave seines Schwanzes ist – er ist auch noch äußerst zeugungsfreudig. Einige der Mädchen hier glauben, daß sie schon schwanger werden, wenn sie ihm in die Augen sehen.«

»Nun, er sieht wirklich gut aus ...«

In Carlas Stimme schwang mehr Sehnsucht mit, als sie beabsichtigt hatte. Zu ihrer Überraschung richtete sich Lisa auf einen Ellenbogen auf und starrte sie ernst an. »Jetzt hör mal gut zu: Schlag dir diesen Mann aus dem Kopf! Ich mag dich zu sehr, um mit ansehen zu müssen, wie er dich ins Unglück stürzt.«

»Ich werde nur ein bißchen mit ihm flirten.«

»Das ist zu gefährlich. Wenn du nur so tust, als wärst du nicht abgeneigt, wird er das schamlos ausnutzen.« Sie seufzte. »Nun ja, wenn du ihn dazu bekommen kannst, Mundmusik für dich zu machen, dann entführt er dich in den siebten Himmel.«

»Du meinst, er soll für mich singen?«

Lisa kicherte. »Nein, du Dummchen! Wir sagen Mundmusik dazu, wenn uns jemand die Muschel leckt. Du weißt schon, wenn ein Mann deine geheime Stelle küßt. Es heißt, daß er ein wahrer Fachmann darin ist. Einmal habe ich gesehen, wie er es auf diese Weise einer vornehmen Dame besorgt hat – ich sage dir, all die Dinge, die sie ihm im Delirium ihrer Lust gesagt hat, waren alles andere als vornehm.«

Carla wollte ihr anvertrauen, daß sie auf diese Art noch nie einen Höhepunkt erlebt hatte, aber sie war noch zu scheu, um so intime Dinge mit Lisa auszutauschen. Ihre Sehnsüchte waren ihr Geheimnis, und sie schämte sich ihrer. Dabei wurden sie jeden Tag stärker, und die Geschichten, die Lisa ihr über Bruno erzählt hatte, würden es noch schwieriger machen, seinen Avancen zu widerstehen.

Trotzdem, sagte sie sich, als sie sich zum Schlafen legte, Lisa den Rücken zugewandt, ich muß ihm aus dem Weg gehen, wann immer es möglich ist.

Elftes Kapitel

Sie mochte zwar Bruno aus dem Weg gehen, aber Bruno stellte sie, nicht lange nach dem Geburtstagsfest. Sie saß in der Abendkühle auf einer Steinbank im Garten und ruhte sich nach dem anstrengenden Tag in der Küche ein wenig aus. Da sah sie ihn in den Garten treten. Errötend wandte sie sich wieder ihrer Näharbeit zu und gab vor, ihn nicht gesehen zu haben, aber er kam direkt auf sie zu und fragte sie, ob er neben ihr Platz nehmen könnte.

»Was immer dem Herrn beliebt«, erwiderte sie und schlug die Augen nieder.

Ihre Finger zitterten, und sie konnte ihre Arbeit nicht fortsetzen.

»Ich werde dir sagen, was mir beliebt«, raunte er ihr mit verführerischer Stimme zu, als er sich zu ihr setzte, viel zu nahe, um noch ungestört atmen zu können. »Ich möchte dein hübsches Gesicht und deine phantastische Figur bewundern. Schon seit langem haben wir eine solche Schönheit nicht mehr in unserem Haushalt gehabt.«

Carla wußte, daß es ein falsches Schmeicheln war, was sie da hörte, und sie sah ihn stirnrunzelnd an. »Ihr wißt, mein Herr, daß ich keine Schönheit bin, und ich weiß es auch.«

Ungerührt fuhr er fort: »Vielleicht keine Schönheit im klassischen Sinn, aber du hast Charme. Außerdem wissen wir beide, daß Schönheit vergänglich ist, Carla. Wo hast du eigentlich gearbeitet, bevor du zu uns gekommen bist?«

»In Florenz.«

»In wessen Haushalt? Wahrscheinlich kenne ich die Familie.«

»Ich bezweifle es, mein Herr. Ich habe für einen Künstler und seine Lehrjungen gearbeitet, habe das Haus in Ordnung gehalten.«

Brunos dunkle Brauen wölbten sich vor Überraschung, aber er sagte nichts, was sie verunsicherte. Das Schweigen zwischen ihnen wurde nur durch das Zwitschern der Vögel unterbrochen. Carla wandte sich wieder dem Nähen zu, wobei ihr bewußt war, welche einschneidende Wirkung dieser Mann auf sie hatte. Obwohl sie den Blick gesenkt hatte, sah sie die Muskeln seiner Oberschenkel, und sie nahm den würzigen männlichen Geruch seines Körpers wahr.

Plötzlich sagte er: »Du siehst so sittsam und prüde aus, wie du dich da mit dem Nähen abgibst, aber ich habe das Gefühl, daß ein wildes Herz unter diesen entzückenden Brüsten schlägt. Und das möchte ich bald herausfinden.«

Zu ihrem Erstaunen stand er abrupt auf und schritt davon, ließ sie verwirrt und verlegen zurück.

Er hatte ihr ohne Umschweife erklärt, daß es seine Absicht war, sie zu verführen, sobald sich eine Gelegenheit ergab. Seine Arroganz verblüffte sie. Wahrscheinlich hatte er diese Methode schon oft genug angewandt, um zu wissen, daß sie erfolgreich war. Mehr als sein seltsames Auftreten verwirrte sie die Tatsache, daß ein solcher Lüstling diese unwiderstehliche Anziehungskraft auf sie ausübte.

Bruno hatte auch deutlich genug anklingen lassen, daß er von ihren bisherigen Erfahrungen wußte, oder daß er sie zumindest ahnte. Daraus schloß er wohl auch, daß sie keine Jungfrau mehr war. Am liebsten hätte sie sich geschworen, ihn nicht mehr anzusehen, aber dann drang ein einziges Wort in ihre Gedanken.

Mundmusik.

Ihre Kehle wurde trocken, wenn sie sich die Szene mit ihm vorstellte. Sie lechzte danach, Bruno auf diese Weise zu erleben, seine Qualitäten kennenzulernen, und sie würde ihm zeigen, daß sie ebenso gerne gab wie nahm.

Sie entwickelte eine Art sechsten Sinn, der ihr sagte, wann Bruno in der Nähe war. Dann begann ihr Puls zu rasen, die Röte stieg in ihre Wangen, und in ihrem Bauch schienen viele winzige Schmetterlinge mit ihren Flügeln zu schlagen. Natürlich konnte das Lisa nicht entgehen.

»Du bist scharf auf ihn«, sagte sie ihr auf den Kopf zu. »Nun, du kannst nicht sagen, daß ich dich nicht gewarnt habe.«

Manchmal blinzelte er ihr zu, oder er winkte ihr. Wenn sie ihm etwas reichte, hielt er ihre Hand zu lange fest und streichelte sie unauffällig. Wenn sie sich auf der Treppe begegneten und niemand in der Nähe war, kniff er sie in den Po oder stahl einen flüchtigen Kuß. Mit jedem Tag nahm er sich immer mehr heraus, und Carla befand sich in einem Zustand dauernder Erregung. Er war ihr erster Gedanke, wenn sie morgens aufwachte, und der letzte, bevor sie nachts einschlief.

Aber neben dieser körperlichen Erregung litt sie zunehmend mehr an einem Entzug. Carla vermißte ihre Kunst. Manchmal nahm sie ihre Kreidestifte und malte den Ausblick aus ihrem Fenster auf ein Stück Pappe, das sie irgendwo gefunden hatte, aber das war nur ein kläglicher Ersatz für die feinen Materialien, die ihr früher zur Verfügung gestanden hatten.

Eines Tages kam Lisa ins Zimmer, als Carla mit ihren Stiften beschäftigt war, und schaute ihr über die Schulter.

»He, das ist aber gut! Ich wünschte, ich hätte ein solches Talent!«

»Und was würdest du dann damit machen?« fragte Carla dumpf. »Du könntest es nur einsetzen, um deine Freunde zu amüsieren.«

»Genügt das denn nicht? Du weißt doch, wie oft wir zusammen singen, um unsere gute Laune zu erhalten, oder wir erzählen uns gegenseitig Geschichten. Du könntest mich und die anderen porträtieren – das wäre eine schöne Abwechslung und würde uns ein paar Stunden gut unterhalten.«

»Unterhalten!« schnaufte Carla und sagte dann, Verbitterung in der Stimme: »Wieso dürfen Männer dieser Kunst nachgehen, um einen Lebenserwerb zu haben, während Frauen nur dienen und Kinder kriegen dürfen? Das ist nicht gerecht.«

Lisa starrte sie verständnislos an. »Aber wenn Männer und Frauen einen Beruf ausüben dürften, würde die ganze Ordnung zusammenbrechen. Es gibt Männerarbeit, und es gibt Frauenarbeit, das weiß doch jeder.«

»Nur weil die Gilden das so festgelegt haben. Nehmen wir zum Beispiel das Malen. Ein Mann kann nicht besser malen als eine Frau. Ich habe den Künstlern bei der Arbeit zugeschaut, deshalb kann ich mir darüber ein Urteil erlauben. Wenn eine Frau aber so gut zeichnen und malen kann wie ein Mann, warum sollte sie dann mit ihrem Talent nicht auch Geld verdienen können?«

Lisa hob die Schultern. »Warum können Männer keine Kinder kriegen? So hat der Herr die Welt gemacht.«

»Das ist nicht wahr, und du weißt es. Ich sehe natürlich, daß es Arbeiten gibt, die so schwer sind, daß eine Frau sie nicht verrichten kann, aber Malen ist keine körperliche Arbeit. Nein, es liegt nur daran, daß Männer nicht wollen, daß Frauen sich auf ihrem Territorium ausbreiten. Sie fürchten die Konkurrenz der Frauen.«

Lisa kicherte. »Sie haben wahrscheinlich Angst, daß wir in vielen Dingen besser sind als sie.«

»Ah, jetzt hast du es begriffen.«

»Sie sind mit dem Zustand, wie er jetzt ist, zufrieden: Wir waschen und kochen und fegen für die Männer. Damit halten sie uns klein.« Sie verzog das Gesicht. »Das erinnert mich, warum ich zu dir gekommen bin – du wirst unten gebraucht.«

Mit einem Seufzer legte Carla ihre Zeichnung beiseite, strich ihre Schürze glatt und ging. Sie hatte nichts gegen Küchenarbeit, aber sie war nur ein schaler Ersatz für die Malerei. Als sie daran dachte, wie sie mit Piero an dem Fresko in der Kapelle gearbeitet hatte, trat eine Träne in ihr Auge, die sie ungeduldig wegwischte. Es war sinnlos, falsche Hoffnungen zu nähren. Sie würde nie wieder malen können.

Sie wäre klug beraten, wenn sie die Vergangenheit vergessen würde. Vielleicht sollte sie ihre Kreidestifte gar nicht mehr in die Hand nehmen. Obwohl es ihr Freude machte, das zu zeichnen, was sie sah – aber danach wurde sie stundenlang oder gar tagelang von Traurigkeit und ohnmächtiger Wut heimgesucht.

Doch es erwies sich als unmöglich, mit dem Zeichnen und Malen aufzuhören. An einem Herbstnachmittag tauchte die Sonne den Garten in ein sanftes, goldenes Licht, und Carla lief in ihrer Pause auf ihr Zimmer und nahm die Kreidestifte und einige Blatt Papier. Sie rannte in den Garten und setzte sich auf die Steinbank.

Sie zeichnete die Statue von Venus und Cupido, die auf einem schlanken Sockel vor ihr stand, umgeben von Myrtenbüschen, angestrahlt von der schräg einfallenden Sonne. Innerhalb weniger Augenblicke war sie so sehr in ihre Arbeit versunken, daß sie die Schritte, die sich ihr näherten, nicht hörte.

»Ah, eine angehende Künstlerin!« Brunos Stimme klang ironisch. Sie wollte ihre Arbeit verstecken, aber er zog an ihrem Arm, schaute auf das Blatt und stieß einen Pfiff aus. »He, das ist nicht die Arbeit einer Anfängerin! Wie, zum Teufel, hast du so gut zeichnen gelernt?«

»Ich habe immer schon gezeichnet, mein Herr.«

Er schaute immer noch auf das Blatt und setzte sich neben sie auf die Bank. »Ich kann mir nicht vorstellen, daß diese Arbeit von einem Laien stammt. Jemand muß es dir beigebracht haben. Nun rück schon raus mit der Sprache, meine Kleine. Wer war es? Dein Vater? Oder dein Bruder?«

»Nein, ich habe es mir selbst beigebracht. Ich zeichne einfach, was ich sehe. Nur zu meiner eigenen Freude, das ist alles.«

»Darf ich das behalten?«

Carla wollte es ihm nicht wirklich geben, aber sie konnte es ihm nicht verwehren. Bruno faltete das Blatt und steckte es in seine Tasche, dann nahm er Carlas Hand und hob sie an seine Lippen. Während er ihr in die Augen sah, küßte er jede Fingerspitze einzeln. »Die Hand eines Genies«, sagte er. »Ich frage mich, was diese zierliche Hand sonst noch tun kann, meine Liebe. Sollen wir das herausfinden?«

Er zog Carla auf die Füße und zerrte sie hinüber zu den Myrtenbüschen. In der Mitte gab es eine kleine grasbewachsene Mulde, er legte sich hin und zog sie zu sich herunter. Carla wußte, daß sie vom Weg nicht gesehen werden konnten, außerdem lagen die Myrtenbüsche im Schatten. Ihr Herz begann wild zu schlagen, und sie stellte fest, daß sie bereit war, ihm alles zu geben, was er haben wollte.

»Ich habe dir gesagt, daß ich herausfinden möchte, wie erfahren du bist«, sagte er grinsend und legte ihre Hand auf die ausgebeulte Hose. »Siehst du, wie bereit ich für dich bin? Wenn du magst, kannst du ihn ans Licht lassen. Dann kannst du ihn dir in aller Ruhe betrachten.«

Carla zögerte. Ein Teil von ihr haßte den Gedanken an raschen Sex mit einem Mann, den sie kaum kannte. Aber ein anderer Teil von ihr fand genau diese Situation wahnsinnig aufregend – und dieser letzte Teil gewann die Oberhand über ihre Empfindungen.

Sie schaute scheu in Brunos dunkles, gut geschnittenes Gesicht, sah das verführerische Glitzern in seinen Augen und wußte, daß sie ihm nicht widerstehen konnte. Langsam griff sie in seine Hose und umklammerte den warmen, steifen Schaft.

»Ah, diese kühlen Fingerchen!« stieß er seufzend hervor, und sie verstärkte die Umklammerung.

Carla holte das Glied ins Freie und streichelte es sanft. Sie sah zu, wie es sich dehnte und streckte. Die purpurne Spitze lugte durch die Vorhaut. Carla drückte die Hoden mit der anderen Hand und rieb am Schaft auf und ab, fuhr mit dem Daumen über die glänzende Spitze, aus deren Öffnung ein einzelner Tropfen quoll, den sie liebevoll verrieb.

Bruno stöhnte laut auf und langte in den Ausschnitt ihres Kleids und nach ihren Brüsten, die er mit ungeduldigen Fingern zu kosen begann. Die Fingerspitzen schlossen sich um die Warzen, die unter seinen Berührungen hart wurden und wuchsen. Carla stieß einen unterdrückten Schrei aus. Heißes Verlangen schoß durch ihre Adern.

»Du willst es auch, nicht wahr?« raunte Bruno.

Seine Lippen nippten an ihrem Ohrläppchen, und Carla schüttelte sich.

Sie schluckte und nickte. Er fuhr mit einer Hand unter ihren Rock und drückte ihr nasses Geschlecht, Zeugnis ihrer Lust. Seine Lippen wölbten sich wissend, sie näherten sich ihrem Mund, und dann fuhr er mit der Zungenspitze neckend über ihre Lippen. Er öffnete ihre Lippen und drang mit der Zunge in ihren Mund ein. Sein Speichel schmeckte kühl und frisch, ein bißchen nach Zitrone, und sie spürte, wie die letzten Reste ihres Widerstands schmolzen.

Er drückte ihre Schenkel auseinander und fuhr mit dem Daumenballen über ihre Klitoris. Carla stöhnte auf und ruckte mit dem Unterleib hoch, seinem Daumen entgegen.

»Ah, das gefällt dir«, sagte Bruno grinsend und schob einen Finger in sie hinein. »Rein und raus«, murmelte er. »Aber vergiß nicht, daß mein Stab auch etwas haben will.«

Er war noch mehr angeschwollen, und Carla rieb ihn kräftig, während Bruno sie weiter mit den Fingern reizte, immer schneller. Obwohl sie gern den ganzen Umfang dieses beeindruckenden Schafts in sich gespürt hätte, wußte sie, daß es mit den Fingern weniger gefährlich war – offenbar hatte Bruno seine Lektion gelernt und wollte nicht einen weiteren Bastard zeugen.

Dann hörten sie Stimmen. Carla und Bruno rührten sich nicht mehr. Carla erkannte die Stimme von Tommaso, Brunos älterem Bruder. Er spazierte mit zwei Freunden durch den Garten. Ängstlich schaute sie Bruno an, der ihr zuzwinkerte und einen Finger über seine Lippen legte. Sie packte seinen Schaft fest und drückte ihn, und zu ihrer Überraschung begann er zu zucken und in ihre Hand zu spucken.

»Verdammt!« stieß Bruno hervor, dann fügte er flüsternd hinzu: »Ich wollte weiter machen, wenn sie verschwunden sind. Bleib hier liegen und rühre dich nicht von der Stelle.«

Dann sprang Bruno auf und zwängte sich durch die Myrtenbüsche, bevor er den anderen Männern in den Weg trat. Carla hörte Tommaso ausrufen: »Bruno! Wieso versteckst du dich in den Büschen?«

»Ich hab mir nur mal das Wasser abschlagen müssen«, antwortete Bruno. Carla wunderte sich, daß er so kurz nach seinem unfreiwilligen Höhepunkt so kühl und gelassen sein konnte. Offenbar hatte er Übung, in solchen heiklen Situationen die Ruhe zu bewahren. Die Stimmen wurden schwächer, und Carla nahm an, daß sie hinunter zum flachen, sandigen Teil des Gartens gingen, um eine Partie Boccia zu spiele. Vorsichtig schlüpfte sie aus der Mulde heraus. Sie klopfte sich den Staub ab und bemerkte dabei, daß ein Ärmel ihres Kleids eingerissen war. Sie rannte schnell ins Haus und hoffte, daß niemand sie sah, ehe sie Nadel und Zwirn zur Hand hatte.

Aber Lisa war da und wartete schon auf sie. Sie warf einen Blick auf den zerzausten Zustand der Freundin und grinste breit. »Er hat dich erwischt, nicht wahr? Ich wußte, daß du im Garten warst, und als ich ihn hinausgehen sah, ahnte ich, daß er dir auflauern würde. Nun, es ist alles nur deine Schuld. Wenn du dich allein verdrückst . . .«

»Lisa!« unterbrach Carla sie barsch. »Es geht dich nichts an, was ich tue!«

»Ach, jetzt heißt es wohl *Signorina Pudica*, was? Mir gegenüber brauchst du nicht so aufgeblasen zu tun. Ich kenne dich besser als jede andere hier. Du hast es nicht erwarten können und dich diesem Schürzenjäger einfach an den Hals geworfen, nicht wahr?«

Carla war wütend. Sie rauschte an Lisa vorbei und lief die Treppen hoch. Die Tür ihres Zimmers warf sie mit einem Knall hinter sich zu. Zitternd ließ sie sich aufs Bett fallen, aber sie hatte sich rasch erholt, trat ans Fenster und schaute hinaus in den Garten. In der Ferne sah sie vier Männer, die mit den Kugeln spielten. Bruno lachte mit den anderen, und Carla hätte gern gewußt, ob er ihnen von seiner neuesten Eroberung erzählte. Ein bitterer Schmerz packte ihr Herz.

»Oh, Marco«, sagte sie leise. »Du bist es, mit dem ich Liebe machen möchte, nicht mit Typen wie ihm. Aber mein Blut ist heiß, und ich kann nicht anders. Gibt es überhaupt eine Hoffnung für mich?«

Als sie ihr Kleid hastig genäht hatte, griff sie wieder nach ihren Zeichenutensilien und tröstete sich bei einer Skizze, die sie von den vier Männern beim Spielen anfertigte. Während sie noch zeichnete, trat Lisa ins Zimmer. Eine Zeitlang ignorierte Carla die Freundin, aber dann trat Lisa näher, ein freundliches Lachen im Gesicht.

»Es tut mir leid, Carla, das war gehässig von mir. Kannst du mir noch einmal verzeihen?«

»Ja, schon gut. Aber warum hast du es gesagt – bist du eifersüchtig?«

»Ich nehme an, daß es daran liegt«, räumte Lisa ein. »Wo Federico so weit weg ist, kann ich es nicht verhindern, nach anderen Männern zu schauen. Aber ich möchte ihm eigentlich treu sein. Ehrlich.«

»Hast du ... ich meine ... ach, du weißt schon ...«

Zu Carlas Überraschung schüttelte Lisa den Kopf. »Nein, er hält mich für keusch. Nun, ich bin ja auch noch Jungfrau. Aber er weiß nichts von Tommaso. Man kann es sich nicht erlauben, einem Mann zuviel über die Vergangenheit zu erzählen, wenn man hofft, daß er dich heiratet.«

»Tommaso!« rief Carla aus. »Das ist das erste Mal, daß du ihn erwähnst!«

»Oh, es ist schon lange her. Kurz, nachdem ich hier angefangen habe. Er hat zuerst mit mir geflirtet. Ich glaube, dadurch ist sein Bruder erst auf mich aufmerksam geworden. Aber ich wollte nicht, daß Bruno glaubte, nur weil ich mich mit seinem Bruder eingelassen hatte, würde ich mit ihm dasselbe tun.«

Carla drückte die Zeigefinger gegen ihre Schläfen, und ihre Augen weiteten sich. »Du bist eine ganz Durchtriebene, Lisa! Es ist nur fair, daß du mir genau berichtest, was mit Tommaso gelaufen ist.«

Sie ließen sich nebeneinander auf das Bett nieder. »Ich war ein junges, naives Mädchen, als ich hier eintraf«, begann Lisa. »Als Tommaso um mich warb, dachte ich, er wollte mit mir gehen – du weißt schon, ernsthaft. Deshalb habe ich ihn auch nicht gleich abgewiesen, dumm, wie ich war. Er wußte genau, wie er mich zu nehmen hatte. Er schmeichelte mir, sagte, ich sähe aus wie eine feine Dame, daß meine Mutter adeliges Blut in sich haben müßte und solche Albernheiten mehr. Und er hat mich immer angefaßt, tätschelte meine Haut, fuhr mir über die Haare – wie ein liebeskrankes Hündchen.«

»Was hat er gemacht, als er dich das erste Mal unter vier Augen hatte?«

»He, du bist aber ungeduldig! Das erste Mal hat er mich in seinem Schlafzimmer allein erwischt. Ich war als Dienstmädchen für alle Arbeiten eingeteilt, und wenn die Arbeit in der Küche getan war, mußte ich putzen. Ich war gerade in seinem Zimmer dabei, als er hereinkam und die Tür hinter sich abschloß. Ich erstarrte vor Schreck. Aber er kam mit einem so süßen Lächeln auf mich zu, daß meine Angst schwand. Manchmal kann er wirklich sehr nett sein.«

»Ausgerechnet in seinem Schlafzimmer!« rief Carla aufgeregt. »Was hast du getan?«

»Ich habe gar nichts getan. Ich stand reglos da, wie das Kaninchen vor dem Fuchs. Er sagte, ich sollte mich auf die Konsole neben seinem Bett setzen, weil er etwas Besonderes für mich tun wollte.«

»Und? Was war das?«

»Es begann unschuldig genug, es war fast gar nichts. Er gab mir einen Strick und sagte, ich sollte ihn an den Bettpfosten binden.«

»Ihn festbinden? Wie ungewöhnlich! Warum hat er sich von dir festbinden lassen?«

»Zuerst wußte ich das auch nicht, aber ich dachte, für mich kann das nicht schlimm sein. Ich band seine Handgelenke zusammen, wie er mich anwies, und befestigte sie dann an den Bettpfosten. Dann sollte ich dasselbe mit seinen Füßen tun.«

»Er war also Gefangener auf seinem eigenen Bett?« Carla schüttelte den Kopf. »Seltsam.«

Lisa kicherte, als sie sich die Szene noch einmal vergegenwärtigte.

»Ich spürte so etwas wie Macht«, sagte sie. »Ich meine, den ganzen Tag über hörst du nur: Tu dies, tu das, dann ist es eine schöne Abwechslung, wenn du plötzlich die Kontrolle hast.«

»Das kann ich mir vorstellen. Aber war das alles, was er von dir wollte?«

»Nein. Er bat mich, mein Kleid auszuziehen. Da hörte ich die Alarmglocken läuten, wie du dir denken kannst, aber er meinte, ich könnte mich sicher fühlen, schließlich hätte ich ihn festgebunden, es könnte mir gar nichts passieren. Ich zierte mich immer noch, aber dann sagte er, es würde ihn sehr glücklich machen, und er würde mir danach auch ein Geschenk geben. Also stimmte ich zu. Ich dachte mir nichts dabei.«

»Du hast dein Kleid ausgezogen«, sagte Carla eifrig. »Und was geschah dann?«

»Er bat mich, mein Hemd hochzuziehen, damit er meinen nackten Po sehen konnte. Wieder zierte ich mich, wie du dir denken kannst. Es schien nicht ... nun, nicht anständig zu sein. Und um die Wahrheit zu sagen – bisher hatte mich noch kein Mann da unten nackt gesehen. Dann versprach er mir schöne Ärmel, grüne, reich verzierte, sagte er. Da habe ich ihm gezeigt, was er sehen wollte.«

Carla kicherte. »Du hast ihm deinen Arsch gezeigt?«

»Ja, und als ich über meine Schultern zu ihm schaute, fielen mir seine starren Blicke auf. Ich fühlte mich unbehaglich und zog das Hemd wieder hinunter. Damit nicht genug. Er sagte, ich sollte mich auf die Konsole neben dem Bett legen und mein Hemd vorne heben.«

»Das hat er gesagt? Aber warst du dann nicht sehr nah neben ihm?«

»Doch, sehr nahe. Aber vergiß nicht, er war immer noch festgebunden, und ich fühlte mich sicher. Ich lag nur eine Handbreit von ihm entfernt und zog mein Hemd hoch. Damals war ich vorne nur spärlich behaart, und er konnte die Lippen meiner Muschel ganz genau sehen.«

»Hat es ihn erregt?«

»Ja, obwohl er versucht hat, das zu verbergen. Ich konnte sehen, wie sich seine Hose ausbeulte. Ich lag zitternd da und fragte mich, was er als nächstes von mir verlangen würde. Er starrte offenen Mundes auf mein Geschlecht und wollte dann, daß ich meine Beine öffne. Jetzt schämte ich mich wirklich, aber ich muß zugeben, daß ich auch ungeheuer erregt war. Der Liebesknopf, der ganz oben sitzt und von dem ich damals noch nichts wußte, pochte wie verrückt.«

Carla überlegte die ganze Zeit, was in Tommasos Kopf vorgegangen sein mußte. »Er wollte dich also nur anschauen«, murmelte sie. »Er hat sich von dir festbinden lassen, damit er sich selbst nicht in Schwierigkeiten bringen konnte. Trotzdem, eine eigenartige Szene.«

»Das habe ich damals auch gedacht. Jetzt weiß ich viel mehr über das, was Männern Spaß macht. Federico hat mir viel erzählt. Als Soldat hört er von vielen Absonderlichkeiten, von denen andere Männer nichts wissen.«

»War denn damit deine Affäre mit Tommaso beendet? Ich meine, war er zufrieden, daß er dich hat anstarren können?« wollte Carla wissen.

Lisa schüttelte den Kopf. »Nein. Er wollte noch etwas mehr sehen. Er sagte, ich sollte einen Finger in meine Muschel stecken und mich ein bißchen reiben, bis ich ganz fickrig werde. Du mußt wissen, daß ich das noch nie getan hatte, deshalb kam es mir zuerst sehr komisch vor. Und bis ich begriffen hatte, wie es ging, rieb ich mir die Muschel wund. Ist das zu glauben? Ich war wirklich naiv. Aber dann fand ich den richtigen Winkel, und ich entdeckte diesen Punkt oben zwischen den Lippen, und als ich den einmal gefunden hatte, gab es für mich kein Halten mehr. Ich rieb und rieb und wurde immer heißer, vor allem, da ich wußte, daß er alles sehen konnte. Ich brauchte nicht lange, da hatte ich meinen ersten Höhepunkt überhaupt.«

»Und den hast du dir selbst verschafft?«

»Ja, und als ich das Tommaso sagte, strahlte er und schien richtig stolz auf sich zu sein. Beinahe so, als hätte er mir die Unschuld genommen. Er hat nicht verlangt, daß ich irgend etwas für ihn tue, obwohl ich sah, daß er immer noch einen Steifen hatte, der seine

Hose ausbeulte, als hätte er dort ein Nudelholz versteckt. Als ich wieder zur Ruhe gekommen war und mein Kleid angezogen hatte, bat er mich nur, ihn von den Stricken zu befreien.«

»Und das war alles?«

»Ja, und er hat sein Wort gehalten. Am folgenden Tag gab er mir die beiden Ärmel. Er warnte mich: Ich sollte niemandem etwas über das erzählen, was in seinem Schlafzimmer geschehen war. Er drohte, sonst würde er behaupten, ich hätte die Ärmel gestohlen.«

Lisa öffnete eine Schublade und zog einen Leinensack heraus. Sie öffnete ihn und legte zwei wunderschöne smaragdgrüne Ärmel aufs Bett, reich bestickt mit goldenen Fäden.

Carla riß den Mund weit auf. »Wie schön sie sind! Und die hat er dir gegeben?«

»Ja. Ich habe keine Ahnung, ob er sie gekauft hat, oder ob sie irgendwo herumlagen, aber das ist mir auch egal. Schade ist nur, daß ich nie eine Gelegenheit haben werde, sie zu tragen. Ich hebe sie mir bis zu meinem Hochzeitstag auf.« Sie kicherte. »Ich kann Federico natürlich nicht sagen, auf welche Weise ich sie mir verdient habe. Wenn er danach fragt, werde ich sagen, daß eine reiche Verwandte sie mir vermacht hat.«

»Erzähle mir mehr über Tommaso. Hat er dich danach noch mal erwischt?«

»Nun, das finde ich besonders seltsam. Nach diesem Erlebnis in seinem Zimmer hielt er sich zurück, er wich mir sogar aus. Du wirst doch keinem davon erzählen? Ich vertraue dir, deshalb habe ich dir die Geschichte erzählt. Ich würde bestimmt in Schwierigkeiten geraten, wenn es plötzlich Gerüchte über ihn und mich gäbe.«

Carla drückte die Hand der Freundin. »Ich werde

keinem etwas sagen, Ehrenwort. Aber du darfst auch keinem etwas über Bruno und mich erzählen, abgemacht?«

Lisa nickte, und sie kuschelten sich aneinander, und ihr Streit vom Nachmittag war vergessen.

Unten wurde der Haushalt nach der Hitze des Tages wieder wach, und man hörte das Klirren der Töpfe in der Küche. Das Abendessen mußte vorbereitet werden.

»Ich muß gehen«, sagte Lisa und sprang vom Bett auf. »Ich bin dran, die Soßen zuzubereiten. Kommst du auch?«

»Kannst du nicht sagen, daß ich Kopfschmerzen haben?« fragte Carla und schaute Lisa bettelnd an. »Ich möchte gern noch ein paar Dinge an meinem Kleid richten.«

»Also gut, aber später mußt du in die Küche kommen. Wir haben schon einen Mann weniger, weil Mario seine kranke Mutter besucht.«

Nachdem Lisa gegangen war, blieb Carla auf dem Bett liegen und schaute sehnsüchtig aus dem Fenster. Daß Lisa einen Freund hatte, den sie liebte und zu heiraten hoffte, erfüllte sie mit heimlichem Neid. Nicht, daß sie ihr nicht die Beziehung mit Federico gönnte – aber Carla war schmerzlich bewußt, daß der von ihr geliebte Mann viel näher lebte und doch so unerreichbar war.

Ob Marco seine Elena heiraten würde? Es war eine entsetzliche Vorstellung, daß er eine andere Frau heiratete, ohne zu wissen, wie stark Carla für ihn empfand.

Zwölftes Kapitel

In den folgenden Tagen kam sich Carla wie eine Maus vor, der die Katze auflauert. Wann immer sie um eine Ecke bog, in einen entlegenen Winkel der Villa gehen mußte, um etwas zu besorgen, oder wenn sie sich im Garten entspannte, schaute sie über ihre Schulter und erwartete, daß Bruno sie ansprang. Aber nichts geschah. Wenn sie ihn sah, ignorierte er sie, aber das verstärkte ihre Sehnsucht nach ihm nur noch.

Wenn ich schon Marco nicht haben kann, will ich wenigstens meinen Spaß haben, dachte sie schmollend, und im Haus Panzani gab es sonst niemanden, der ihr Herz so schnell rasen ließ wie Bruno. Immer wieder durchlebte sie die Szene, als er zu ihr in den Garten gekommen war und sie in die Büsche gezerrt hatte, sie erinnerte sich an seine lüsternen Worte, an sein Streicheln, an das Spiel seiner Finger und – natürlich – an sein beeindruckendes Glied.

Sie haderte mit dem Schicksal, daß sie zum falschesten Zeitpunkt gestört worden waren. Sie war davon überzeugt, daß er ›Mundmusik‹ mit ihr gemacht hätte, und sie hätte bestimmt den ersehnten Gipfel erklommen. Es war ihm doch hoffentlich bewußt, daß er ihr noch etwas schuldig war …

Eine ganze Woche lang litt sie. Sie sah ihn, aber sie durfte ihn nicht berühren. Sie sah ihn mit anderen Frauen flirten und lachen. Dann, am Sonntagmorgen, als die übrige Familie in der Kirche war, stand er plötzlich vor ihr, als sie gerade das Spülwasser draußen ausschüttete.

»Wen haben wir denn da?« fragte er grinsend. »Die

kleine Carla, heiß und aufgeregt. Warum legst du nicht eine Pause ein und kommst mit mir? Ich kenne einen Ort, an dem wir uns beide ausruhen können. Ein sehr privater Ort, an dem uns niemand stören oder finden wird.«

»Ich kann nicht, ich habe in der Küche zu tun«, sagte sie. Sein plötzliches Auftauchen hatte sie aus dem Tritt gebracht, und erst jetzt wurde ihr bewußt, wie sehr es sie getroffen hatte, von ihm eine Woche lang einfach übersehen zu werden.

»Du solltest nicht zulassen, daß deine Pflichten in der Küche wichtiger sind als deine Pflichten mir gegenüber«, sagte er lächelnd. »Keine Sorge, ich kläre das für dich. Ich werde Marta sagen, daß du mir dringend etwas nähen mußtest.«

Sein Lächeln war verführerisch, es war wie ein Versprechen. Die Versuchung war zu groß. Ihr Puls schlug wie verrückt, und sie spürte, wie ihre Nippel steif wurden, weil sie sich auf seine Berührungen freuten. Diesmal würde er sie bestimmt ins Paradies führen, wenn nicht die Gefahr bestand, daß sie wieder gestört wurden.

Er führte sie über die Hintertreppe zu seinem Schlafzimmer, und als sie im Zimmer standen, schloß er rasch die Tür hinter ihr ab. Carla fühlte sich an die Situation erinnert, die Lisa ihr von ihrer Begegnung mit Tommaso erzählt hatte. Ob Bruno auch so eigenartige Wünsche hatte? Oder welche, die noch verrückter waren? Ihr wurde bewußt, daß sie ihm hilflos ausgeliefert war, und auf einmal nagte die Angst an ihr.

»Du wunderst dich vielleicht, warum ich dich die ganze Zeit ignoriert habe«, sagte Bruno, nahm ihr Gesicht in beide Hände und schaute ihr tief in die Augen. »Wenn ich dir die Wahrheit sage, wirst du sie mir vielleicht nicht glauben.«

»Versuche es doch«, murmelte sie.

»Dann werde ich mit der Sprache herausrücken und ein Geständnis ablegen. Ich habe dich ignoriert, weil ich mich vor meinem eigenen Draufgängertum fürchtete und auch davor, daß ich mich vor den anderen lächerlich mache. Aber jetzt kann ich es nicht mehr länger ertragen. Ich muß gestehen, daß ich mich unsterblich in dich verknallt habe. Ich dachte immer, ich könnte dem Charme der Frauen widerstehen, daß ich sie benutzen und vergessen könnte. Aber dein liebliches Gesicht und dein herrlicher Körper haben mich gepackt, seit ich dich das erste Mal gesehen habe.«

Carla wußte darauf nichts zu sagen. Sie sah ihn verwirrt an. Seine Augen leuchteten, und sie sah in ihnen den Schimmer der Aufrichtigkeit. »Carla, du kannst mich schelten, wenn du willst, aber ich habe mich in dich verliebt.«

Sie wich erschrocken zurück. Auf eine solche Wende war sie nicht vorbereitet. Zugleich hörte sie eine innere Stimme: *Aber du bist nicht in ihn verliebt!*

»Du siehst verärgert aus, meine Liebe«, sagte er enttäuscht. »Muß ich daraus schließen, daß du keine solchen Gefühle für mich hegst? Soll meine Verehrung auf unfruchtbaren Boden fallen?«

»Ich ... ich weiß nicht, was ich sagen soll.«

»Dann sage nichts, schau mich nur an und lächle. Ich lege dir mein Herz zu Füßen, süße Carla, *carissima*. Du brauchst mir nur zu sagen, daß du nichts für mich empfindest, und ich werde dich nicht weiter behelligen. Ein Wort genügt.«

»Ich ... ich kann nicht abstreiten, daß ich Lust auf Euch verspüre, Herr. Wie könnte ich anders fühlen, nach dem, was vergangene Woche geschehen ist? Aber wenn es um Liebe geht ... ich weiß nicht ...«

Er packte sie an den Schultern und starrte ihr bedeutungsvoll in die Augen, bis es in ihrem Bauch aufgeregt pochte. »Lust? Du hast Lust auf mich?« Sie nickte verunsichert. »Nun gut«, fuhr er fort, »deine Lust soll mir genügen.«

Er starrte sie immer noch wild und intensiv an, und Carla empfand eine gewisses Unbehagen. Er sollte sie nicht anstarren, er sollte sie in die Arme nehmen, er sollte sie mit Händen und Lippen verwöhnen – sie würde sich schon revanchieren. Er sollte sie hart und fordernd nehmen, sollte ihre geheime Stelle erforschen und füllen. Sie wußte, daß dies nur zu einem unglücklichen Ende führen konnte, aber daran wollte sie jetzt nicht denken.

Sie erschrak vor sich selbst – so unbeherrscht und hemmungslos hatte sie sich noch nie in ihrem Leben gefühlt.

»Nimm mich endlich«, flüsterte sie. Ihr Körper zitterte vor Vorfreude.

Er hob sie hoch und trug sie hinüber zu dem breiten Bett, auf das er sie fallen ließ. Er öffnete seinen Gürtel, zog seine Jacke aus und streifte die Hose ab. Sein erigiertes Glied sprang federnd heraus, und Carla spürte ein verstärktes Kribbeln im Schoß und unterdrückte nur mühsam ein lustvolles Stöhnen.

Bruno befreite Carla hastig von ihren Kleidern. Als sie völlig nackt war und er nur noch sein Hemd trug, fiel er auf sie und küßte sie. Seine Zunge drang ungestüm in ihren Mund, saugte den Speichel, wie eine Biene den Blütenstaub saugt, und biß in ihre Lippen, bis sie anschwollen und Carla nach Luft rang. Dann preßte er die Lippen auf ihren Hals und saugte kräftig.

Heiße Schauer liefen über Carlas Rücken. Sie spürte, wie ihre Nippel sich versteiften und gegen die

Härchen auf seiner Brust rieben. Sie wollte ihn ganz nackt spüren und zerrte an dem offenstehenden Hemd, bis es zerriß.

Er gluckste. »Nun warte doch, du ungeduldiges Weib! Ich ziehe es ja schon aus!«

Er zog es über den Kopf, und Carla küßte seinen breiten Brustkorb, fuhr mit den Fingerspitzen über seine Brustwarzen und zwickte sie. Er hatte etwas Animalisches an sich, das ihre Hemmungslosigkeit auslöste und freisetzte. Sie leckte und biß und saugte, rutschte an seinem Körper hinunter und gab nicht Ruhe, bis ihr Mund den steifen Schaft gefunden hatte.

»Ja, du süße Verführerin, oh, ja!« hörte sie ihn rufen, als sich ihr Mund um die purpurne Eichel schloß.

Carla glaubte, sie würde ihn ganz schlucken, so groß war ihr Appetit auf den Fleischesstab. Sie nahm soviel von ihm auf, wie sie konnte, und sie wich nicht zurück, als sein Becken hastige Vorwärtsbewegungen ausführte, die den Schaft noch tiefer in ihren Mund stießen.

Aber Bruno gab sich nicht damit zufrieden, allein verwöhnt zu werden. »Rutsch mir mal entgegen«, stieß er hervor. »Ich will dich auch meine Zunge spüren lassen.«

Das ließ sich Carla nicht zweimal sagen. Ohne den Mundkontakt zu unterbrechen, brachte sie ihren Schoß auf die Höhe seines Kopfes, sie schwang sich über ihn, spreizte die Knie und ließ sich langsam über ihm hinab.

Im nächsten Augenblick spürte sie seine Lippen und die forschende Zunge. »Ah!« stöhnte sie, und unwillkürlich gingen die Knie noch weiter auseinander, wodurch sich ihr Geschlecht noch tiefer auf sein Gesicht drückte.

Seine Zunge stieß zwischen die Labien, fuhr an

ihnen entlang und drang dann in ihre Vulva ein. Sie glaubte, ihre Muschel müßte davonschwimmen, so naß war sie. Sie wußte, daß ihr Höhepunkt jeden Moment einsetzen mußte – den ersten Höhepunkt, den sie mit einem Mann erlebte. Sie leckte weiter eifrig an seinem Schaft, während sie das gespannte Skrotum behutsam drückte.

Brunos Hand strich plötzlich über ihre Brüste und drückte die Nippel zwischen Daumen und Zeigefinger. Carla stieß einen Schrei aus, denn diese unerwartete Berührung löste ihren Höhepunkt aus, sie spürte, wie sich ihre Säfte sammelten, wie sich die Vulva zusammenzog, wie sich der ganze Körper spannte und entspannte, und sie nahm kaum wahr, daß er immer wilder in ihren Mund stieß, als wollte er ihr nicht nachstehen. Erst als der heiße Strom ihren Rachen füllte, wurde ihr bewußt, daß auch Bruno den Zenit überschritten hatte.

Später lag sie in seinen Armen, schlaff und immer noch heftig atmend. Er murmelte süße Nichtigkeiten in ihr Ohr, die sie zunächst gar nicht hörte, aber dann drangen die Worte allmählich in ihr Gehirn, und sie staunte immer mehr.

»Ja, glaube mir, du bist die einzige, die ich je geliebt habe ... Du bist für immer mein ... Ich bete dich an ...«

Carla wollte ihren Ohren kaum glauben. Sie blinzelte und starrte in seine dunklen Augen, weil sie erwartete, dort lesen zu können, daß er sich lustig über sie machte. Aber es schien ihm todernst zu sein.

Ihr wurde angst und bange.

Kein Mann von hoher Geburt sagte einem Dienstmädchen solche Worte! Welcher Teufel war in Bruno gefahren? Was wollte er von ihr?

»Ich muß wieder nach unten gehen«, sagte sie und

glitt aus seiner Umarmung. »Man wird mich schon vermißt haben, fürchte ich.«

»Ich bin es, der dich vermißt!« rief er theatralisch. »Ich vermisse dich in jedem Augenblick meines Lebens, den du nicht in meiner Nähe bist. Was für eine grausame Folter du für mich bist, meine süße Carla.«

»Ich kann nichts dafür, der Herr«, sagte sie und kleidete sich rasch an. »Ich habe das alles nicht gewollt. Ihr habt mir nachgestellt.«

Bruno hob den Zeigefinger. »Aber du hast mich ermutigt, du verdorbenes Schweinchen.«

»Es tut mir leid, mein Herr. Ich habe nichts Böses im Schilde geführt.«

»Böses? Nein, nie! Kann denn an solcher Glückseligkeit etwas Böses sein? Nie und nimmer! Aber das ist doch das Paradoxe, daß Liebe zugleich so schmerzlich und so schön ist.«

Carla dachte an Marco, und plötzlich war sie traurig. Den Kopf gesenkt, ging sie zur Tür. Bruno sprang vom Bett hoch und nahm sie in seine Arme, bevor sie durch die Tür war.

»Bleibe bei mir, schönes Mädchen. Laß mich diese süßen Lippen noch einmal küssen. Ich bitte dich.«

Sie wehrte sich, aber sein Mund drückte sich beharrlich auf ihre Lippen. Sie ließ es schließlich geschehen, aber als er seinen Griff lockerte, schlüpfte sie hastig zur Tür heraus. Sie fürchtete wirklich, daß man in der Küche nach ihr suchte.

Lisa sah sie hereinkommen. Sie lächelte wissend. »Du brauchst mir nicht zu sagen, was du gerade gemacht hast.«

Sie versuchte, Bruno in den folgenden Tagen aus dem Weg zu gehen, aber er lauerte ihr hinter jeder Ecke auf. Manchmal stahl er einen Kuß von ihr, manchmal drückte er sie rasch in einen dunklen Raum und grapschte sie. Sie gewöhnte sich daran. Es war nicht ungewöhnlich, daß Dienstmädchen sich das von ihren Herren oder deren Söhnen gefallen lassen mußten. Aber meistens blieb es bei solchen kurzen und beinahe harmlosen Geschehnissen.

Was sie mehr störte, waren die Geschenke und Briefe, die sie fast jeden Abend unter ihrem Kopfkissen fand. Zuerst war es ein hübsches Silberhalsband. Dann fand sie einen Ring, später ein parfümiertes Taschentuch mit feiner Spitze. Seine Liebesbriefe beschworen seine ewige Liebe und Treue, und er redete davon, alle ›Hindernisse zu überwinden‹.

Dieses Thema wiederholte sich noch ein paarmal, zuletzt mit einem Herz aus Samt und dem eingestickten Text: *Amor vincit omnia*.

Er schrieb ihr Gedichte, und es wurde zunehmend schwieriger für sie, alle diese Dinge geheimzuhalten. Sie tastete erst unter ihr Kissen, wenn sie allein im Zimmer war, aber sie fürchtete sich davor, daß jemand aus dem Haushalt die Liebesschwüre des Juniors finden könnte.

Dann lauerte Bruno ihr eines Tages im Garten auf und zerrte sie in eine stille Ecke. Er sah die verschreckte Carla mit glühenden Augen an.

»Ich habe meinem Vater von meiner Liebe zu dir erzählt!« rief er strahlend.

»Oh, nein!«

Carla schlug sich unwillkürlich eine Hand vor den Mund, aber Bruno nahm die Hand und küßte jeden Finger einzeln.

»Sei unbesorgt, meine Liebste. Ich bin sicher, daß er

uns die Vermählung erlaubt. Natürlich ist er noch ein wenig schockiert, aber das wird er überwinden, wenn er begreift, wie sehr ich dich verehre.«

Sie befreite sich aus seinem Griff und rannte quer durch den Garten. Ihr Puls raste, sie spürte ihn in den Ohren. Sie wußte, daß Brunos Verliebtheit ihr nur Kummer einbringen konnte, aber gleichzeitig konnte sie seine Begeisterung nicht völlig ignorieren, und ein Funken Hoffnung schimmerte durch ihre Gedanken durch.

Wie würde sich ihr Leben entwickeln, wenn sie von der Familie Panzani akzeptiert wurde und Bruno heiratete? Sie würde eine Dame werden. Ein paar Wimpernschläge lang bebte ihr Herz vor Stolz.

Aber sie hatte den Gedanken noch nicht beendet, als sie ihn schon als eitles Geschwätz abtat. Es war viel wahrscheinlicher, daß der alte Giorgio sie beschuldigte, seinen Sohn verführt zu haben. Wenn alles gut ging, durfte sie seine Geliebte bleiben, aber mehr nicht.

Und was war mit ihrer Liebe zu Marco? Es entsetzte sie, daß sie ein paar Tage so gut wie gar nicht an ihn gedacht hatte, weil ihre Gedanken mit Bruno beschäftigt gewesen waren. War sie so launisch, daß sie die eine Liebe mit der anderen tauschte?

Wieder vergingen ein paar Tage, in denen es ihr gelang, Bruno auszuweichen. Aber dann stellte er sie auf der Treppe.

»Komm mit in mein Zimmer«, bat er. »Ich muß mit dir reden.«

»Ich kann nicht ...«

Aber er packte sie am Handgelenk und zog sie die Treppe hoch, seinem Zimmer entgegen. Carla geriet in Panik. Wenn sie sich laut wehrte, würden die anderen sie hören, und dann wußte jeder im Haushalt

Bescheid. Also folgte sie ihm still, bestand aber darauf, daß er die Tür nicht abschloß.

Sie setzte sich auf einen Stuhl, die Beine sittsam beieinander, die Hände im Schoß.

»Mein Vater hält nichts davon, daß ich dich heiraten will«, begann Bruno. »Also, ich habe über einen Plan nachgedacht. In drei Tagen haben wir Vollmond. Ich treffe dich um Mitternacht im Garten, und dann fliehen wir. Ich habe etwas Geld, und ich nehme Schmuck mit, den ich verkaufen kann. Wenn wir weit genug weg sind, finde ich einen Priester, der uns trauen wird. Wenn wir erst verheiratet sind, wird mein Vater das akzeptieren. Wenn nicht, werde ich trotzdem zu dir stehen. Na, was sagst du dazu, meine Liebe?«

Zu Carlas Überraschung warf er sich vor ihr auf den Boden. »Ich liebe dich, süßes Mädchen, und ich bin wild entschlossen, daß uns nichts mehr trennen kann.«

Sie empfand Mitleid mit ihm, streichelte ihm über die Haare und sagte: »Bruno, höre mir zu. Was du für mich empfindest, ist nicht wahre Liebe, sondern jugendliche Verliebtheit. Du wirst darüber hinwegkommen, wenn ich erst einmal weg bin. Du wirst bald glauben, krank gewesen zu sein. Ja, es ist am besten für uns beide, wenn ich gehe.«

»Nein!« rief er voller Entsetzen. »Du darfst nicht ohne mich gehen. Wir gehen zusammen – jetzt sofort, wenn du willst. Ich kann und will ohne dich nicht leben, Carla, verstehst du das denn nicht?«

Er schmiegte seinen Kopf gegen ihren Schoß, schob ihre Röcke hoch und küßte ihre Muschel. Sie spürte, wie es in ihr zu kribbeln begann, aber sie widerstand ihren Gefühlen, sprang vom Stuhl auf und wich zurück.

»Bruno, ich gehe«, sagte sie fest entschlossen. »Und ich kann dir nur raten, mich aus deinen Gedanken zu verbannen. Lebewohl.«

»Nein . . .!«

Sein Schrei klang ihr noch in den Ohren, als sie voller Unruhe die Treppe hinunter lief. Die Situation geriet außer Kontrolle, und es gab nur eine Möglichkeit, sie zu beenden – sie mußte den Haushalt der Panzanis verlassen. Der arme Bruno würde ein paar Tage krank vor Liebeskummer sein, aber dann würde er sie bald vergessen haben.

Als sie die Küche betrat, stürmte Lisa auf sie zu.

»Hast du schon gehört?« rief die Freundin aufgeregt. »Eine Vermählung ist gerade angekündigt worden! Es wird ein großes Fest geben.«

»Wer? Tommaso?«

»Nein, Bruno! Der Herr hat eine Kupplerin eingeschaltet. Er wird Isabella Salviati heiraten, eine Adelsdame.«

»Was? Und weiß Bruno davon?«

Lisa schaute sie verständnislos an. »Das ist eine eigenartige Frage. Warum sollte er nichts davon wissen?«

»Ach, ich meine ja nur.«

»Unsinn! Du verheimlichst mir was! Was ist es, Carla? Was ist es, das du mir verschweigst?«

»Nun, ich war gerade noch bei ihm, und er hat mir keinen Ton davon gesagt.«

»Hm, vielleicht wollte er dich noch ein bißchen zappeln lassen. Ich meine, eine Gemahlin in der Hinterhand zu haben und eine Geliebte für tagsüber, das stellt sich doch jeder Mann als Idealfall vor.«

Carla mußte daran denken, wie verzweifelt Bruno versucht hatte, sie zur gemeinsamen Flucht zu überreden. Wahrscheinlich hatte er vom Plan seines Vaters gewußt, ihn hastig zu verheiraten. Der alte Giorgio wollte der unstandesgemäßen Affäre seines Sohnes rasch einen Riegel vorschieben, sonst hätte er nicht beschlossenen, seinen jüngeren Sohn noch vor dem älteren zu verheiraten.

Carla war auch klar, daß ihre Position jetzt noch mehr gefährdet war.

»Wieso runzelst du die Stirn?« fragte Lisa. »Du bist doch nicht in den Kerl verliebt? Wenn doch, dann bist du eine noch größere Närrin, als ich befürchtete.«

»Danke.«

Carla setzte sich auf die Bank und half, Erbsen zu entschoten. Sie stand noch unter Schock und brauchte Zeit, um die Neuigkeiten zu verdauen und mit ihren eigenen Plänen in Einklang zu bringen.

Vielleicht war sie in Sicherheit, wenn Bruno vermählt war. Jedenfalls konnte sie sich dann heftiger gegen seine Annäherungen zur Wehr setzen. Aber die Situation blieb schwierig, und am liebsten wäre sie jetzt gegangen, solange nichts Ernsthaftes passiert war. Oben in ihrem Zimmer hatte sie eine kleine Schmucktruhe versteckt, in der auch etwas Geld lag. Bis sie eine neue Stellung gefunden hatte, konnte sie sich damit über Wasser halten.

Jemand kam ihr zuvor.

An diesem Abend wurde sie in die untere Bibliothek bestellt, und dort wartete die beeindruckende Gestalt Tommasos auf sie. Breitbeinig stand er vor dem großen Schreibtisch, die Hände auf dem Rücken, von Kopf bis Fuß ein Bild männlicher Macht und Autorität. Sie zuckte unwillkürlich zusammen, als sie das Zimmer betrat und ihn sah, und sie wußte gleich, um was es ging. Tommaso vertrat seinen Vater, von dem bekannt war, daß er sich nicht gern mit dem Dienstpersonal abgab.

»Carla, ich will gleich zur Sache kommen«, begann Tommaso. »Du bist eine unnatürliche Verbindung mit meinem Bruder Bruno eingegangen. Mein Vater wünscht, daß du sofort aus dem Haushalt verschwindest.«

Carla kochte innerlich. Diese Ungerechtigkeit! Sie wußte, daß es nicht klug war, sich zur Wehr zu setzen, aber sie konnte sich nicht zurückhalten. »Es war nicht meine Schuld! Er hat mir aufgelauert und hat mich verführt, dann hat er mir gesagt, daß er sich in mich verliebt hat. Was sollte ich denn tun?«

Tommaso schaute sie wild an. »Ich kenne euch Schlampen! Ich weiß, wozu ihr in der Lage seid! Du bist ein bösartiges Flittchen, das die Seelen der armen Männer verhext. Das hättest du auch mit mir angefangen, wenn ich nicht die Kraft hätte, dir zu widerstehen.«

»Das ist nicht wahr! Ein Mädchen in meiner Stellung hat keine Wahl, wenn ein Mann wie Ihr sich ihm nähert. Nicht, wenn das Mädchen seine Stellung und seinen Ruf bewahren will. Bruno hat diese Situation ausgenutzt, und ich habe darunter zu leiden. Schande über Euch beide!«

Tommaso war mit zwei langen Schritten dicht bei ihr und legte eine Hand unter ihr Kinn. Er starrte intensiv in ihre Augen. »Still, Weibsstück! Ich kenne deine Sorte. Du bist lasterhaft und liederlich, und du würdest alles tun, um einen Mann in deinen Bann zu ziehen. Mein Bruder ist völlig unzurechnungsfähig, also verschwinde, ehe du ihn ins Verderben stürzen kannst!«

»Was für einen Unsinn Ihr redet!«

Seine Augen funkelten. »Wie kannst du es wagen, so mit mir zu sprechen? Begreifst du nicht, daß ich dich als boshafte Hexe verklagen könnte?«

»Und wie wolltet Ihr das beweisen?«

»Das wäre kein Problem.«

Er packte sie an den gefärbten Haaren und riß ihren Kopf in den Nacken, so daß sie seinen Blicken nicht ausweichen konnte. »Ich würde dem Gericht sagen, daß du mich mit zauberischen Worten in deinen Bann geschlagen hast, wirkungsvoller als alle Stricke dieser Welt. Ich würde sagen, daß du mich mit liederlichen Anblicken deines Körpers gequält hast, daß du dich nackt vor mir gezeigt und mich mit deinem Geschlecht gelockt hast. Nun, meine Kleine, wäre das wirklich weit weg von der Wahrheit? Ich glaube nicht.«

Dreizehntes Kapitel

Florenz.

Die Stadt schien Carla zu rufen wie eine liebevolle Mutter. Nach der Enttäuschung im Hause Panzani hatte Carla die Nacht auf dem Bauernhof der hilfsbereiten Bäuerin verbracht, die ihr nach ihrer Flucht aus Florenz Kleider ihrer Tochter geschenkt hatte. Heute morgen hatte sie ein gutes Frühstück mit frischer Milch bekommen, und Carla fühlte sich stark genug für alles, was sich ihr an diesem Tag in den Weg stellen würde.

Während sie über die staubige Straße ging, ließ sie sich noch einmal alles durch den Kopf gehen. Bruno hatte sie nicht mehr gesehen. Lisa hatte ihr geholfen, ihr Bündel zu schnüren, und beim Abschied hatten sie beide ein bißchen geweint.

Je mehr sie sich der Stadt näherte, desto entschlossener wurde Carla, ihren Traum zu verwirklichen, wieder als Künstlerin zu arbeiten. Oh, wie sie das Malen vermißt hatte! Und wie sie Marco vermißte!

Sie würde unter die *loggia* gehen, wo Claudio seine Kunst betrieb. Er würde sich bestimmt noch an den ›Jungen‹ erinnern, der sein Porträt gemalt hatte. Die Aussicht, bald wieder ein freundliches Gesicht zu sehen, trieb ihre Schritte an.

Gegen Mittag passierte Carla die Straße, in der sich Marcos Werkstatt befand. Sie zögerte, aber dann fiel ihr ein, daß sie immer noch Mädchenkleidung trug. Würde er sie darin überhaupt erkennen? Es war verlockend, das zu versuchen, aber sie fürchtete sich vor den Konsequenzen. Er könnte wütend sein, weil sie ihn zum Narren gehalten hatte. Oder er könnte verlegen sein, weil er noch mit Elena lebte. Nein, diese Demütigung würde sie nicht ertragen. Dann war es besser, die Erinnerung an ihn als wunderschönen Traum zu erhalten. Von wem sollte sie sonst träumen?

Als sie den großen Marktplatz vor der Signoria erreichte, stellte Carla fest, daß der Platz für irgendeine besondere Veranstaltung vorbereitet worden war. Die Ecke, in der die Künstler sich früher getroffen hatten, war geräumt worden, damit die Adligen einen ungehinderten Blick auf den Platz hatten.

Was nun? Die Künstler wie Claudio würden wahrscheinlich einen anderen Ort gefunden haben. Carla kaufte sich ein Stück Kuchen und setzte sich dann in die *loggia,* um nachzudenken. Während sie langsam den Kuchen aß, überkam sie das glückliche Gefühl, nie aus Florenz weg gewesen zu sein. Es war ihr, als wäre sie endlich nach Hause zurückgekommen. Sie rieb die Kuchenkrümel von den Fingern, holte ihre Kreidestifte heraus und begann mit einer Zeichnung der Jungfrau mit Kind auf dem Kopfsteinpflaster.

Sie war so in ihre Arbeit vertieft, daß sie die kleine Gruppe, die sich bald um sie scharte, gar nicht bemerkte. Die Gruppe wurde größer, und bald gab es Lob und Kritik von den kunstbeflissenen Zuschauern. Der Auflauf rief aber auch einen Gesetzeshüter auf den Plan.

»He, du da!« rief er grob, nachdem er sich durch die Menge geschultert hatte. »Was denkst du dir dabei, den Marktplatz zu versauen?«

Einige der Zuschauer versuchten, Carla zu helfen. »Sie malt gut – seht Ihr das denn nicht? Sie ist so gut wie ein richtiger Künstler. Laßt sie in Frieden!«

Der Gesetzeshüter hatte nur ein verächtliches Schnaufen für solche Einwände übrig. »Sie soll zurück ins Haus, wohin sie gehört, sonst wird sie von der Gilde aufgegriffen. Bewegt euch, Leute, ein bißchen plötzlich. Ihr verursacht öffentliche Unruhe.«

Hastig sammelte Carla ihre Kreidestifte ein und warf sie in ihr Bündel. Sie wollte nicht gleich zu Beginn ihrer Rückkehr nach Florenz mit dem Gesetz in Konflikt kommen. Ob sie die Gesetze verschärft hatten? Waren deshalb auch die Künstler verschwunden? Oder hatte ihre Abwesenheit etwas mit den bevorstehenden Festivitäten zu tun?

Wie auch immer, sie wußte nicht, wohin sie sich wenden sollte, nachdem der Gesetzesmann sie mit einer deutlichen Ermahnung hatte ziehen lassen. Wenn er sie noch einmal erwischte, hatte er ihr gesagt, würde er nicht zögern, sie ins Gefängnis zu werfen.

Sie war versucht, zurück zu Piero zu gehen und um Hilfe zu bitten. Aber das ließ ihr Stolz nicht zu. Dann erinnerte sie sich an ihre Absicht, die Kirche *Santa Maria Immacolata* zu besuchen und das Fresko anzuschauen, an dem sie gearbeitet hatte.

Die Kirche war voll, denn es war ein Feiertag – das Fest von Cosmas und Damian, Schutzpatrone der Ärzte. In der Verazzi-Kapelle, wo die Szenen aus dem Leben der Jungfrau abgebildet waren, herrschte feierliche Stille. Carla fiel auf die Knie. Es war ihr bewußt, daß sie in letzter Zeit ihre religiösen Pflichten vernachlässigt hatte. Sie betete, daß der Frieden, der sie bei der Arbeit an diesen Fresken erfüllt hatte, wieder in sie zurückkehren möge. Sie betete um den richtigen Weg, denn sie fühlte, daß ihre Seele driftete.

Dann schaute sie hoch zu der Wand mit den Fresken. Sie erinnerte sich an jedes Detail. Ja, damals hatte sie sich eins mit ihrem Schöpfer gefühlt. Sie spürte, wie ihr die Tränen über die Wangen liefen.

Ein Priester schritt an ihr vorbei, bemerkte ihren

aufgewühlten Zustand und fragte: »Möchtest du beichten, mein Kind?«

Sie schüttelte den Kopf und verließ rasch und verlegen die Kirche.

Die Festivitäten hatten begonnen, bemerkte sie, als sie wieder auf der Straße war. Die Leute gingen zum großen Marktplatz, wo ein Lanzenturnier stattfinden sollte, wie Carla aus den Gesprächen heraushörte.

Die meisten Geschäfte hatten geschlossen, deshalb konnte Carla sich keine neuen Kleider kaufen. Sie hatte vor, so schnell wie möglich wieder einen Geschlechtertausch vorzunehmen. Als Junge fühlte sie sich auf der Straße sicherer.

Am Rand des großen Marktplatzes sah sie einen Stand mit gebrauchten Kleidern. Sobald die Veranstaltung vorbei war, wollte sie sich Hose und Rock kaufen.

Aber da begann auch schon die Parade. Die Turnierkämpfer trugen Uniformen in leuchtenden Farben, sie schwenkten ihre Fahnen, warfen sie hoch in die Luft und fingen sie mit Leichtigkeit wieder auf. Carla schaute fasziniert zu. Viele der jungen Männer erinnerten sie an Marco.

Es war aufregend, mitten unter so vielen Menschen zu stehen und den Kampf der Reiter zu verfolgen. Sie mußten ihr Pferd blind beherrschen und gleichzeitig die Bewegung des Gegners vorausahnen, um ihm den Weg abzuschneiden und mit der Lanze aus dem Sattel heben zu können.

Die Zuschauer tobten vor Begeisterung, sie feuerten ihre Favoriten an, buhten deren Gegner aus und klatschten Beifall, wenn der Kampf so verlief, wie sie es sich wünschten – wenn nicht, stießen sie wilde Flüche aus.

Als die Schau vorüber war, spürte Carla einen entsetzlichen Durst. Sie ging zum Markt und fand einen Stand, an dem es Traubensaft zu trinken gab. Sie griff an ihren Gürtel, wo sie den Lederbeutel mit ihrem Geld befestigt hatte, aber zu ihrem Schrecken war der Beutel nicht mehr da. Sie wollte es zuerst nicht glauben und klopfte sich überall ab, suchte hektisch in ihrem Bündel, aber dann begriff sie schließlich, daß sie beraubt worden war.

Der Mann vom Stand sah ihr Entsetzen und hob die Schultern. »Du hättest eben besser auf dein Geld aufpassen müssen. Ausgerechnet an einem solchen Tag! Bei solchen Ereignissen kriechen die Langfinger aus allen Löchern. Wo lebst du denn, daß du das nicht weißt?«

»Ich hatte mein ganzes Geld darin, und auch noch meinen Schmuck!« jammerte Carla. »Was, um alles in der Welt, soll ich denn jetzt tun?«

»Du dauerst mich, ich werde dir trotzdem einen Becher geben.« Der Mann stellte einen vollen Becher mit Traubensaft vor sie hin. Carla trank ihn leer, ohne den Becher abzusetzen. Sie bedankte sich, immer noch benommen, und wanderte ziellos durch die Stadt. Sie konnte sich auch keine Männerkleidung kaufen. Alles, war ihr jetzt noch blieb, befand sich in dem kleinen Bündel – ein paar Kleider zum Wechseln, ein Spiegel, ihre Pinsel und Kreidestifte und ein paar Becher, darunter auch die goldene Quaste, die sie damals von Stefano bekommen hatte – lange her.

Beim Gedanken an ihren Cousin fiel Carla ein, ob sie nicht in ihr Dorf in der Toskana zurückkehren sollte. Zurück nach Hause. Die Barmherzigkeit der eigenen Familie suchen. Aber Carla verwarf den Gedanken sofort – wütend auf sich selbst. Als sie ihr Dorf verlassen hatte, war sie beseelt gewesen von dem Wunsch, eine eigene Karriere zu beginnen. Jetzt ohne Geld zur Familie zu gehen, ihren Eltern wieder zur Last zu fallen, wäre das Eingeständnis ihres Scheiterns.

Sie kam an einem öffentlichen Garten vorbei und wollte gerade hineingehen, als sie am Tor ein Schild sah:

ZUTRITT VERBOTEN FÜR
GÄNSE, FRAUEN UND ZIEGEN.

Carla spuckte verächtlich aus. Wie konnten sie Frauen mit Tieren gleichsetzen?

Sie wanderte weiter und ließ sich schließlich unter einem Baum am Ufer des Arno nieder. Es dauerte nicht lange, und sie war eingeschlafen. Seltsame Träume quälten sie; ein Mann machte Liebe mit ihr, aber sie konnte sein Gesicht nicht erkennen. Manchmal war er zärtlich wie Marco, manchmal war er rücksichtslos wie Giovanni, dann trug er ihr Gedichte vor, und sie glaubte, Bruno erkannt zu haben. Als er ächzend und keuchend in sie hineinstieß, fühlte sie sich an Piero erinnert. So ging es noch lange weiter, bis Carla in ihrem Traum völlig verwirrt war.

Die Verwirrung erstreckte sich auch auf ihre eigene Identität. War sie Carlo oder Carla? Die Ereignisse der letzten Monate wiederholten sich bruchstückhaft in ihrem Traum, sie sah sich beim Karneval, spürte Piero, der sie als Junge benutzte, und sie sah sich als Künstlerin an den Fresken arbeiten.

Sie wurde wach, weil die aufgehende Sonne ihr ins Gesicht schien. Sie fühlte sich wie gerädert nach dem Traum, der ihrem Zeitgefühl nach die ganze Nacht angedauert hatte.

Sie war hungrig. Sie hatte kein Geld und kein Dach überm Kopf. Ihr blieb nichts anderes übrig, als betteln zu gehen. Aber nur heute, nahm sie sich vor. Morgen wird sich irgendwas finden, womit ich meinen Unterhalt bezahlen kann.

Aber als sie genug Geld für eine Mahlzeit und einen Becher Wein erbettelt hatte, bemerkte sie, wie leicht es war, auf diese Art zu leben. Sie betäubte ihre Hoffnungen, Künstlerin zu werden, mit manchem Becher Wein. Ihr Denken war ausgefüllt von der Sorge um die nächste Mahlzeit. Sie erkannte die Hoffnungslosigkeit ihrer Situation, aber sie verzweifelte nicht. Es ist eher eine vorübergehende Resignation, redete sie sich ein.

Bald war sie eine vertraute Gestalt auf der Straße. Die anderen Bettler kannten sie. Der blinde Bobo gehörte zu den auffälligsten Figuren in der florentinischen Bettlerszene. Er sah aus wie eine Vogelscheuche, und er läutete mit einer schrillen Glocke, damit ihm andere rechtzeitig aus dem Weg gingen. Dabei redete er unentwegt mit sich selbst.

Dann war da Rosetta, eine alte Prostituierte, die sich eine Geschlechtskrankheit eingefangen hatte. Ihr Körper war mit Schwielen übersät. Carla empfand Mitleid mit ihr, und sie teilten oft ein Stück Brot, das Carla ergattert hatte.

Der Mann, den sie den ›Heiligen‹ nannten, San Michaele, war alles andere als das. Er stellte Carla oft nach, besonders, wenn er betrunken war. Einmal lief er ihr nach und riß sie zu Boden. Er grapschte unter ihr Kleid, aber ein anderer Bettler kam ihr zu Hilfe, und seitdem ließ San Michaele sie in Ruhe.

Es waren nicht die anderen Bettler, die sie am meisten fürchtete. Es gab Männer, die kein Geld hatten, eine Hure zu bezahlen, und deshalb bei einer Bettlerin glaubten, leichtes Spiel zu haben – als Gegenleistung für Carlas Körper boten sie ein Stück Brot, einen verschimmelten Apfel oder einen Schluck Wein an. Carla lehnte solches Ansinnen entrüstet ab, doch nachts wurde sie von Alpträumen heimgesucht, obwohl sie stets die Nähe der anderen Bettler suchte, wenn sie sich zur Nacht hinlegte.

Eines Morgens jedoch wachte sie mit Schüttelfrost auf, obwohl es ein freundlicher Herbsttag war. Sie zog die Kleiderfetzen enger um ihren Körper und wollte aufstehen, aber sie schwankte und fiel zurück in den Hauseingang, wo sie die Nacht verbracht hatte. Ihr war schwindlig, und ihr ganzer Körper schmerzte, als hätte sie die ganze Nacht starken Wein getrunken. Carla legte sich wieder hin und hoffte, daß bald jemand vorbeikam, um ihr auf die Beine zu helfen.

Nach einer Weile hörte sie vertraute Stimmen. Rosetta und ein junger verkrüppelter Vagabund mit dem Namen Guido besprachen ihren Zustand. Obwohl Carla sie hören konnte, war ihre Sicht so verschwommen, daß sie nur die Umrisse der Gestalten erkannte.

»Sie hat ein Fieber«, sagte Rosetta. »Vielleicht ist es Sumpffieber.«

»War sie denn am Fluß?«

»Sieh doch nur, wie sie schwitzt und zuckt. Bring Wasser vom Brunnen auf dem Platz, Guido. Ich werde ihre Stirn kühlen.«

Das kühle Wasser half ein wenig, aber es schwächte das Fieber in ihrem Blut nicht ab. Carla murmelte ihren Dank, aber er kam nur als unverständliches Gurgeln über ihre geschwollenen Lippen.

»Sie braucht einen Arzt«, sagte Guido. »Ohne Hilfe wird sie sterben.«

»Vielleicht wird die Bruderschaft ihr helfen.«

»Aber nur, wenn die Brüder sie finden.«

»Wir könnten sie rufen«, meinte Rosetta.

»Dann rufe sie. Ich will mit niemandem was zu tun haben. Du weißt nie, wem du in dieser Stadt trauen kannst.«

»Also gut, ich werde sie rufen. Wir können sie doch hier nicht einfach krepieren lassen.«

»Der Tod kommt zu uns allen.«

»Aber sie ist noch so jung . . .«

Das Gespräch zog sich noch lange hin, und Carla hätte am liebsten aufgeschrien, aber es kam nur ein schwaches Stöhnen aus ihrem Mund. Sie fühlte sich entsetzlich schwach, und das Gerede vom Sterben konnte ihre Lebensgeister auch nicht aktivieren. Nach einer Weile zog das Paar davon und ließ Carla in ihrem dürstenden Delirium zurück.

Je höher die Sonne stieg, desto schlechter ging es ihr. Sie wurde von Phantasien gepeinigt, glaubte, in einem Backofen gebraten zu werden, und ihre Haut fühlte sich so an, als ginge sie auf wie Hefe. In ihrem Fieberwahn kämpfte sie gegen Drachen, tanzte sie mit Engeln und flog sie schwerelos über die Dächer von Florenz, um schließlich auf dem hohen *campanile* des Doms zu landen.

Das Fieber stieg noch an. Zwei Passanten brachten ihr einen Becher Wasser vom Brunnen, alle anderen übersahen sie. Am späten Nachmittag verschwand die Sonne hinter den Häusern, und Carla lag endlich wieder im Schatten. Aber sie konnte sich nicht mehr über die Erleichterung freuen. Welche Krankheit sich ihrer auch bemächtigt hatte, sie wütete jetzt mit ihrer ganzen Wucht in ihrem Körper. Wenn der Todesengel zum Hauseingang gekommen wäre und sie an die Hand genommen hätte, wäre sie bereitwillig mit ihm gegangen.

Dann, als die Dämmerung einsetzte, setzte sich eine Gestalt in einem dunklen Umhang neben sie und hielt einen Becher mit kühlem Wasser an ihre Lippen. Carla konnte kaum den Kopf heben, aber der Fremde stützte sie und wartete geduldig, bis sie ein paar Tropfen geschluckt hatte.

»Ich werde dich zu San Marco bringen«, hörte Carla den Fremden wie aus weiter Ferne sagen. »Die Mönche werden sich um dich kümmern, bis es dir wieder besser geht.«

Carla blickte zu dem Mann hoch, aber er trug eine Kapuze, und das Gesicht lag im Schatten. Sie wußte, daß er die Kutte der Barmherzigen Bruderschaft trug, einem Zusammenschluß selbstloser Bürger, die den Kranken und Bedürftigen auf den Straßen von Florenz halfen.

Der Fremde hob Carla hoch und trug sie die zweihundert Meter bis zum Portal des Klosters. Unterwegs war sie ohnmächtig geworden, und als sie wieder zu sich kam, lag sie auf einem schmalen Bett in einer Zelle, und neben ihr saß wieder der Fremde in seiner dunklen Kutte. Als Carla die Augen aufschlug, legte der Mann ein feuchtes Tuch auf ihre Stirn und bot ihr wieder Wasser zum Trinken an.

Langsam klärte sich ihr Blick, und gleichzeitig konnte sie auch wieder klare Gedanken fassen. Sie trank Becher auf Becher, und ihr ausgetrockneter Körper erholte sich. Sie blickte in das Gesicht ihres Retters und murmelte ein schwaches: »Danke.«

Dann fiel ihre Kinnlade nach unten.

Der Mann in der Kutte der Bruderschaft war Marco! Er hatte die Kapuze nach hinten geschoben, und sie erkannte ihn sofort. Aber er hatte sie nicht erkannt. Carla nahm an, daß das Fieber ihre Gesichtszüge verändert hatte. Außerdem rechnete er nicht damit, daß sein Freund ›Carlo‹ eine Frau war – eine Frau, die blond gefärbte Haare trug.

Sie zögerte. Wie gern hätte sie sich ihm zu erkennen gegeben! Aber sie fühlte sich zu schwach, um sich dieser emotionalen Begegnung zu stellen, und außerdem wurde sie plötzlich von so entsetzlichen Kopfschmerzen heimgesucht, daß sie glaubte, ihr Kopf müßte zerspringen.

Nein, sie würde auf einen glücklicheren Zeitpunkt warten, um ihm zu sagen, daß er seinem alten Freund ›Carlo‹ das Leben gerettet hatte.

Zwei Tage lang fiel Carla immer wieder in eine tiefe Bewußtlosigkeit, die der Körper offenbar brauchte, um Kraft gegen das Fieber zu sammeln, das sich noch nicht geschlagen gab. Sie sah Marco nicht mehr; die Mönche kümmerten sich um sie, flößten ihr Suppe und Wasser ein und halfen ihr zum Abort. Morgens und abends kamen die Mönche, um mit ihr zu beten. Dann knieten sie vor einer Wand in der Zelle, die mit einem wunderschönen Fresko bemalt war.

Das Fresko stellte die Himmelfahrtsszene dar. Maria in einem pastellfarbenen Umhang kniete vor einem Engel, der einen Umhang in kräftigeren Farben trug. Das Deckengewölbe verband das Paar mit einer Reihe von kleinen Bögen. Es war eine wundervolle Komposition, an der sich Carlas künstlerisches Auge labte. Wenn sie auch so etwas Schönes zustande brachte, dachte sie, könnte sie zufrieden sterben.

Aber sie würde nicht sterben. Am dritten Tag stand fest, daß sie das Fieber besiegt hatte. Am frühen Morgen kam einer der Mönche zu ihr in die Zelle.

»Du mußt uns jetzt verlassen«, sagte er. »Diese Zelle wird gewöhnlich von einem unserer Brüder bewohnt. Er hat sie geräumt, weil er großes Mitleid mit dir empfand. Aber du brauchst nicht wieder auf die Straße zu gehen. Der Bruder, der dich gefunden hat, will dich in seinem Haus willkommen heißen, bis du völlig genesen bist. Er hat eine Trage bringen lassen, damit du den Weg zu ihm nicht zu gehen brauchst. Danke Gott, dem Herrn, meine Schwester, denn er hat dir einen guten Samariter geschickt, als deine Not am größten war.«

Sie kniete mit ihm nieder, um ein Dankgebet zu sprechen, und Carla fühlte, wie ihr Inneres von einer wahren Euphorie überflutet wurde. Sie würde eine Zeitlang bei Marco wohnen! Er würde sie bestimmt erkennen, und dann konnten sie wieder Freunde sein, vielleicht sogar ein Liebespaar. Trotz ihrer Krankheit spürte sie ein leises Zucken in ihrem Schoß, ein sicheres Zeichen, daß ihre Seele ebenso auf dem Weg zur Heilung war wie ihr Körper.

Zwei Jungen hatten die Trage gebracht, Carla legte sich hin und freute sich unbändig, bald vor Marco zu stehen. Vor einem Haus in der Via Calimala hielten sie an. Es war ein bescheidenes Haus. Die Fenster im Erdgeschoß waren klein , aber im ersten Stockwerk gab es größere Fenster und einen Balkon, der viel Licht hereinließ. Da wird er seine Werkstatt haben, dachte Carla aufgeregt. Sie konnte es nicht erwarten, die Arbeiten zu sehen, die er angefertigt hatte, seit er sich selbständig gemacht hatte.

Marco trat vor die Tür, als hätte er schon auf Carla gewartet. »Ah, meine kleine Patientin!« sagte er und lächelte auf seine sanfte, freundliche Weise, an die Carla sich noch so gut erinnerte.

Jetzt wird er mich sicherlich erkennen, dachte sie, aber in seinem Gesicht sah sie kein Anzeichen davon. Er winkte den Jungen zu, Carla ins Haus zu tragen. Er half ihr auf und führte sie zu einem Stuhl, dann wandte er sich den Jungen zu und bezahlte sie. Carla sah sich neugierig um.

Das Zimmer wurde als Küche und Vorratsraum

benutzt, und in einer Ecke stand ein Bettgestell. Eine schwarze Katze schlief schnurrend auf den Decken.

»Du warst zu krank, um mir deinen Namen zu nennen«, sagte er, als die Jungen gegangen waren.

»Ich heiße Carla.«

Sie wartete darauf, daß ihm ein Licht aufging, aber er schien sie immer noch nicht zu erkennen. Jetzt ist der richtige Zeitpunkt, es ihm zu sagen, dachte sie, aber sie wußte nicht, wie sie anfangen sollte.

»Nun, Carla, du siehst, ich habe dir hier unten ein Bett aufgeschlagen. Ich dachte, du könntest noch zu schwach sein, um die Treppen hochzusteigen. Wenn du dich besser fühlst und du willst, kannst du oben schlafen. Ich könnte ein wenig Gesellschaft gebrauchen. Ich bin Maler, habe erst vor kurzem meine Werkstatt eingerichtet und nur einen Lehrjungen.«

»Das ist sehr lieb von Euch, mein Herr«, begann Carla, aber er hob rasch eine Hand, um sie zu unterbrechen.

»Ich will nichts hören von ›Euch‹ und ›Ihr‹ und ›Herr‹«, sagte er. »Ich bin Marco, und ich habe das getan, was jeder rechtschaffene Bürger auch getan hätte. Vielleicht habe ich auch sehr eigensüchtige Gründe – ich könnte nämlich gut eine Haushälterin gebrauchen. Manchmal ist es denkbar ungünstig, mit dem Malen aufzuhören, um eine Mahlzeit vorzubereiten. Mehr als einmal bin ich vor der Staffelei vor Hunger umgefallen, weil ich vergessen hatte, etwas zu essen.«

Carla wußte genau, was er meinte. Sie hatte auch oft in dieser zeitlosen Welt gelebt, wenn nichts zählte außer Licht und Farbe und Schatten, aber das konnte sie ihm nicht sagen. Etwa anderes ging ihr nicht aus dem Kopf. Nervös fragte sie: »Gibt es sonst noch jemanden im Haushalt?«

Er schüttelte den Kopf. »Nein. Der Lehrjunge heißt Silvio. Er ist unterwegs, aber du wirst ihn nachher kennenlernen.«

Ich hätte dein Lehrjunge sein sollen, dachte Carla verbittert. Aber wenigstens erwähnte er nichts von Elena.

Marco deutete auf einen schwarzen Topf auf dem Ofen. »Ich habe eine kräftige Suppe angerührt, die dich wärmen soll. Wenn du nichts dagegen hast, esse ich mit dir, denn ich habe einen Riesenhunger.«

Er nahm die Suppe vom Ofen und füllte sie in zwei Terrinen, und dann saßen sie sich am Tisch gegenüber und tunkten Brot in die würzige, heiße Suppe. Mit jedem Löffel spürte Carla, wie sie wieder zu Kräften kam, und am Ende der Mahlzeit lachten und scherzten sie zusammen, fast wie in alten Zeiten.

Ein paarmal bemerkte sie, wie er sie stirnrunzelnd anschaute, aber sie fand nicht den Mut, ihm ihre wahre Identität zu gestehen. Irgendwie wollte sie völlig neu mit ihm beginnen, wollte seine Liebe als Frau gewinnen und sich nicht auf die Bande der Freundschaft verlassen, die sie geknüpft hatten, als sie sich als Junge verkleidet hatte.

Marco ließ sie nach einer Weile allein, weil er seiner Arbeit nachgehen mußte. Er stellte ihr eine kleine Glocke ans Bett, die sie läuten sollte, wenn sie irgend etwas brauchte.

Carla legte sich hin und döste. Sie fühlte sich immer noch recht schwach, und die Schaukelei auf der Trage hatte sie erschöpft. Trotzdem fühlte sie sich glücklich wie lange nicht mehr. Sie war unter Marcos Dach!

Später kam der Lehrjunge von seinem Botengang zurück; er hatte Farbe und Papier für seinen Meister gekauft. Er begrüßte Carla freundlich und mit einem charmanten Grinsen. Ja, dachte Carla, in diesem Haus konnte sie glücklich sein. Mit jedem Tag fühlte sie sich ein wenig besser. Sie war nach drei Tagen schon in der Lage, die Treppe hochzugehen, um Marco bei der Arbeit zuzusehen. Er malte das Porträt einer Adelsfrau, das ihr Gemahl in Auftrag gegeben hatte, außerdem hatte er mit einem kleinen Bild der Jungfrau begonnen, das in einem Tabernakel stehen sollte. Auf der Werkbank lag die Skizze für ein Fresko. Es zeigte die Anbetung der Heiligen Drei Könige. Marco erzählte ihr stolz, daß er das Fresko in einer Familienkapelle malen würde.

Schon aus diesen wenigen Arbeiten wurde ersichtlich, daß Marco seinen eigenen Stil gefunden hatte und nicht mehr den Maßgaben eines Meisters folgte. Die Gemälde zeigten eine Frische und Originalität, die sich erst entwickelt hatte, seit er sein eigener Herr war.

»Sie sind wunderschön!« sagte sie seufzend und wünschte, sie könnte mit ihm arbeiten, besonders am Fresko. Es juckte sie in den Fingern, einen Pinsel in die Hand zu nehmen und die einzelnen Gestalten mit Leben zu füllen.

Marco sah sie forschend an, aufmerksam geworden durch den Klang ihrer Stimme, in der Sehnsucht mitschwang. Jetzt hat er mich erkannt, durchfuhr es Carla.

»Weißt du«, sagte Marco, »du erinnerst mich an jemanden, den ich kannte. Du hast nicht zufällig einen Bruder?«

»Doch«, sagte sie wahrheitsgemäß. »Ich habe zwei Brüder. Der eine heißt Bertoldo, der andere Taddeo.«

Marco schüttelte den Kopf und grinste trocken. »Der Junge, den ich kannte, hieß Carlo. Aber Eltern würden wohl nicht ihren Sohn Carlo nennen und ihre Tochter Carla, was? Das würde bestimmt zu heftigen Verwechslungen führen.«

Sie fiel in sein Lachen ein, aber in ihrer Kehle steckte ein Kloß. Warum konnte sie sich nicht dazu bringen, ihm die Wahrheit zu sagen? Gelegenheiten hatte sie genug gehabt. Aber je mehr Zeit verstrich, desto schwieriger wurde es für sie. Ihre Angst wuchs, daß er sich erneut von ihr getäuscht fühlte und darauf mit Zorn reagierte. Sie hatte sich selbst ein Grab für ihre Hoffnungen gegraben, seine Geliebte zu werden. Marco betrachtete sie als unterstützungsbedürftige junge Frau, und er empfand nichts als Mitleid für sie.

Als Carlas Genesung weitere Fortschritte machte, begann sie mit kleinen Aufgaben im Hause. Sie begleitete Silvio zum Markt und kam mit Körben frischer Produkte zurück, aus denen sie voller Begeisterung köstliche Mahlzeiten schuf. Marco lobte sie und sagte ihr, wie froh er war, wieder regelmäßig essen zu können. Sie wusch seine Kleider und das Bettzeug unten am Ufer des Arno, wo sie die Wäscherinnen der Stadt traf.

Aber als sie Marco fragte, ob sie helfen könnte, seine Farben zu mischen oder einen Holzuntergrund mit Gips zu bestreichen oder seine Pinsel zu reinigen, lehnte er rundherum ab. »Das ist nicht Frauenarbeit«, sagte er. »Beschränke dich auf das, was du kannst – Kochen und Hausarbeit.«

Das verbitterte sie, und sie wünschte, sie hätte sich als erstes Männerkleidung gekauft, als sie nach Florenz zurückgekehrt war. Er hätte sie bestimmt als Lehrjunge übernommen, denn er hatte es ihr versprochen gehabt. Und da Elena nicht mehr bei ihm war, wäre alles gut geworden. Aber dann hätten sie nie ein Liebespaar werden können.

Oh, es war alles so schrecklich verwirrend.

Carla fand sich zunächst damit ab, die Hausfrau zu spielen. Das künstlerische Geschehen im Haus verfolgte sie als stille Beobachterin. Sie sagte sich, sie könnte wenigstens vom Zuschauen lernen, und wenn sie unten allein war, nahm sie oft ihre Kreidestifte und übte sich in Skizzen.

Manchmal, wenn sie wußte, daß Marco das Haus verlassen hatte, schlich sie in seine Werkstatt und nahm einige Farbreste an sich. Sie fand auch zwei Pinsel, die so kurz waren, daß Marco sie nicht mehr benutzen und deshalb auch nicht vermissen würde. Bald verfügte sie über eine Materialsammlung, mit der sie ihrer Leidenschaft heimlich frönen konnte. Die Stunden, in denen sie für sich allein war, konnte sie jetzt wieder glücklich ausfüllen. Die meiste Zeit verbrachte sie mit Porträts von Marco.

»Du scheinst dich bei uns wohl zu fühlen, Carla«, sagte Marco eines Tages. »Das macht mich froh. Es ist gut, eine Frau im Haus zu haben.«

Sie errötete.

Es war das erste Mal, daß er sie als Frau angesprochen hatte – nicht als bedürftige Almosenempfängerin. Sie begann wieder davon zu träumen, daß sie ein Liebespaar wären. Sie schaute ihn mit hungrigen Augen an. Am liebsten beobachtete sie ihn bei der Arbeit, wenn er gebannt auf die Staffelei schaute oder an einer Zeichnung arbeitete, die er auf dem Boden ausgelegt hatte. Dann war das Verlangen nach ihm übermächtig.

Sie konnte sein Gesicht mit jedem Detail in sich aufnehmen, die sanften Augen, den sinnlichen Mund, das starke Kinn.

Der Knackpunkt war, daß er sie als völlig andere Person ansah als den ›Carlo‹ aus früheren Tagen. Die alte Vertrautheit, die er damals empfunden hatte, war nicht wiederherzustellen, schließlich war sie jetzt nur ein Dienstmädchen in seinen Diensten. Es gab keinen

Ausweg. Sie wollte das Wenige, was sie hatte, nichts aufs Spiel setzen, indem sie ihm die Wahrheit sagte, die ihn erzürnen könnte.

Eines Abends, als Silvio auf dem Speicher schlief, kehrte Marco schwankend aus der Taverne zurück. Carla stand gerade mit nacktem Oberkörper da und wusch sich. Als er sie bemerkte, weiteten sich seine Augen, und er starrte sie mit solchen Blicken an, mit denen er sie nie zuvor angestarrt hatte.

Instinktiv zog sie ihr Hemd über ihre Brüste, aber ihr Herz pochte vor Erregung, als er sich ihr schwankend näherte.

»Carla!« Die Zunge lag dick in seinem Mund, und er lallte ein wenig. »Liebliche Carla! Magst du mich wenigstens ein bißchen?«

»Natürlich«, antwortete sie, ohne zu zögern. »Du hast mein Leben gerettet.«

»Süße Carla«, murmelte er und nahm sie in die Arme. Das Hemd fiel wieder hinunter, und er beugte sich tief und küßte die Spitzen ihrer Brüste. Die Warzen waren ganz hart geworden. Ein Schwall heftigen Verlangens raste durch ihren bebenden Körper, und sie wollte seinen Kopf an ihre Brust drücken, wollte sich am liebsten sofort von ihm nehmen lassen, gleich hier auf dem Küchenboden.

Aber auf eine beinahe perverse Weise rebellierte das Dienstmädchen in ihr. Sie hatte das Erlebnis im Haushalt der Panzanis noch nicht verdaut, hatte zu viele Geschichten über Herren gehört, die Dienstmädchen als Freiwild betrachteten. Es ärgerte sie, daß Marco sich ebenso verhielt. Nein, sie wollte nicht, daß ein solches Verhältnis zwischen ihnen entstand.

»Nein!« protestierte sie, drückte ihn von sich weg

und hielt sich das Hemd vor die Brust. »Bitte, Herr, laßt mich in Ruhe. Ich bin Euer Dienstmädchen, aber nicht Eure Hure.«

Sie war überrascht, als sie den respektvollen Blick auf seinem Gesicht sah. »Du hast natürlich recht«, sagte er, plötzlich nüchtern geworden. Er hielt sich am Tischrand fest. »Ich bin nicht ich selbst. Verzeih mir.«

»Schon vergessen. Soll ich Euch ins Bett helfen, Herr?«

Er rülpste und schüttelte den Kopf. »Nein, nein, das schaffe ich schon. Und sag wieder Marco zu mir, süße Carla. Es wird nicht wieder vorkommen.«

Als sie hörte, wie er oben die Tür schloß, lag Carla allein in ihrem Bett, und Tränen der Reue rannen über ihre Wangen. Von welchem Teufel war sie besessen, daß sie ihn zurückgewiesen hatte? Jetzt könnten sie in glücklicher Umarmung verbunden sein ...

Hatte sie nicht immer davon geträumt, seine Geliebte zu sein? Fast vom ersten Tag ihres Kennenlernens an. War er nicht der Mann, den sie am meisten begehrte? Sie mußte verrückt sein, daß sie ihn zurückgewiesen hatte. Sie würde nie wieder eine Gelegenheit bekommen.

Vierzehntes Kapitel

Carla war wieder gesund. Körperlich hatte sie sich nie besser gefühlt. Marco hatte so viele Aufträge, daß er sich gutes Essen erlauben konnte, das Carla liebevoll zubereitete.

Ihr Körper fühlte sich wohl, aber ihre Seele nicht. Sie lechzte nach dem Mann, den sie liebte. Carlas innere Zerrissenheit nahm noch zu. Täglich rang sie mit sich selbst, und oft genug war sie versucht, Marco alles zu sagen. Dann gab es Tage, an denen sie am liebsten weggelaufen wäre, um nie mehr zurückzukommen. Wie sie auch von zu Hause und von Piero weggelaufen war.

Aber sie wußte jetzt, daß Weglaufen keine Probleme löste. Sie war älter und klüger geworden. Man konnte sich räumlich von seinen Konflikten trennen, aber die quälenden Erinnerungen blieben einem erhalten.

Es wäre einfacher für sie gewesen, wenn Marco eine andere Frau gefunden hätte. Aber er war so sehr in seine Arbeit vertieft, daß er keine Zeit für solche Vergnügungen hatte. Carla wußte, daß er gelegentlich die Dienste der Huren in Anspruch nahm, aber der Name Elena wurde nie erwähnt. Carla hätte gern gewußt, was zwischen ihnen vorgefallen war.

Eines Abends, als sie am Tisch saßen und sich das Essen schmecken ließen, das Carla bereitet hatte, konnte sie ihre Neugier nicht mehr zügeln. Marco hatte gerade erzählt, daß er einen neuen Auftrag erhalten hätte, es war ein Gemälde als Hochzeitsgeschenk, und das schien ihr eine günstige Gelegenheit zu sein.

Sie fragte ihn geradeheraus, ob er schon einmal verliebt gewesen wäre.

»Niemals!« stieß er abrupt hervor. »Ich bin viel zu sehr damit beschäftigt, mein Geschick als Maler zu verbessern. Ich habe gesehen, was mit Männern geschieht, die hinter Frauen herlaufen: Sie vergessen das Wesentliche und folgen nur noch ihrem Schwanz.«

»Aber fühlst du dich nicht manchmal ein bißchen einsam?« hakte sie nach.

»Gewöhnlich bin ich zu müde, um darüber zu jammern, das haben zu wollen, was ich nicht haben kann. Wenn es mich zwickt, gehe ich zu einer Hure. Aber ich will nicht ausschließen, daß ich eines Tages doch eine Frau nehme. Ich will nämlich einen Sohn, der meine Arbeit fortsetzt.«

»Ist das alles, wofür du eine Frau brauchst? Als Zuchtstute?« fragte Carla, Verbitterung in der Stimme.

Silvio schaute von seiner Schüssel auf. »Ich glaube, eine Frau kann eine gute Kameradin sein. Als ich zu Hause lebte, hatte ich ein Mädchen, die meine beste Freundin war. Wir haben alles zusammen unternommen, aber dann haben ihre Eltern sie mit einem anderen verlobt, der bessere Aussichten hatte als ich. Auch heute denke ich noch manchmal an sie. Ich habe ihr immer alles gesagt, und sie hatte viel Verständnis für mich.«

Carla lächelte ihm dankbar zu. Seine Geschichte war ihrer eigenen nicht unähnlich.

Marco sagte: »Als dein eigener Herr bist du sowieso einsam. Wenn ich einen weiteren Lehrjungen nehme, kannst du dich ihm anvertrauen, Silvio. Du kannst dich hinter meinem Rücken bei ihm über mich beklagen.«

Silvio lachte, und Carla fiel in das Lachen ein. Sie tauschten einen kurzen Blick, denn Silvio kam manchmal leise die Treppe hinunter und vertraute Carla an, wie barsch der Meister mit ihm umgesprungen war.

Marco bemerkte den komplizenhaften Blick der beiden nicht und fuhr fort: »Natürlich bereue ich nicht, daß ich jetzt mein eigener Herr bin, aber die glücklichste Zeit habe ich bei Meister Piero verlebt. Die Zusammenarbeit mit den anderen Jungen hat Spaß gemacht. Es gab nicht viel Ärger, höchstens einmal, als ein neuer Junge kam, der Giovanni auf die Zehen trat. Giovanni war der älteste der Lehrjungen, und er neidete dem Jungen sein Talent. Dieser Junge – er hieß Carlo - war nicht ausgebildet, hatte aber ein sagenhaftes Talent. Piero hat ihn heimlich bedeutende Arbeiten ausführen lassen.«

Carlas Puls raste, und ihr Mund wurde trocken vor Angst, aber sie mußte nachhaken. »Was ist aus diesem Carlo geworden?« fragte sie.

»Das weiß niemand. Ich hätte ihn sofort als Lehrjunge genommen – du hast Glück gehabt, Silvio, denn zwei Jungen hätte ich nicht nehmen können.«

Jetzt mußt du es ihm sagen!

Die innere Stimme schrie Carla an, aber sie brachte es nicht über sich. Vielleicht würde Marco ihr gar nicht glauben, der sie der verschwundene Carlo war. Oder, wenn er ihr glaubte, würde er über ihre Täuschung so entsetzt sein, daß er sie auf der Stelle auf die Straße warf.

Aber es wurde für sie immer schwieriger, unter dieser Anspannung zu leben. Ihre Nervosität nahm zu, und in letzter Zeit hatte Silvio darunter zu leiden, wenn sie ihn anschrie, weil er die eine oder andere Aufgabe vergessen hatte. Einmal schrie sie ihn an, daß er den Rest vom letzten Laib Brot aus der Speisekammer gestohlen hatte.

Marco hörte das Gezeter und kam die Treppe herunter. »Was ist denn los, Carla?« fragte er stirnrunzelnd. »Was soll das Gezeter?«

»Sie hat mich beschuldigt, ich hätte das Brot gestohlen, aber ich habe es nicht getan!« schluchzte Silvio.

Marco stellte sich vor Carla und starrte in ihre Augen. »Nein, er hat es nicht getan«, sagte er ruhig. »Ich habe in der Nacht die Kruste gegessen. Ich bekam Hunger und bin aufgestanden, habe das Brot mit dem Rest der Suppe gegessen. Du willst ihn wohl auch noch beschuldigen, daß er die Suppe aufgegessen hat, was?«

»Es tut mir leid«, sagte sie leise, den Blick gesenkt. Sie spürte die Hitze in den Wangen und wußte, daß es falsch gewesen war, den Jungen wegen einer solchen Kleinigkeit so hart anzupacken – und dann stellte sich auch noch heraus, daß er unschuldig war.

»Vielleicht mutest du dir zuviel zu«, sagte Marco. »Es kann sein, daß die Krankheit sich auf deine Stimmung gelegt hat, auch wenn du einen gesunden Eindruck machst.«

»Ich bin auch ganz gesund, durch und durch«, sagte Carla mit fester Stimme. Sie wollte nicht, daß er sie für schwach oder gar hysterisch hielt.

»Umso besser. Aber verärgere Silvio nicht, und beschuldige ihn nicht, ehe du sicher bist, daß er etwas verbrochen hat. Er ist ein guter Junge, und ich will nicht, daß er schlecht behandelt wird.«

Carla seufzte und entschuldigte sich bei Marco und Silvio, und danach ging sie behutsamer mit dem Lehrjungen um. Sie hatte den Eindruck, daß Marco auch freundlicher zu ihr war, vielleicht ahnte er, daß sie unter einem gewissen Streß stand. Oft lud er sie in seine Werkstatt ein, um seine Arbeit zu betrachten, und immer häufiger fragte er nach ihrer Meinung. Zuerst zögerte sie ängstlich, aber mit der Zeit wurde sie mutiger und überraschte ihn mit ihrer fundierten Kritik.

»Du hast ein gutes Auge, meine Liebe«, sagte er, nachdem sie über sein jüngstes Bild der Himmelfahrt geurteilt hatte. »Vieles von dem, was du sagst, spricht von einer hohen Sensibilität. Ich werde deinen Rat über den Engel annehmen und die Farbe verstärken.«

Ein Teil der alten Nähe, die sie einst miteinander verbunden hatte, baute sich langsam wieder auf, obwohl die Barriere der Geschlechter noch zwischen ihnen stand. Manchmal glaubte Carla, daß er drauf und dran war, ihr seine Seele zu öffnen, aber er hielt inne, bevor er zu weit gehen konnte. Es war eine frustrierende Zeit für sie, und ihr blieb nur übrig, geduldig auf die Entwicklung ihrer Beziehung zu warten.

Carla mußte noch oft an den Abend denken, als er betrunken zu ihr kommen wollte, und obwohl sie vor Verlangen nach ihm brannte, bedauerte sie nicht, ihn zurückgewiesen zu haben. Wenn er je noch einmal zu ihr kommen sollte, dann wollte sie ihm gleichwertig sein – gleichwertig in der Kunst und in der Liebe. Sie könnte niemals seine Hure sein.

Eines Morgens kam Carla vom Markt zurück, als Marco ihr mitteilte, daß Silvio gegangen war. Sein Vater war schwer erkrankt, und Silvio war nach Hause gerufen worden. Marco schüttelte verzweifelt den Kopf.

»Ich weiß nicht, wie ich ohne ihn all die Aufträge schaffen soll«, sagte er. »Jetzt muß ich auch noch selbst zur Apotheke gehen, um Farben zu kaufen.«

»Ich könnte gehen«, bot Carla eifrig an.

Sie war enttäuscht, als er den Kopf schüttelte. »Nein, du würdest Umbra nicht von Ocker unterscheiden können, und Kupferspat nicht von Grünspan.« Er seufzte. »Nein, ich muß selbst gehen.«

Carla biß sich auf die Zunge. Sie wußte, daß sie der Aufgabe gewachsen war, weil sie Dutzende Male für Piero eingekauft hatte, aber sie konnte nichts sagen. Aber sobald sie allein war, schlug sie frustriert die Fäuste gegen die Wand und rief laut: »Oh, wie lange kann ich das alles noch ertragen? Ich lebe mit einer Lüge. Ich liebe ihn, aber ich darf nicht zulassen, daß er mich nimmt. Ich muß vortäuschen, eine Dienstmagd zu sein, und doch bin ich eine bessere Malerin als Silvio und fast so gut wie Marco. Wieso kann ich das tagein, tagaus ertragen?«

Sie stieg die Treppe zur Werkstatt hoch, blieb vor der Staffelei stehen und betrachtete das Bild, an dem Marco arbeitete. Die Pinsel und Farben lagen griffbereit, und ihre Finger zuckten, sie wollten beenden, was Marco begonnen hatte. Es handelte sich um das Porträt einer Dame in Pink, und sie wußte genau, wie sie die Hautfarbe des Gesichts und der Hände verbessern konnte. Außerdem sah es ein wenig ungelenk aus, wie die Frau die Arme verschränkt hatte.

Ihr Blick fiel auf Silvios Kleider in der Ecke. Offenbar hatte der Junge seine Lehrlingskluft ausgezogen, um im Sonntagsstaat zu seiner Familie zu gehen. Mit einem versonnenen Lächeln ging Carla in die Ecke, zog sich ihr Kleid aus und zog sich die enge Hose über, bevor sie das weite Hemd über den Kopf streifte. Sie band ihre Haare hoch und ließ sie unter Silvios Kappe verschwinden. Es fühlte sich gut an, wieder in Männerkleidung zu stecken.

Sie stellte sich vor die Staffelei, nahm Marcos Pinsel und mischte eine wärmere Fleischfarbe an, die sie dann behutsam auf die Wangen der porträtierten Dame auftrug. Man sah die Verbesserung auf den ersten Blick. Ermutigt setzte Carla ihre Arbeit fort, und innerhalb einer halben Stunde wurde aus dem Bild eine lebende, atmende Frau.

Sie war so sehr in ihre Arbeit vertieft, daß sie Marcos Rückkehr gar nicht hörte. Erst als er auf dem Treppenabsatz einen lauten Schrei ausstieß, fuhr sie herum.

»Silvio ...?« Er starrte sie völlig verwirrt an. »Nein, nicht Silvio. Dann wer ... *Carlo*!«

Der Kloß in Carlas Kehle war so groß wie ein Hühnerei, als Marco mit ausgestreckten Armen auf sie zukam, aber auf halbem Weg blieb er stehen, und sein Ausdruck wechselte von Freude zu Verblüffung. »Carlo?« wiederholte er zweifelnd.

Carla schüttelte den Kopf und streifte ihre Kappe ab, und die blonden Haare fielen bis auf ihre Schultern.

»Nein, Carla! Was, zum Teufel, soll dieses Spiel, das du mit mir treibst? Einen Augenblick lang glaube ich, du ...«

»Du hast geglaubt, ich wäre dein alter Freund Carlo. Ja, der bin ich. Du kennst mich als Carlo und als Carla, Marco. Ich kann dir die Wahrheit nicht länger verheimlichen. Bitte, verzeih mir, daß ich sie dir nicht schon viel früher gestanden habe, aber zuerst war ich nicht in der Lage dazu, und dann ... nun, es schien nie der richtige Moment zu sein.«

Obwohl sie froh war, daß sie es sich endlich von der Seele geredet hatte, ging Carla unsicher auf ihn zu. Es war immer noch nicht abzuschätzen, wie er die Neuigkeit aufnehmen würde. Oh, was alles auf dem Spiel stand!

Marco stand da, als hätte der Blitz ihn getroffen. Seine dunklen Augen durchdrangen sie lange, und unruhig begann Carla zu blinzeln. Sie konnte die

Spannung nicht mehr ertragen. Aber dann brach sich ein breites Grinsen auf seinem Gesicht durch, und Carla spürte, wie der angestaute Atem fast zischend aus ihr entwich.

»Carla!« Marco öffnete seine Arme weit. »Kein Wunder, daß du mir so vertraut warst. Und doch hatte ich Angst vor dir. Elena hat mein Herz gebrochen, und ich hatte mir geschworen, keine Frau mehr so nahe an mich heran zu lassen.«

Sie schmiegte sich an seinen warmen Körper. Sie war so erleichtert, daß ihr die Tränen über die Wangen rannen. Er hob ihr Gesicht an, küßte ihr die Tränen weg und betrachtete sie lange, dann nickte er. »Ja, jetzt kann ich es sehen. Aber ich bin trotzdem verwirrt. Warum hast du dich als Junge verkleidet und dich Carlo genannt?«

»Das ist eine lange Geschichte.«

»Wir haben alle Zeit der Welt.«

Er zog sie hinüber zu seinem Bett in der Ecke, und gemeinsam legten sie sich darauf nieder. Carla erzählte ihm ihre Geschichte von Anfang an, und es kam ihr fast vor, als beichte sie alles einem Priester, soviel hatte sie sich von der Seele zu reden. Die Absolution bestand darin, daß Marco streichelnd über ihren Körper fuhr. Er drückte ihre Brüste und küßte sie auf die Stirn. Seine Leidenschaft wuchs, je mehr ihm ihre Weiblichkeit bewußt wurde.

Das lange Warten hatte sich gelohnt, erkannte er plötzlich, und das waren auch Carlas Gedanken, als sich ihre Lippen zu einem innigen Kuß trafen.

Sie spürte seine pochende Erektion durch die Hose, und sie hörte sich laut aufstöhnen. Marco lächelte, streifte sich rasch die Hose ab und hielt ihr stolz seinen Penis entgegen. Voller Lust streckte Carla die Hand aus und fuhr an dem kräftigen Schaft auf und ab. Sie berührte ihn von oben bis unten, während Marco damit begonnen hatte, sie auszuziehen.

Als sie völlig nackt war, warf er sich über sie, rieb ihren Körper an ihrem, küßte sie wieder, rutschte ein wenig hinunter und nahm abwechselnd ihre Brüste in den Mund und saugte an den steil aufgerichteten Warzen.

»Wenn ich mir vorstelle, daß diese Schönheit all die Zeit unter Männerkleidern versteckt war!« rief er. »Wenn du es mir gesagt hättest, wärst du sofort mein gewesen!«

»Das sagst du jetzt«, murmelte Carla glücklich. »Aber damals wärst du nicht so wagemutig gewesen.«

Er grinste verlegen. »Wahrscheinlich hast du recht. Aber jetzt ist es unsere Zeit, wir brauchen auf niemanden Rücksicht nehmen. Und was am besten ist – mein Herz ist frei, zumindest war es das bis vor ein paar Minuten.«

»Bist du verärgert, weil ich diese Instinkte in dir geweckt habe?« fragte sie keck. Sie war jetzt sicher, daß sie ihren eigenen Einfluß über ihn hatte.

Er lachte. »Wie kann ein Mann verärgert sein, wenn die Götter ihm ein solches Geschenk bereiten? Wie sollte er sich ärgern, wenn er das Paradies sieht, sich wie im Himmel fühlt? Das wäre eine Sünde, meine Liebe.«

Seine Hände erforschten sie, zuerst sanft und zurückhaltend, dann mit zunehmendem Eifer, als sie begann, ihn zu streicheln, seinen Penis liebevoll zu berühren und ganz leicht zu reiben. Sie spürte, wie sie immer feuchter wurde, wie ihre Säfte sich sammelten, während er ihre Brüste küßte und die steifen Warzen zwischen Lippen und Zähne nahm.

Ihr Verlangen wuchs zur Begierde, war stärker, als

sie es je empfunden hatte, weil nicht mehr der Schmerz mit ihren Gedanken an Marco verbunden war – jetzt wußte sie, daß ihre süßesten Hoffnungen Erfüllung fanden.

»Oh, Marco, ich habe nicht mehr daran geglaubt, daß dieser Tag je kommen würde«, hauchte sie.

»Denk nicht mehr an die Vergangenheit«, riet er. »Jetzt sind wir zusammen, und nur das zählt.«

Leidenschaft brandete in ihm auf, und er rutschte an ihrem Körper entlang und küßte die Innenseiten ihrer Schenkel, ehe er mit der Zunge die Falten ihres Geschlechts teilte und langsam auf und ab fuhr.

Ihr Körper glühte mit einer Energie, die sie als Liebe erkannte. Das war nicht nur Sex. Die Energie wärmte sie, heizte sie auf, verwandelte ihren Körper in einen Feuerball schmelzender Lava. Zu begehren ohne Furcht, sich hinzugeben ohne Einschränkung, das war eine neue Erfahrung für sie, und Carla genoß jeden einzelnen Augenblick. Marco hörte nicht auf, sie mit der Zunge zu erforschen, er leckte so eifrig und hastig, als dürstete ihn. Dabei gab er Laute von sich, die von seiner großen Genugtuung kündeten, seiner Carla Lust zu bereiten. Daß sie Lust empfand, hörte er an ihrem Keuchen und Stöhnen, an ihren süßen leisen Worten, die sie ihm zuraunte.

Sie wartete darauf, daß er sie nahm, daß er in sie eindrang. Der Gedanke allein verursachte schon heftige Zuckungen in ihrem Schoß. Er leckte ihre Klitoris, stieß immer wieder mit der Zunge dagegen, und dann führte er behutsam einen Finger ein, reizte sie und labte sich an ihrer Leidenschaft. Der Drang, von ihm gefüllt zu werden, ließ sich nicht abwehren, obwohl sie auch nicht dieses wilde, erregende Gefühl missen wollte, das Zunge und Lippen auf ihrem Kitzler auslösten.

Er brachte seinen Körper in eine andere Lage, ohne seinen Mund von ihrem Geschlecht zu nehmen. Langsam rutschte er an ihr hoch, bis seine Körpermitte dicht vor ihrem Kopf lag. Sein Penis ragte ihr stolz entgegen, und sie streckte beide Hände aus und streichelte den heißen Schaft. Er zuckte heftig, als sie mit den Fingern darüber fuhr, und begeistert sah sie, wie er sich noch mehr streckte und größer und härter wurde. Sie betrachtete ihn mit wilden Blicken, fuhr von den Hoden an der Unterseite entlang, als wollte sie ihn sich zum Modellieren einprägen.

Die Haut war so weich, während der Schaft selbst so hart war. Was für ein Widerspruch, dachte sie bewundernd. Ihre Vagina zuckte aufgeregt, und Carla dachte: Ja, ja, du wirst ihn bald zu spüren bekommen!

Marco hielt es nicht mehr länger aus. Er drehte sich wieder um, spreizte ihre Schenkel und ruckte dazwischen, bis der Schaft zwischen ihre Labien stieß. Carla stöhnte erwartungsvoll auf, das ungeduldige Zucken in ihrem Innern nahm zu und ließ ihren ganzen Körper erzittern.

Marco ruckte ein bißchen weiter, steckte jetzt mit der Spitze in ihr, und Carla stieß einen Seufzer der Erleichterung aus. Die Klitoris pochte fieberhaft. Jetzt – er stieß mit einem weiteren Ruck tief in sie hinein. Sie entspannte ihre Muskeln und umfing ihn, dann spannte sie sie, als wollte sie ihn melken. Das wiederholte sie ein paarmal, während Marco sich still verhielt, um das Spiel ihrer Muskeln auszukosten.

Dann aber begann er mit pumpenden Bewegungen, er stützte sich auf den Händen auf und hob sich über sie, damit der Schaft beim jedem Ein- und Ausfahren ihren harten Kitzler rieb. Sie hob ihren Po an, streckte sich ihm entgegen und traute sich immer mehr zu, auch für Marcos Lust zu sorgen.

Sie wand sich unter ihm, sie fiel in seinen Rhythmus ein, und bald schon bewegten sie sich in völliger Harmonie, als wären sie ein eingespieltes Paar.

Carla war benommen vor purer Lust, vor unbändiger Freude, vor erfüllter Liebe. Dies war der Himmel der Erden, sie hatte es immer gewußt, daß es ein völlig anderes Gefühl sein mußte, wenn man liebte.

Bevor sie ihren Höhepunkt erreichte, erlebte Carla eine wunderbare Vision. Sie sah sich und Marco in Liebe vereint, die Gliedmaßen verschlungen, als wären sie in Marmor gehauen. Sie schwebten in der Luft, hinter ihnen ein grandioser Sonnenuntergang, der ihre Körper in flüssiges Gold tauchte. In einem hellen Blitz sah sie sich und Marco als Eva und Adam, dann als Venus und Mars, als Beatrice und Dante, als Francesca und Paolo ... sie waren die Archetypen des liebenden Paares, so alt wie die Zeit und doch so frisch wie der Frühling.

Die Emotionen, die sie empfanden, unterschieden sich nicht von denen anderer Liebespaare. Carlas Identität driftete zu allen ihr bekannten Liebenden, und sie spürte, wie sie von einer enormen weiblichen Energie erfüllt wurde, ihre Pulse begannen zu rasen.

Ein Strom rauschte durch ihren Körper, und sie spürte, daß er auch Marcos Körper erfaßte, und gemeinsam erlebten sie einen ekstatischen Tanz der Gefühle. Sie wurde hochgehoben, und ihr war, als wollte ihr ein Engel der Liebe das Paradies zeigen, und dann sah sie es, farbenprächtig und exotisch, und dann schlugen alle Gefühle über ihr zusammen, sie konnte dieses intensive Erleben nicht länger ausdehnen und fiel in eine tiefe, satte, zufriedene Benommenheit.

Carla wußte nicht, wieviel Zeit vergangen war, als sie die Augen wieder aufschlug.

Sie wußte nur, daß Marco sie anschaute. Seine Augen blickten so lieb und warm wie damals, als sie Carlo gewesen war, aber jetzt sah sie auch noch eine andere Dimension in seinem Blick, und darauf hatte sie all diese Monate gewartet. Seine Liebe schien durch diesen Blick, die Liebe ließ seine Augen glänzen und funkeln, und so wurde sein Blick wie ein sanftes Streicheln seiner Hände.

Sie lächelte und berührte leicht seine Wange. Er griff ihre Hand und küßte ihre Fingerspitzen.

»Carla«, sagte er verliebt. »Willst du hier bei mir wohnen und meine Frau werden?«

Sie war so glücklich, daß sie nicht sprechen konnte. Sie nickte und schluckte ein paarmal.

Er zog sie an sich und ließ ihren Kopf auf seiner Brust ruhen, während er ihr Haar streichelte.

Carla hätte glücklich und zufrieden sein müssen, aber sie empfand plötzlich eine Unruhe, die sie nicht zurückhalten konnte. Sie mußte die Frage stellen.

»Marco«, sagte sie. »Wenn ich hier lebe und deine Frau bin, kann ich dann auch an Gemälden arbeiten – so wie damals, als ich Carlo war?«

Er sah sie lachend an. »Natürlich! Du sollst zeichnen und malen, soviel du willst. Wenn du hier bist, brauche ich keinen Lehrjungen mehr!«

»Aber was ist mit der Gilde?«

»Was kümmert uns die Gilde? Wir werden einen Weg finden, daß deine Arbeiten anerkannt werden, und wenn es gar nicht anders geht, dann mußt du eben wieder in Männerkleidung schlüpfen.«

»Du wirst meine Bilder also nicht als deine eigenen ausgeben?«

»Niemals! Das wäre eine Beleidigung deines

Talents, mein Mädchen. Aber es wäre schön, wenn du mir bei einigen meiner größeren Aufträge helfen würdest.«

Carla war überglücklich. Sie konnte wieder malen! »Meine erste Arbeit wird ein Porträt von dir sein, Marco.«

»Dann solltest du dir mehr Kenntnisse meiner Anatomie beschaffen«, sagte er und führte ihre Hand zu seinem Schaft, der sich schon wieder regte. »Zeige mir doch noch einmal, wie du mit dem Pinsel umgehen kannst.«

ENDE